光文社古典新訳文庫

女の一生

モーパッサン

永田千奈訳

kobunsha classics

光文社

Title : UNE VIE
1883
Author : Guy de Maupassant

目次

女の一生 5

解説 永田千奈 437

年譜 450

訳者あとがき 453

女の一生——ささやかな真実

ブレンヌ夫人に捧ぐ
忠実なる友より敬意をこめて
亡き友への思い出に寄せて。
ギイ・ド・モーパッサン

1

荷造りを終えたジャンヌは、窓に歩み寄った。まだ降っている。

とつぜん降り出した雨は、一晩じゅう窓や屋根を叩き続けていた。水分を含み、低く垂れ下がっていた空は、ついに穴があいてしまったかのように、すべてを大地にぶちまける。地面はぬかるみ、溶けた砂糖のようにどろどろになっていた。ときおり、重たげな熱を含んだ突風が吹き抜ける。側溝からあふれた雨水が、人気《ひとけ》のない道を音をたてて流れていく。道の両側の家々は、水分を含んだスポンジのようだ。湿気は家じゅうを満たし、地下倉庫《カーヴ》から屋根裏部屋まで、壁という壁は汗をかいたように水滴を浮かべている。

ジャンヌは、昨日ようやく修道院を出た。もう、これからは自由なのだ。ずっと夢見てきた幸せな人生をつかむことができる。だが、ジャンヌは心配だった。天気が回復しないと、父がレ・プープルへの出発を延期してしまうかもしれない。だからこそ、朝から何度も何度も、地平線のあたりに目をこらしていたのだ。

そのときジャンヌは、カレンダーを荷物に入れ忘れたことに気がついた。厚紙でできたカレンダーを壁からはずす。一枚の厚紙に各月が帯状に並び、装飾画の真ん中に金文字で今年の年号が一八一九年と入っている。ジャンヌは、一月から四月まで日付の隣に記された聖人の名を鉛筆で消していき、五月二日、修道院を出た昨日の日付まできた。

扉の向こうで声がする。「ジャンヌ！」

「お父様、どうぞ入って」。父が部屋に入ってきた。

シモン＝ジャック・ル・ペルテュイ・デ・ヴォー男爵は、変わり者だが善良なる人物、いかにも革命以前の貴族といった人物だ。ジャン＝ジャック・ルソーの熱心な信奉者であり、野原や森、動物たちといった自然を恋人のようにやさしく愛している。貴族の血を引く生まれゆえ、男爵は当然のように、一七九三年に始まった革命後の恐怖政治を快くは思っていなかった。だが、気質のうえでは啓蒙主義の哲学者に傾倒し、教育のうえでもリベラルな思想を教えられてきたので、彼は専制政治を憎悪していた。といっても、なんら攻撃的なものではなく、うわべだけの憎悪であった。

彼の最大の長所にして最大の欠点は、その善良さにあった。善良であっても、愛撫し、与え、抱きしめるといった行動力はない。もっととりとめのない、意気地のない、上からあわれむだけの善良さである。意志をつかさどる神経が麻痺し、エネルギーの欠落した、むしろ悪といっていいような善良さなのだ。

理論派の彼は、娘が幸福で善良、品行方正なやさしい女性に育つよう、きっちり計画を立てていた。

娘を自宅におくのは十二歳まで。そのあとは、妻が泣いて反対しようとも、聖心派の修道院に入れる。

父はジャンヌを修道院にしっかりと閉じ込めておいた。閉鎖的な場所で、世間を知らず、世間からも知られぬままにおいたのである。十七歳になり、まっさらで貞淑な乙女に育ったところで手元に戻し、自らの手で産湯をつかわせるように、文句のつけどころのない詩的な世界に浸してやりたいと彼は思っていた。豊饒なる大地のただなか、野の風景によって心を開き、これまで麻痺していた心に、素朴な恋心や動物たちが示す裏表のない愛情、人生の清く正しい摂理を教えてやろうというわけだ。

ようやく修道院を出たジャンヌは、歓喜に輝き、力に満ちあふれ、貪欲に幸福を求めていた。退屈な昼間、長い夜、孤独のなかで期待ばかりをふくらませ、思い描いてきたさまざまな喜び、幸運の数々を今こそ手に入れようとしていたのだ。

彼女はヴェロネーゼ[1]の描く婦人像のようだった。きらめくようなブロンドの髪は、その肌までも輝かせる。わずかにばら色がかかった貴族的な肌は、陽光にあたると、白いビロードのような産毛がうっすらと浮かび上がり、ぼかしがかかったように見える。瞳の色は青。オランダの陶器人形を思わせる濃いブルーだ。

左の小鼻に小さなほくろがある。もうひとつ、顎の右側にもほくろがあって、そこからわずかに縮れた毛が生えているのだが、肌と同じ色なので、ほとんど目立たない。背が高く、胸も大きく、腰の線はくびれていた。明瞭な声の響きは、ときに甲高く聞こえることもあったが、その笑い声はまわりの人々をも幸せにするものだった。くせなのだろう、髪をなでつけるかのように、何度も両手をこめかみにもっていく。

ジャンヌは父に駆け寄り、抱きついてキスをした。

「ねえ、もう出発するんでしょう?」

父は微笑み、伸ばした白髪頭を横に振り、窓を指した。

「こんな天気で、行くわけがないだろう」

だが、ジャンヌは甘く柔らかな声で頼み込む。

「お父様、行きましょう。ねえ、午後にはきっと晴れるわよ」

「でも、お母様がいいと言わないだろう」

「大丈夫よ。きっと大丈夫。私からお願いするわ」

「よし、おまえがお母様を説得することができたら、私はかまわないよ」

ジャンヌは、母である男爵夫人の部屋へと急いだ。待ちに待った出発の日だけに、すぐにでも発ちたかったのだ。

聖心派修道院に入れられてからというもの、ルーアンを出たことはなかった。父が決めた年齢まで、一切の娯楽は許されてこなかったのだ。二回だけ、父に連れられてパリで二週間過ごしたことはあるが、パリはルーアン以上に都会である。ジャンヌは田舎に戻りたかったのだ。

この夏はレ・プープルにある父の領地で過ごすのだ。イポールにほど近い断崖絶壁

1　パオロ・ヴェロネーゼ（一五二八～八八年）。十六世紀ルネッサンス期のイタリア人画家。

に先祖代々住んできた古い屋敷が建っている。海辺で自由な生活を満喫することが楽しみでならなかった。しかも父はこの家を彼女に託すことを約束してくれた。結婚しても、夫とともにずっとあの屋敷で暮らすことになるのだ。

そこへ、昨夜からひっきりなしに続くこの雨。この雨のせいで、ジャンヌは十七年の人生で初めて経験する激しい悲しみに暮れていた。

だが三分後、母の部屋から走り出てきたジャンヌは、家じゅうに響く声で叫んでいた。

「お父様、お父様。お母様がいいって言ったわ。すぐに馬を用意させて!」

雨は一向に弱まりもせず、四輪馬車が玄関の前につけられたころには、かえって降りがひどくなったようにさえ見えた。

ジャンヌが馬車に乗り込もうとしていたそのとき、男爵夫人がようやく、夫と女中に両脇を抱えられて二階から降りてきた。この女中というのが、男と間違われるぐらい大柄で力もち、恰幅《かっぷく》がいい。コー出身のノルマンディ女で、十八になったばかりだというのに、どう見ても二十歳以上に見える貫禄のもちぬしだ。彼女は、この一家のなかで娘のような存在になっていた。というのも、この女中、ジャンヌの乳姉妹《ちきょうだい》だったのだ。名前はロザリという。

ロザリの主な仕事は、心臓肥大のため、ここ数年でひどく体重が増えてしまった男爵夫人の杖代わりとなることだった。夫人は常にこの心臓に苦しめられていた。

男爵夫人は、息も絶え絶えになりながら古びた屋敷の玄関先にたどりつき、雨が音をたてて流れる中庭に目をやった。

「こんな天気なのに、出かけるなんて」

男爵はいつものように微笑みながら応えた。「でも、あなたが、いいって言ったんでしょう、マダム・アデライド」

男爵夫人の名前は、アデライドという。いかにも貴族的で大仰な名前なので、夫である男爵は、わずかにからかうような意味合いを含ませつつ、敬意をこめて妻をいつも「マダム・アデライド」と呼んでいた。

男爵夫人が馬車に向かって歩きはじめた。彼女がやっとの思いで馬車に乗り込むと、馬車のスプリングがあちこちで軋みだした。次に男爵が彼女の隣に腰を下ろす。ジャンヌとロザリは男爵夫妻の正面、進行方向とは逆向きの席におさまっていた。

料理女のリュディヴィーヌが外套《がいとう》を何着かまとめてもってきたので、それを膝の上に広げる。続いて運ばれてきたふたつの籠を足元にしまいこむ。それから、ようやくリュディヴィーヌ自身が御者台にいるシモン爺さんの隣によじのぼり、大きな毛布を頭からすっぽりとかぶった。留守を預かる管理人夫婦が門を閉め、挨拶をしようと馬車に歩み寄る。男爵夫妻は管理人に荷物のことを指示する。衣装箱の類は、荷馬車であとをついてくることになっていた。さて、出発である。

御者のシモン爺さんは、雨のなか、背を丸めて頭を垂れ、三重襟の外套に身をうずめている。突風がうめき声をあげながら馬車の窓を叩き、道路を水浸しにする。速足の馬二頭に引かれ、馬車はかなりの速度で河岸へと下っていった。さらに列をなして河に停泊する大型船の横を過ぎる。船の帆柱も、帆桁《ほげた》も、舫《もや》い綱の類も、そろって雨に濡れ、枯れ木のように悲しげに突っ立っていた。やがて馬車は、長々と続くモン・リブーデ大通りに出た。

まもなく、馬車は牧草地のなかを進みはじめる。雨に朦朧とかすむ風景を眺めていると、ときおり死体のように力なく枝を垂らした柳の木がぼんやりと浮かび上がってくる。馬の蹄鉄がばちゃばちゃと音をたて、馬車の車輪は泥だらけだ。

心まで濡れそぼってしまったかのように、皆、黙り込んでいた。男爵夫人は背もたれに頭を預け、上を向いたまま目を閉じている。男爵は、けだるい眼差しで雨に濡れた単調な風景を眺めている。ロザリは膝の上に籠を抱き、動物たちがぼんやりと佇むときのように、凡庸な物思いにふけっていた。だが、ジャンヌは違った。この生暖かい雨が降り注ぐなか、これまで閉じ込められていた植物が外に出されたときのように、生きる力を取り戻しつつある自分を感じていた。あふれる歓びが厚く茂る草葉のように心を守り、悲しみを寄せつけようとしないのだ。じっと黙っていたものの、本当は歌いだしたかった。窓から手を伸ばし、掌に受けたしずくを飲んでみたかった。ぐんぐん進む馬車に乗っていること、窓の外の物悲しい風景を眺めること、そして降りしきる雨にもかかわらず、自分は濡れない場所にいること。ジャンヌはそれだけで嬉しかった。

激しい雨に濡れ、馬車を引く二頭の馬の尻はつやつやと光り、湯気をあげている。男爵夫人は眠りに落ちていった。ブーダンソーセージ［血の入った黒いソーセージ］を思わせる、同じ大きさにきっちりと整えた六本の巻き髪がその顔を囲んでいる。夫人の上半身は、徐々に前に傾いていく。その頭を辛うじて支えている首は波模様を描く三重顎にうずもれている。しかも三重顎の最後の波は、でっぷりとした胸の大海へと続いているのだ。呼吸に合わせて頭が上下している。頰がふくらんだかと思うと、半開きになった唇から大きないびきがもれてきた。むっちりした手は腹の上で組まれている。男爵は夫人のほうに屈みこみ、その手のなかに小さな革財布をそっと置いた。

革財布の感触に夫人は目を覚ました。とつぜん起こされたので、寝ぼけ眼のまま財布を見つめる。財布が手から落ち、金貨や札が馬車の床に散らばった。驚いた夫人は完全に目を覚ました。ジャンヌが笑い出す。本来の陽気さがはじけ出てきたような笑いだ。

男爵は金を拾い集め、夫人の膝に置いた。「なあ、おまえ、エルトの農場を手放したのに、残ったのはこれだけさ。あの農場を売った金でレ・プープルの屋敷を修理させたからね。これからは、あの屋敷で過ごすことが増えるだろうし」

夫人は六千四百フランの金を数え、静かにポケットにしまった。

親から引き継いだ三十一の農場のうち、これで九カ所を手放した。それでも、彼らには二万フランの地代収入があり、うまく運用すれば、年間三万フランの収入は易々と確保できるはずだった。

特に派手な生活をしているわけではなかったので、それだけの収入があれば、充分暮らしていけるはずだった。だが、彼らの生活には、善良さという底のない穴が大きな口を開いていたのだ。善良さは、彼らの持ち金を干上がらせていく。まるで太陽が沼の水を干上がらせていくかのようだ。金は流れるように、逃げるように、去るようになくなっていく。どうしてなのかは、誰にもわからない。男爵夫妻は毎日のようにこんな言葉を口にしていた。「どうしてこうなんだろう。たいしたものは買っていないのに、今日だけで百フランも使ってしまった」

だが、こうして気前よくふるまうことが、彼らの幸福だったことも確かだ。男爵も夫人もこの点については感動的なまでに実によく理解しあっていた。

「じゃあ、レ・プープルにある私のお城、きれいになったのね?」

とジャンヌが尋ねた。男爵は明るい声で答える。

「見ればわかるよ」

いっぽう外はといえば、雨脚が少しずつ弱まってきていた。やがて微細な雨粒が舞う、霧のような小ぬか雨となった。低く垂れこめていた雲も、今は空の上のほうに白く広がっている。とつぜん、雲のどこにあるとも知れぬ切れ目から、日の光が斜めに差し、牧草地を照らした。

さらに、雲の裂け目から蒼穹《そうきゅう》が顔を出す。薄布が裂けるように、雲の裂け目は徐々に大きくなっていく。紺碧の深く美しい、まっさらの空が広がった。

大地が満足のため息をもらしたかのように、やさしく爽やかな風が通り過ぎていく。馬車が庭園や木々の横を過ぎると、羽を乾かしていた鳥たちのにぎやかなさえずりが聞こえてきた。

夕暮れになった。馬車では誰もが眠るなか、ジャンヌだけが目を覚ましていた。馬を休ませ、水とまぐさ少々を与えるため、馬車は二度ほど宿駅に停まった。

太陽はすでに沈んでいた。遠くから鐘の音が聞こえる。小さな村で停まったさいに、ランタンを点《とも》す。空にも無数の星が光り輝いていた。灯《あか》りのついた家がぽつりぽつりと浮かび、闇のなかを横切っていく。そんなとき、とつぜん丘の向こうから大きな赤い月が樅《もみ》の木の枝越しに、眠たげな姿を現した。

寒いというほどではないので、馬車の窓は開けてあった。あれこれと想像をめぐらせ、夢想にひたっていたジャンヌもついに疲れて眠りに落ちた。だが、同じ姿勢でいると身体が痛くなり、ふと目を覚ます。しばらくは薄明るい闇に目をやり、農場の木々や、草地のそこここに寝そべり、頭をもたげている牝牛たちを眺める。やがて楽な姿勢に座りなおし、再び浅い眠りにつこうとする。しかし、がたがたと響く車輪の音が耳を離れない。ものを考えるのにも疲れてきた。身も心も同じように疲れを感じつつ、ジャンヌは目を閉じたままじっとしていた。

すると、馬車が停まった。ランタンを手にした男女が馬車の扉の前に立っている。レ・プープルの屋敷に着いたのだ。すぐに目を覚まし、ジャンヌは馬車から飛び降りた。男爵夫人は、使用人にランタンで足元を照らしてもらい、男爵とロザリにほとんど抱えられるようにして馬車から降りてきた。疲れきった様子で、ぶつぶつと文句を言っている。夫人は、あえぐような息遣いで、「ああ、やれやれ、本当にもう」と繰り返しつぶやいていた。そして、何か飲んだり食べたりする気分ではないと言い、そのまま自室で横になると、すぐに寝入ってしまった。

ジャンヌは父と二人きりで夜食をとった。

父娘は互いに目を合わせて微笑んだり、テーブル越しに手をとりあったりした。そして食事が終わると、幼子のようにはしゃいだ心持ちで改修が終わったばかりの屋敷を見てまわった。

ノルマンディによくある、農園と城《シャトー》を兼ねたような天井の高い広大な館だった。

今では灰色となったものの、白い石造りの建物で、一族が全員揃っても大丈夫なほど広々としている。

屋敷の中央部には、前庭側の正面扉と中庭側の大扉をつなぐ広々とした玄関ホールがある。左右ふたつの階段は、玄関ホールをまたぐように大きく弧を描き、先が橋のようにつながって、二階へと続いている。

一階の右側には、やたらと広いサロンがあり、木の葉を背景に鳥が舞う絵柄のタピスリーが飾られている。家具の布張りにはすべて細やかな刺繍が入っており、絵柄はラ・フォンテーヌの『寓話』の挿画で統一されている。幼いころに大好きだった椅子がそのままあるのを見つけ、ジャンヌは、ぞくぞくするほど嬉しかった。『キツネとコウノトリ』の物語を題材にした絵柄なのだ。

サロンの隣には、古い本がたくさん詰まった書斎、さらに今は使っていない部屋が二室ある。左側には、床板を張り替えたばかりの食堂、リネン室、配膳室、厨房、浴室のついた小さな居住用の部屋があった。

二階は端から端まで廊下が通っている。この廊下を挟んで両側にあわせて十室の部屋があり、扉がずらりと並んでいる。廊下のつきあたり右側にあるのがジャンヌの部屋だ。父娘は部屋に入った。物置にあった使っていないタピスリーや家具を運び入れただけだが、男爵は娘のために部屋を整えさせていた。

部屋の壁には、オランダ製の大きなタピスリーが掛けられていた。タピスリーには、奇妙な人物が描かれている。

ジャンヌは天蓋《てんがい》つきベッドを見て歓声をあげた。ベッドの四隅には、オーク材の鳥の彫物がついている。つややかに黒光りした鳥たちが守るように寝床を支えているのだ。ベッドの側面には花と果実の飾りが幅広のリボンのように続いている。天蓋へと伸びる丸彫りのほどこされた四本の柱には、コリント風の柱頭が続き、上部のコーニス［帯状の装飾］には薔薇と天使の絡み合う模様が入っていた。

歴史的建造物のような堂々たるベッドだ。時を経て色あせた木材の無骨さとは裏腹に、実に優美なものだった。

ベッドに掛けられたカバーも、天蓋の布部分も、空のようにきらめいている。濃い青色のアンティーク・シルクに、金糸で刺繍されたゆりの花が星のように瞬いているのだ。

天蓋ベッドにうっとりと見入ったあと、ジャンヌは灯りを手に取り、タピスリーの絵柄を解読しようとした。

白い果実をつけた青色の樹木の下で、緑と赤と黄色の奇妙な服を着た青年貴族と若い女が語らっている。そのすぐ横では、大きな白いウサギが灰色の草をかじっている。奇妙な人物たちのはるか後方には、とんがり屋根の丸っこい小さな家が五軒描かれている。さらに高い位置、ほとんど空にあたる場所には真っ赤な風車小屋も見える。こうした絵柄のあいだを花や枝葉の模様が埋めつくしている。

タピスリーは三枚一組になっていたが、残りの二枚も一枚目とよく似ていた。ただし、二枚目のタピスリーでは後方の家からオランダの民族衣装を着た背の低い人物が数人出てきて、空に向かって両手をあげている。その様子は激しく怒っているようにも、驚いているようにも見えた。

三枚目で悲劇が起こる。相変わらず草を食《は》み続けるウサギの横に、さきほどの貴族の男が横たわっている。どうやら死んでいるらしい。女はそんな男の様子を見て、自分の乳房に剣を突き刺している。果実の色も白から黒に変わっている。

何が何だかわからないと諦めかけたところで、ふと隅に小さく描かれている動物に気がついた。草と一緒にウサギに食べられてしまいそうなほど小さく描かれているが、確かにライオンだ。

ああ、ピュラムスとティスベの物語[2]だったのか、とジャンヌは思い当たった。長大な詩をわずか三つの画面に凝縮した単純さに思わず笑みが浮かんできた。だが、情熱的な恋物語に囲まれて日々を過ごすのは幸せなことだとジャンヌは思った。このタピスリーは、いつまでも自分の心に大切な希望を思い出させてくれるだろう。毎晩、眠りのなかまで古《いにしえ》の愛の物語を漂わせてくれるだろう。

ベッドやタピスリー以外の家具は様式がばらばらだ。何世代にもわたって、その時々に買い入れられた調度品。そうした家具のせいで、古い屋敷は、往々にして何でもありの博物館のような様相となる。光る真鍮《しんちゅう》金具で角を補強されたルイ十四世風のタンスの両側には、花模様の絹が今でも美しいルイ十五世風の肘掛け椅子がある。ローズ材の机の正面には暖炉があり、マントルピースには、丸いガラス蓋におさめられた帝政時代の時計が置かれていた。

2　古代ローマ、オウィディウスの詩『変身物語』より。恋人ティスベとの約束に遅れてやってきたピュラムスは、ライオンに引き裂かれたヴェールを見て恋人が殺されたと思いこみ、死を選ぶ。戻ってきたティスベもあとを追って自殺する。

この時計というのが凝ったデザインで、金色の花々のなかに四本の大理石の柱がたち、その上にブロンズ製のミツバチの巣箱が載っているのだった。巣箱には横長の穴があいており、そこから細い振り子が出ている。振り子の先には、小さなミツバチがついていた。七宝焼の羽をもつミツバチは時を刻みながら、永遠に花々の上を舞い続けるのだ。

陶製の彩り鮮やかな文字盤は、巣箱の脇にはめこまれていた。

時計が十一時を打ちはじめた。男爵はジャンヌにキスをし、自分の寝室へ向かった。ジャンヌも、心残りを感じつつ床《とこ》につくことにした。

最後にもういちどぐるりと部屋を見回し、蠟燭《ろうそく》を消した。だが、枕元の側こそ壁に面しているものの、ベッドの左側には窓がある。窓からは月の光が差し込み、床に大きな光の水溜りをつくっていた。

壁にも月の光が反射している。淡い光が、じっと動かぬ恋人たち、ピュラムスとティスベの姿を照らしている。

ベッドの足元のほうにある別の窓からは、やわらかな光を浴びた大きな木が見える。ジャンヌは寝返りをうって横向きになり、目を閉じた。だが、しばらくするとまた目を開く。

　なんだか、まだ馬車に揺られているような気がする。がらがらという車輪の音が頭のなかに残っているのだ。しばらくそのままじっとしていれば、疲れた身体が逸《はや》る心を眠りに導いてくれるかと待ってみた。だが、うずうずと落ち着かない気持ちが身体じゅうに広がっていく。

　足がひとりでに動き出しそうだ。熱い思いが抑えられない。ジャンヌは起き上がった。裸足のまま、腕もむき出しのままだ。裾の長い夜着のせいで、そのシルエットは幽霊のようだった。ジャンヌは床に浮かんだ月光の水溜りを渡り、窓を開いた。

　月が明るく、まるで昼間のようだ。小さな子どものころ、大好きだった村の光景は、まったく変わっていなかった。

　眼下に広がる芝生は、月明かりを浴び、バターのように黄色っぽく見える。敷地の入り口には大きな木が二本、北側がプラタナス、南側が菩提樹だ。

　草地が広がった先、敷地の境界のあたりにこんもりとした森がある。沖から吹いてくる暴風をさけるため楡《にれ》の木が五列にわたって植えられ、防風林になっているのだ。だが、海からの強風に絶えずさらされているので、楡の木々はねじれ、枝をそがれ、傷み、屋根の勾配のように斜めのラインを描いて並んでいる。

敷地の両端には二本の街道があり、ポプラ並木《プープリエ》になっていた。この非常に背の高いポプラの木をノルマンディでは〈プープル〉と呼んでいる。この街道までが領主の家であり、その向こうには隣接するふたつの農家、クイヤール家とマルタン家の農場があった。

ここが〈レ・プープルの屋敷〉といわれるのも、このポプラ並木のためなのだ。敷地の外には、ただひたすら手つかずの草原が広がり、ところどころにハリエニシダが生えている。昼夜を問わず、潮風が口笛を吹くかのような音をたてて駆けめぐっている草地だ。そして、とつぜん草地が絶えたかと思うと、そこはもう海岸であり、海面から垂直に切り立った百メートルほどの白亜の断崖が足元を波に濡らしながら聳《そび》えているというわけだ。

ジャンヌは遠くに広がる海に目をやった。星の輝く空のもと、まるで眠っているかのように、さざ波が文様を描きながらどこまでも連なっている。

太陽のない、この穏やかな時間、ありとあらゆる芳香が大地からたちのぼっていた。窓のまわりまで這い上がってきたジャスミンも、得も言われぬ香りの吐息を漂わせている。その香りがさらに、芽吹いたばかりの木の葉が放つ淡い匂いと混じり合う。ゆるやかな海風が吹き、塩分を含んだ潮の香や、海藻のべとつきを感じさせる強い匂いを運んでくる。

ジャンヌは幸せな気分で深呼吸した。やがて水浴でさっぱりしたときのように、田舎の静けさが彼女に落ち着きを取り戻させた。

日暮れとともに目覚め、夜の静寂のなかにこっそりと身を隠している動物たち。薄闇に潜む動物たちがいるからこそ、静まりかえっていても、なにやら生気が感じられるのだ。大きな鳥が静かに空を横切る。そのさまは、まるで大きな染みか影のようでもある。目には見えないが、虫たちの羽音が耳をかすめる。露のしたたる草の上や、人通りのない街道の砂の上を、何かが音もたてずに駆け抜けていったような気がする。

聞こえるのは、月に向かって短く単調に響く、陰鬱なヒキガエルの声ぐらいのものだ。

ジャンヌは、小さく固まっていた心が広がっていくように感じた。この明るい月夜のように、さまざまな呟《つぶや》きが胸にあふれんばかりに広がっているのだ。まるで夜の庭にうごめく獣たちのように、とりとめのない願望が数限りなく、胸のうちで動きはじめる。自分も同じだと思うと、ジャンヌは自然界の命がもつ繊細な詩情に共感を覚えるのだった。夜の白くやわらかい光のなかで、ジャンヌは、なにやら人間離れした戦慄が自らの身体を駆け抜け、言葉では説明できない希望に胸がはずむのを感じた。幸福の予兆のようなものを感じたのだ。

ジャンヌは恋について夢想しはじめた。

恋！　この二年間、恋に落ちたらどうしよう、と考えては不安を感じていた。その不安は徐々に大きくなっていった。だが今はもう、恋をするのも自由なのだ。そう、あとは運命の人に出会うのを待つだけ。

どんな人なのかしら。それが誰なのかはわからない。それを不思議に思ったこともない。その人は、そう、その人としか言いようがない。

わかっているのは、自分が魂のすべてをその方《かた》に捧げ、愛するということ。そして相手も力の限り、自分を愛してくれるということ。今日のような晩に、その人と二人で散策を楽しむ。星の光が細かい灰のように降り注ぐなかを歩く。手をつなぎ、身を寄せ合って互いの鼓動を聞き、互いの肩の温かみを感じながら歩く。二人の愛は、夏の夜の甘くさわやかな空気に溶け込んでいく。やさしく思いやるだけで、互いの思っていることが細やかな部分まですべて分かりあえるほど、二人は強く結びついている。そして、二人の結びつきは清廉な愛を深めながら一生続くのだ。

ジャンヌは、ふと自分のすぐそばにその人の存在を感じた。頭から足の先まで、ほんの一瞬、おぼろげながら官能的な戦慄がジャンヌの身体を走り抜けた。ジャンヌは夢想を抱きしめるかのように思わず自分を抱きしめた。見知らぬその人に向かってそっと唇を差し出すと、唇の上を何かが通り過ぎ、ジャンヌは一瞬気を失いそうになった。春の息吹に口づけされたような気がしたのだ。

とつぜん遠く屋敷のはるか向こうの道から足音が聞こえてきた。気分が高ぶっていたせいだろう、ジャンヌは普通ならありえないこと、予言めいためぐり合わせ、神がかり的な予感や、運命のいたずらを信じたくなっていた。だから、つい思ってしまったのだ。「もしや、この足音の主こそ、運命の人では……」ジャンヌは胸をどきどきさせながら、規則正しい足音に耳をすませた。きっと、その人は門の前で足を止め、一夜の宿を乞うだろう。

だが足音はそのまま通り過ぎ、ジャンヌは裏切られたかのように、悲しくなった。

そしてふと、その期待が度を越したものであることに気づき、自分の興奮ぶりがおかしくなった。

少しばかりは落ち着きを取り戻し、今度はもっと現実的な想像をしてみる。夫の姿を頭のなかでつくりあげ、将来像を思い描いてみようとした。

自分は夫とともにこの海を望む静かな邸宅で暮らすことだろう。子どもはきっと二人。夫は息子を欲しがるだろうし、自分は娘が欲しいから。子どもたちがプラタナスと菩提樹のあいだを走り抜ける姿が目に浮かぶ。父母となった二人は、子どもたちの動きをうっとりと目で追いながらも、ときおり幼子の頭越しに、愛情のこもった眼差しを交わし合うのだ。

こうして、ジャンヌはいつまでも夢想にふけっていた。月が空を渡り終え、海の向こうに沈むまで、ずっとジャンヌの思いは尽きなかった。

空気が冷たくなってきていた。東の地平線が白んでくる。右側の農場で一羽の雄鶏が時を告げ、左側の農場からもそれに応えるかのようにいくつもの声があがった。鶏たちのしわがれ声は、鶏小屋の仕切りに遮られているせいか、ずいぶん遠くから聞こえてくるような気がした。広い空はわずかに白み、もう星も見えなくなりはじめていた。

どこかで小鳥が短く鳴いた。葉陰からも鳥のさえずりが聞こえてきた。最初は遠慮がちだった鳥の声も、徐々に激しくなる。小鳥たちは枝から枝へ、木から木へと飛び移りながら陽気な声を震わせる。

ジャンヌはとつぜん、光を感じた。手のなかに埋めていた顔をあげ、日の出のまぶしさに思わず目を閉じる。

赤く染まった大きな雲のかたまりは、ポプラ並木で一部が隠れていたが、目覚めたばかりの大地に血のような光を投げかけている。

光る雲をゆっくりと割りながら、木々に、野に、海に、見渡す限りに火の矢を放ち、大きな赤い太陽が姿を現した。

ジャンヌは、頭がおかしくなりそうなほど幸福だった。美しい世界を前に、狂気じみた歓喜と限りない感動で胸がいっぱいになり、うっとりとしてしまう。この太陽は私のもの。この夜明けは私のもの。人生がいま始まる。希望に満ちた人生が始まる。ジャンヌは太陽を抱きしめたくなって、光のほうに手を伸ばした。そしてこの夜明けにふさわしい、何か神聖な言葉を口にしようとする。叫ぼうとする。だが、ただ気を高ぶらせたまま、力を失い、動けなくなってしまった。仕方なく両手のなかに顔を伏せると、目から涙があふれてきた。ジャンヌは幸福な涙を流した。

ジャンヌが顔をあげると、日の出の素晴らしい光景はすでに姿を消していた。ジャンヌも熱が冷めたかのように落ち着きを取り戻し、少し疲れを感じた。窓は開けたままでベッドに横になる。しばらくはそのまま夢想にふけっていたが、やがて深い眠りにつく。朝八時に扉がノックされてもまったく気がつかず、父が部屋に入ってきてようやく目を覚ましたほどだ。

父は、ジャンヌにきれいになった屋敷を見せたがった。なにしろ、いずれはジャンヌのものとなる屋敷なのだから。

裏玄関の前にはリンゴの樹が植えられた広い中庭があり、その向こうに道がある。この道はいわゆる村道であり、農民たちの地所を縫うように続いた後、二キロほど先でル・アーヴルとフェカンをつなぐ街道に合流している。

森との境目から表玄関までは小道がまっすぐ伸びている。海辺の石を積み、藁を葺《ふ》いただけの粗末な小屋が、庭の両側、隣接する農場との境界にある側溝に沿って並んでいた。

屋敷の屋根はすべて葺き替えられ、窓枠などの木製部分も新しくしてあった。壁も修理され、各部屋の壁紙も張り替えられていた。部屋の内部もすべて塗りなおされている。古ぼけた屋敷の外壁はすでに色あせており、中庭側の壁面はねずみ色になっていたため、白銀に輝くよろい戸や、塗りなおしたばかりの白漆喰《しろしっくい》がかえって染みのように浮いて見えるのだった。

もうひとつの壁面、ジャンヌの部屋の窓がある側からは、木立や、風に痛めつけられた楡の防風林の向こう、はるか遠くに海が見える。

ジャンヌは父と腕を組み、屋敷のなかを隅から隅まで見てまわった。それから、庭園をぐるりと囲むポプラの並木道をゆったりした足取りで散歩しはじめた。木々の根元には草が生い茂り、緑の絨毯《じゅうたん》が広がっていた。林はうっとりするほど実に美しく、木立のあいだを縫うように細い路地が続いている。とつぜん、茂みから野ウサギが飛び出してきた。ジャンヌは思わずびっくりしたが、ウサギはそのまま土手を飛び越えると、ハリエニシダのなかを断崖のほうへ走り抜けていった。

昼食後、まだ疲れの抜けないアデライド男爵夫人は、午後も部屋で休むという。そこで、男爵はジャンヌを連れてイポールの村まで足をのばすことにした。

まず、レ・プープルの屋敷があるエトゥヴァンの村落を抜ける。三人の農民が昔からの知り合いのように、二人に挨拶をしてきた。

そのまま斜面にある森を突き進む。この斜面は、谷のカーブに沿って、海まで続いているのだ。

やがてイポールの村に出る。家の戸口に腰を下ろし、古着をつくろっていた女たちが、通り過ぎるジャンヌたちに視線を向ける。坂道の中央には雨水や下水を集める溝があり、水が流れていた。両側に並ぶ家々の戸口にはがらくたが積まれている。道には潮のきつい匂いが漂っていた。ところどころに小さな銀貨のように光る魚のうろこを残したまま、黒っぽい網が粗末な家の戸口に干してある。そして、そうした家の戸口からは、狭い一間に身を寄せ合って暮らす大家族の生活の匂いがたちのぼってくるのだった。

鳩が数羽、餌を探して溝の縁《ふち》を歩いている。

ジャンヌは、そんな光景をじっと見ていた。見るものすべてが舞台装置のようにものめずらしく、新鮮に感じたのだ。

だが、とある壁の角を曲がったところで、海が目に飛び込んできた。濃い青色に光る海が見渡す限り広がっている。

ジャンヌたちは浜辺の真ん中で足を止め、海を眺めた。羽を広げた鳥のように白い帆をあげた船が沖をゆく。右にも左にも大きな岩壁がそそりたっている。海岸線の片端は突き出た岬で終わっているが、もう片方は視界の限りどこまでも続いている。海岸線が何カ所か窪んで見えるのは、入り江があるのだ。そこからほど近い入り江のひとつには、港と家並みが見えた。小さな波が白い泡で海を縁取り、小石の上を軽やかな音をたてて転がってゆく。

この地方独特の造りの漁船が砂利の上に引き上げられており、タールを塗った丸みのある船腹を陽光にさらしていた。夕刻の満潮にそなえて、船を準備する漁師たちの姿もあった。

船頭の一人がジャンヌたちに歩み寄り、魚を見せた。ジャンヌはこの男から舌平目を買った。自分でこの魚をレ・プープルの家までもち帰るつもりだった。

男はさらに船で湾内を案内すると言い出し、なんとか自分の名を覚えてもらおうと何度も繰り返した。

「ラスティックです。ジョゼファン・ラスティックでございます」

男爵は覚えておくと約束した。

二人は屋敷に戻ることにした。

重い魚を運ぶうちにジャンヌは疲れてきた。そこで、魚のえらに父の杖を通し、二人がかりで運んでいくことにした。二人は額に風を受け、目を輝かせながら、陽気な面持ちで子どものようにお喋りをしつつ、海辺の坂道を上っていった。だが、気持ちとは裏腹に、舌平目の重みで徐々に腕がだるくなり、いつしか脂ぎった魚の尾を地面に引きずるようになっていた。

2

ジャンヌにとって、自由でわくわくするような生活が始まった。本を読み、夢想にふけり、一人きりで周辺を歩き回る。ぼんやりと空想を楽しみながら、街道に沿ってゆっくり歩くこともある。かと思えば、うねるように続く小さな渓谷を跳ねるように降りていくこともあった。渓谷の両側には、金糸の祭服をまとったかのようにハリエニシダの花がふさふさと茂っている。気温が上がるにつれて、花の甘く強い香りがたちのぼり、香辛料入りのワインのようにジャンヌをうっとりさせる。浜辺に打ち寄せる波の音が遠くかすかに聞こえ、波のうねりがジャンヌの心を揺さぶる。

ふと何をするのも面倒くさくなって、斜面に生い茂った草の上に寝そべることもあった。草が生い茂る、すり鉢状の谷のカーブを曲がったとたん、遠くに三角形の海がきらきらと日を浴び、水平線に漁船の帆が点在しているのが目に入り、これまで頭上はるか彼方を漂っていた幸福が密かに近づいてきているような気がして、取り乱しそうなほど嬉しくなることもあった。

すがすがしい風土のなかでゆっくりと過ごし、静けさに包まれて丸い水平線を眺めていると、ジャンヌは一人でいることを幸福に思う。丘のてっぺんに腰を下ろしてじっとしていることもあった。あまりに何時間もじっと動かないので、いつしか足元で野ウサギが跳ね回りだすほどだった。

水のなかの魚、宙を舞うツバメのように、疲れ知らずで躍動を楽しみ、海風に打たれながら断崖の上を走ることもよくあった。

ジャンヌは地面に種をまくように、この地に記憶の断片を撒き散らしていった。思い出はやがてここに根をはり、死ぬまでここに残るだろう。ジャンヌは思った。自分は、この渓谷の隅々に今の気持ちを少しずつ残しておこうとしているのかもしれない。泳ぎにも夢中になった。陸が見えなくなるまで泳ぎ続ける。大胆に力強く泳ぎ、危険など感じない。冷たく青く透き通った海に身を浸していると、いい気持ちだった。海は彼女を抱き、ゆっくりと揺らす。沖に出ると、仰向けになり胸の前で腕を組んで、青く深い空をぼんやりと眺める。ツバメや白い海鳥が、敏捷な動きで空を横切っていく。もうほとんど何も聞こえない。わずかに聞こえてくるのは、砂利に打ち寄せる潮騒の響きや、波に乗って運ばれてくる浜辺の人の声だけ。それも、かすかにぼんやりと聞こえるぐらいだ。ふと喜びに駆られて身を起こし、甲高い叫び声をあげながら、両腕で海面をばしゃばしゃと叩き、一人ではしゃぎだすこともあった。

ときには海岸から遠ざかりすぎ、船に迎えに来てもらうことさえあった。

屋敷に帰るころには空腹のあまり顔色が青ざめるほどだったが、その足取りは敏捷かつ軽やか、唇には笑みが浮かび、目は喜びに輝いていた。

いっぽう父の男爵はといえば、新しい農法を大々的に試そうと計画していた。あれこれ試して革新をはかり、新たな農具や珍しい品種の導入に挑戦しようというわけだ。男爵は一日の大半を農民たちとあれこれ話をして過ごすのだが、農民たちは男爵の提案する新奇な試みに懐疑的で、なかなか首を縦に振ってくれないのだった。

男爵は、イポール漁港の船頭たちと海に出ることも少なくなかった。周辺にある洞窟や噴泉、奇岩をひととおり訪ね終えると、今度はそこらの漁師のように釣りをしてみたいと言い出した。

心地よい風の吹く日、帆にたっぷりと風を受け、船の丸みをおびた腹が波の背をすべっていく。船の左右から海の底に向けて流し釣りの糸を垂らすと、鯖《さば》の群れが船を追いかけてくる。男爵は不安げに、震える手で細い糸を握る。魚が餌にくいつくと同時に糸から振動が伝わってくるはずなのだ。

前日に仕掛けておいた網を引きあげるため、月明かりのなかを出かけていくこともあった。男爵は船のマストが風に鳴る音が好きだった。音をたてて吹きつける、ひんやりとした夜風が好きだった。岩のとんがりや、鐘楼の屋根や、フェカンの灯台を目印に、何時間もうろうろと帆走し、ようやく仕掛けのブイを見つける。昇る太陽の最初の光を浴びながら、じっとしているのはこのうえもない喜びだった。甲板の上の、大きな扇を広げたようなエイの滑《ぬめ》った背や、カレイの脂ぎった腹が朝日に照らされて光るのだ。

男爵は毎日、食事の時間になると、散歩で見聞きしたことを熱心に語る。夫人は夫人で自分がポプラ並木を何往復したかを語るのだ。夫人は、屋敷の右側、クイヤール家とのあいだにある並木を往復していた。左側の並木道は日当たりがあまりよくないのだ。

周囲から「動くこと」を勧められ、夫人は熱心に歩くようになった。夜の冷気がなくなるのを待ち、夫人はロザリの腕につかまって二階から降りてくる。そしてマントと二枚のショールを着込み、黒い頭巾を頭にかぶった上から、さらに赤い毛糸帽までかぶるのだ。

左足のほうが右足よりも重たく感じ、足を引きずって歩くので、道には往きと帰りで二本の埃っぽい筋が残り、そこだけ草が生えないままになっている。だが夫人は足を引きずりながらも、いつまでもいつまでも敷地の端から林の入り口の灌木《かんぼく》のあたりまでの道のりを、ただまっすぐ、永遠の旅のように往復し続ける。彼女は散歩コースの起点と終点にベンチを設置させた。それでも五分ごとに足を止め、辛抱強く介助してくれるロザリにこう言うのだ。「そろそろ休みましょうよ。ちょっと疲れたわ」

彼女は足を止めると、頭にかぶっていた毛糸帽を脱いでベンチに置き、次にはショール、もう一枚のショール、さらに黒頭巾、ついにはマントまで脱いでは置いていく。最後には、並木道の両端に脱いだ衣類の山ができる。昼食の時間になると、ロザリは片手で夫人を支え、もう片方の手で防寒着の山を抱えて屋敷に戻るのだった。

午後になると、夫人は散歩を再開するが、足取りはおぼつかず、休憩時間も増える。長椅子を外に運ばせ、一時間ほどそこに横になってうとうとすることもあった。

夫人はこれを「私の運動時間」と呼んでいた。彼女にとっては、心臓肥大も「私の心臓肥大」なのだ。

十年前、息切れがひどいので医者にみてもらったところ、心臓肥大が原因だと言われた。以来、それが実際何を指すのかもわからないまま、この言葉は彼女の頭に刻みつけられてしまった。夫人は夫や娘やロザリの手をとり、自分の心臓をさわらせようとする。だが胸についた厚い脂肪にさえぎられ、軽くさわっただけで鼓動を感じ取るのは難しい。そのいっぽうで夫人は、新たに別の医者にかかることを断固として拒否していた。また別の病気が見つかりそうで怖いのだ。彼女は何かというと「私の心臓肥大」をもちだしてくる。まるで、この病気が彼女だけの特別なものであり、ほかの者は手を出せない彼女だけの所有物であるかのような執着ぶりなのだ。

服や帽子や傘のように、この病気は男爵にとって「妻の心臓肥大」であり、ジャンヌにとっては「お母様の心臓肥大」なのだった。

若き日の男爵夫人はとても美しく、葦よりもほっそりしていた。彼女は、ナポレオンが栄華を誇った帝政時代、軍人たちと次々とワルツを踊った。その後、スタール夫人の『コリンヌ』を読んで感動のあまり涙を流した。以来、彼女はこの本に強く影響を受けているのだ。

身体つきがどっしりしてくるにつれて、彼女の心はますます詩的な世界へと向かっていった。太りすぎで椅子から動くことさえ億劫《おっくう》になっても、想像の世界ならば、ロマンティックな冒険物語のヒロインとなってさまようことができるのだ。なかでも、お気に入りの物語があった。オルゴールのねじを巻き、同じ曲を何度も繰り返し聞くように、彼女はその物語を何度も思い返しては楽しんでいた。囚われの女とツバメが登場するような物憂げな恋物語であれば、どんな陳腐なものだろうと涙がこぼれてくる。ベランジェ[3]の卑俗な流行歌でも、悲恋の歌でさえあれば、彼女は満足だったのだ。

男爵夫人はしばしば何時間でもじっと動かず夢想に浸っていた。彼女はこのレ・プープルの屋敷が非常に気に入っていた。この屋敷は彼女の心に刻み込まれた物語のロマンティックな情景にぴったりだったし、周辺の森や人気《ひとけ》のない野原、近くに見える海は、数カ月前から読みはじめたウォルター・スコットの作品を思わせるからだ。

雨の日は自室にこもり、「思い出の品」を眺めて過ごす。思い出の品とは、これまでにもらった古い手紙のことである。父からの手紙、母からの手紙、婚約時代に男爵からもらった手紙などだ。

手紙は、四隅に真鍮のスフィンクスの飾りがついたマホガニーの文机《ふづくえ》の引き出しにしまってあった。男爵夫人は特別な思いをこめ、ロザリに声をかける。「『思い出の品』が入った引き出しをもってきてちょうだい」

ロザリは天板を開け、引き出しを抜くと、夫人のすぐ横の椅子の上に置く。夫人は、ときに便箋に涙を落としながら、ひとつひとつゆっくりと手紙を読んでいくのだった。

ジャンヌがロザリの代わりを務めることもあった。ジャンヌは母の散歩につきあい、子ども時代の思い出話に耳を傾ける。ジャンヌは、夫人の昔話を自分のことのように

3　ピエール＝ジャン・ド・ベランジェ（一七八〇〜一八五七年）。詩人、作詞家として当時、大衆の絶大な人気を得る。

聞いた。そして母が自分と同じようなことを考え、同じような願望をもっていたことに驚くのだった。人類最初の人間の心をどきりとさせ、また人類最後の男女の心をときめかせるような瞬間というものがこの世にはいくつも存在する。だが、そんな瞬間を経験した者は誰であれ、自分がこの世で初めてその感覚を得たのだと思い込んでしまうものなのだ。

夫人はゆっくりと話し、それにつられて歩みも遅くなる。息が切れて話が中断することもある。そんなときジャンヌは、途中で止まってしまった話よりももっと先のこと、喜びに満ちた未来に胸を弾ませたり、希望に思いをめぐらせたりするのだった。ある日の午後、ジャンヌと母が奥のベンチで休んでいると、とつぜん並木の向こうから太った神父がこちらにやってくるのが目に入った。

神父は遠くから彼女たちに挨拶をし、にこにこしていた。近くまで来ると改めてもういちど会釈をし、大きな声を出す。「これはこれは男爵夫人、ご機嫌いかがですか」地元の司祭[4]だった。

啓蒙の時代に生まれ、信心の薄い父に育てられ、フランス革命の時期を過ごした男爵夫人は、あまり熱心に教会に通ったことはなかったが、女性にありがちな本能的な信仰心から、聖職者たちには好意的だった。

地元の司祭であるピコ神父のことをすっかり忘れていた男爵夫人は、神父の顔を見るなり、思わず顔を赤らめた。そして、こちらに来てからまだ挨拶にも行っていないことを詫びた。だが神父は特に気分を害した様子もない。神父はジャンヌに目をやり、お元気そうで何より、と挨拶した。自らもベンチに腰を下ろし、三角帽を膝に置いて額の汗をぬぐう。神父はひどく太っており、真っ赤な顔で滝のように汗を流していた。汗の染みこんだ大きなチェックのハンカチをポケットから取り出し、ひっきりなしに顔や首の汗を拭いている。だが、そのハンカチを服のポケットに納めた次の瞬間、肌には新たな汗のしずくが噴き出している。突き出た腹を覆う僧服に汗が滴り、道から舞い上がった砂埃のせいで、そこが丸く染みになっていた。

いかにも田舎司祭といった感じの陽気な男だ。寛容で話し好きでお人よし。神父はあれこれと話をし、近所の人たちについても触れたが、目の前にいる二人が、まだ教

4　十七～十八世紀にかけての思想運動。合理主義に基づき、伝統や保守的な思想を批判、フランス革命の下地をつくった。

会に顔を出していないことには気づいていないようだった。男爵夫人はもともと漠とした信心しかもっていないうえ、不精だったし、ジャンヌはといえば、宗教行事ばかりが続く修道院の生活から解放されたのが嬉しくて、それどころではなかったのである。

そこへ男爵がやってきた。男爵は汎神論的な信仰を支持していたので、カソリックの教義には無頓着だった。それでも古くからの知り合いである神父には好意的で、夕食を一緒にどうぞと引き止めた。

司祭は人を喜ばす術《すべ》を心得ていた。どんなに出来の悪い人間でも、ちょっとした偶然から人々の上に立つことになり、人心を扱うことになれば、無意識のうちにこうした技能を身につけるものである。

男爵夫人は神父を歓待した。もしかすると、似た者同士は惹かれ合うからかもしれない。神父の赤ら顔や、でっぷりとした体型で息を切らしているあたりが、自分の息苦しさや肥満と重なって好感を覚えたのだ。

食事が進み、デザートのころになると、神父はほろよい機嫌で司祭としての才能を発揮しはじめた。楽しい食事のあとには、よくある無礼講の噂話というわけだ。

彼はとつぜん、いいことを思いついたとばかりに声をあげた。「そうそう、うちの教区に新しい方《かた》が参りましてね。あなた方にぜひとも紹介しなくては！　ラマール子爵とおっしゃる方なんですよ」

「ラマールって、あのウール県のラマール家の方なんですか」男爵夫人は、この地方の貴族の紋章をすべて知り尽くしているのだ。

神父はうなずいて続けた。「ええ、ええ、そうです。昨年亡くなられたジャン・ド・ラマール子爵の息子さんですよ」家柄のことになると夢中になってしまう男爵夫人は、神父を質問攻めにし、詳細を聞き出した。それによると、亡き父の借金を返すため、その子爵とやらは城を手放し、ここエトゥヴァンに所有していた農場のひとつで仮住まいを始めたのだそうだ。この農場による収入は多く見積もっても年間五、六千リーブル程度であるが、子爵は倹約家かつ堅実な男で、この先二、三年程度は粗末な別荘で暮らして資金をため、やがては社交界に乗り出し、少しでも有利な結婚相手を見つけるつもりらしい。そうすれば、新たな借金をつくったり、農場を抵当に入れ

5　キリスト教のように唯一絶対の神を信じるのではなく、あらゆるものに神が宿るという考え方。

たりすることもせずにすむというわけだ。

神父はさらに続けた。「実に魅力的な青年ですよ。折り目正しく、もの静かで。でも、この村には少々退屈しているようです」

「では、うちに連れてきてくだされぱいい。たまには気晴らしになるでしょう」と男爵が言った。やがて話題はほかのことに移っていった。

コーヒーを飲み終わり、サロンに席を移すと、食後の運動を習慣としている神父は、庭を少し歩いてみてもいいかと尋ねた。男爵が同行を申し出る。二人は屋敷の白い壁に沿ってゆっくりと歩き、やがて今来た道を戻ってきた。細身の影と、キノコのような帽子をかぶり丸々とした体型のもうひとつの影。ふたつの影は二人が月に向かって歩くと後ろをついてくる。向きを変え、月を背に戻るときは、影が二人の先を行く。神父はポケットから煙草のようなものを出し、嚙みはじめた。いかにも田舎者らしい開けっぴろげな口調で効能を説明する。「これを嚙むと、げっぷが出やすくなるんです。ちょっと胃がもたれがちでしてね」

そして月の渡りゆく夜空をとつぜん見上げたかと思うと、「こういう眺めは、いくら見ても見飽きることがありませんなあ」と言った。

やがて神父は、男爵夫人とジャンヌに別れの挨拶をするため屋敷に戻った。

3

次の日曜日、男爵夫人とジャンヌは神父に対する敬意のような気持ちから、教会のミサに出席した。

ミサが終わると、二人は木曜日の昼食に招待するため、ピコ神父が出てくるのを待っていた。やがて聖具納室から神父が出てくる。優美な青年と一緒だ。青年は親しげに司祭に腕を貸している。神父はジャンヌたちに気がつくと、思わぬめぐり合わせを大げさな身振りで喜んでみせた。さらに大声で告げる。

「ちょうどいいところにいらっしゃいましたね！　紹介しましょう。男爵夫人、ジャンヌさん、こちらがお近くにお住まいのラマール子爵でいらっしゃいます」

子爵はお辞儀をし、かねてよりお目にかかりたいと思っていました、と告げた。そしていかにも経験を積んだ、きちんとした紳士らしく、落ち着いた様子で話しはじめた。女性たちにちやほやされ、同性に疎まれるような美しい顔立ちというものが存在する。彼はまさにそんな顔をしていた。日に焼けた艶やかな額に、黒く縮れた髪が影をつくっている。つけ眉ではないかと思うほど整った眉によって、黒い瞳はますます深く、やさしげな風情《ふぜい》を湛《たた》え、白目は青みがかって見えるのだ。濃く長いまつ毛は、彼の眼差しを熱っぽく雄弁なものにしていた。彼がサロンに顔を出せば、貴婦人たちが心をときめかせ、道を歩けば、籠を抱えた帽子の少女が振り返る。

物憂げな魅力に満ちたその眼差しによって、人は彼を思慮深い人間だと思い、ちょっとした言葉にも深い意味がこめられているかのように感じてしまうのだ。ややもするとごつい印象を与える顎は、繊細で光沢のある濃い髭に隠れている。

長々と社交辞令を交わした後、ジャンヌたちは子爵と別れた。

ラマール子爵が初めて屋敷に訪ねてきたのは、その二日後だった。

彼がやってきたとき、男爵一家は、サロンの窓の向かい、プラタナスの樹の下に今朝ほど設置したばかりの簡素な木製ベンチの様子を見ているところだった。男爵は左右の釣り合いをとるため、菩提樹の下にもうひとつ、対になるベンチを置きたがったが、左右対称を嫌う男爵夫人が反対したのだ。意見を求められ、子爵は夫人の側についた。

それから子爵はこの辺りのことについて話し出した。この辺りには「絵になる」風景が広がっており、一人で歩くうちに、実に魅力的な「景勝地」をいくつも発見したと言う。子爵の目がときおり偶然のようにジャンヌの目を捉えた。とつぜん目が合い、次の瞬間、すっと目をそらす。その瞬間、ジャンヌはこれまでにない感情を抱《いだ》いた。子爵の一瞬の眼差しには、そっとなでるような愛情や、目覚めたばかりの親近感があった。

話すうちに、昨年亡くなった子爵の父親の知人のなかに、男爵夫人の父、キュルトー氏と親しい間柄の人がいるとわかった。そうした縁を見つけたことで、話が活気づき、縁談の話やら、いついつに何があったという話、親戚関係の話などがしばらく続いた。男爵夫人は信じがたい能力で記憶を手繰り寄せながら、家系図の迷路を戸惑うことなく歩き回り、他家の先祖や子孫のことまで並べ立ててみせた。

「子爵さま、ソーノワ・ド・ヴァルフルール家のことをお聞きになりませんでしたか。長男のゴントランはクールシルの娘さんと結婚しましたの。そう、あのクールシル・クールヴィルのお嬢さんですよ。で、次男のほうに嫁いだマドモワゼル・ド・ラ・

ロッシュ＝オーベールが、私の従姉妹ですの。ええ、彼女はクリザンジュ家とも縁続きで。そうそう、クリザンジュさんはうちの父と親しくしていましたから、子爵のお父様ともお知り合いだったのでは」

「ええ、そうです。外国へ移住し、ご子息もみな破産してしまった、というあのクリザンジュさんでしょう？」

「そうそう、その方よ。あの方はエルトリー伯爵と死別し、未亡人になっていた私の叔母に結婚を申し込んだこともあったんです。でも叔母は断りました。あの方、煙草をお吸いになるから、それが嫌だったらしいんです。そういえば、ヴィロワーズ家の消息を何かご存じないかしら？　一八一三年ごろにご不幸にあわれて、トゥーレーヌを離れ、オーヴェルニュに移られたんですけど、その後は音沙汰なしで」

「確か、お年を召していた侯爵ご自身は落馬事故で亡くなったとか。残された娘さんのうち一人はイギリス人と結婚、もう一人はバソールとかいう商人と結婚しましたよ。このバソール、噂によると金持ちらしいんですが、お嬢さんを気に入って、口説き落としたようですよ」

　親たちの会話を聞きながら、子どものころに知り覚えた名前がいくつもよみがえってきた。彼らにとって、家柄のつりあう結婚というのは非常に重要なことであり、社会的な行事なのだ。彼らは会ったことがない人のことでも知り合いのように話していた。きっと話に出てきた相手のほうでも、同じようにこちらのことを話題にしているのだろう。遠く離れていても、彼らは互いに親しみを感じ、友人や親戚のような感覚をもちあっているのだ。共通点は、ただ同じ階級に属し、同じような家柄であるということだけだというのに。

男爵は独立心が強い性格のうえに、信仰や当時の社交界の偏見とは無縁の教育を受けてきたので、この辺りの貴族たちのことをまったく知らなかった。男爵は、子爵に地元の貴族たちについて尋ねた。

子爵が答える。「ああ、この辺りには、あまりいいお家《うち》の方はいませんね」この辺りの山の斜面にはウサギが少ないですね、と言っているかのような調子だ。その後、子爵は詳細を語りはじめた。この辺りに住んでいる貴族は三家族だけ。ノルマンディの貴族のまとめ役を務めるクートリエ侯爵家。血筋は立派だが、つきあいの悪いブリズヴィル子爵夫妻。残るもう一家族はフルヴィル伯爵だが、この人は化け物呼ばわりされている。噂では、夫人を死ぬほど悲しませ、ひどい目にあわせているうえ、伯爵は沼のほとりのラ・ヴリエットの屋敷で狩猟三昧の日々を過ごしているという。ほかにも成り上がりの金満家が何人か、ここらの土地を購入しているようだが、彼らは彼らだけのつきあいにとどまっているようだ。子爵も彼らとのつきあいはなかった。

子爵はそろそろ帰ると言い出した。別れ際、子爵はジャンヌに目を向けた。その目は彼女だけに、単なる挨拶よりももっと熱く、甘美な別れを告げているかのようだった。男爵夫人は、子爵のことをすてきな人だ、実に好青年だと誉めた。男爵も「ああ、そうだね。実に育ちがよさそうな青年だ」と応じる。

翌週、男爵夫妻は子爵を夕食に招待した。以来、彼は三日にあげずこの屋敷を訪れるようになる。

たいていは夕方四時ごろにやってきて、まず「私の並木道」にいる男爵夫人のもとに歩み寄り、腕を貸すことで「私の運動」を手伝う。ジャンヌが家にいるときは、彼女が男爵夫人のもう片方の腕をとる。こうして三人でまっすぐな並木道を端から端までゆっくりと歩き、何度も何度も往復するのだ。子爵がジャンヌに話しかけることは滅多になかった。だが彼の黒いビロードのような目は、幾度となくジャンヌの青いガラス球のような瞳を覗き込むのだった。

子爵とジャンヌは、男爵のお供でイポールにも何度か足を運んだ。

ある日、三人が浜辺にいると、船頭のラスティック爺さんが話しかけてきた。いつものようにパイプをくわえている。彼にとってパイプは顔の一部であり、パイプのない顔は、鼻のない顔以上に想像しがたいものなのだ。「この風なら、エトルタまで行って帰るぐらいわけないですよ。どうです、男爵どの、明日にでも行きませんか」

ジャンヌは手をあわせ、父に言った。「行きましょうよ、お父様。ね、いいでしょう？」

男爵は子爵のほうを振り返り、尋ねる。「一緒にいかがです。エトルタで昼食をとって、戻ってくればいい」

こうして、あっというまに翌日の出発が決まった。

翌日、ジャンヌは夜明けとともに起き上がった。身支度に時間のかかる父を今か今かと待ち、二人で朝露を踏んで歩き出した。まず草原を横切る。それから、鳥たちのさえずりが木の葉を震わせるなか、森を抜けていく。海岸では、ラマール子爵とラスティックが船のキャプスタン［ウィンチ、巻き上げ機］に腰を下ろし、ジャンヌたちを待っていた。

漁師が二人来て、船出を手伝ってくれた。肩を舷《げん》墻《しょう》に押しつけ、全身で船を押すのだ。砂利を敷き詰めた船置場をすべらせていくのだが、なかなか進まない。ラスティックは、竜骨の下に油を塗った丸太を差し入れ、持ち場に戻ると、「えーい、おう、えーい、おう」と抑揚をつけた声を長くひっぱる。この声を合図に、皆が力をひとつにするのだ。

だが、斜面まで来ると、船はとつぜん布が裂けるような大きな音をたて、ひとりでに砂利の上をすべり落ちていった。ちょうど小さな波が泡をたてているあたりで、船が止まる。そこで皆がなかに乗り込み、腰を下ろした。陸に残った二人の漁師が船を海へと押し出す。

沖から吹いてくる穏やかな風が海面をかすめ、波をたてていく。高く上げた帆は風を受け、まるくふくらんでいる。船は波にわずかに体を揺らしつつ、静かに進みはじめた。

海岸が遠ざかっていく。遠くを見ると、空は徐々に低くなり、水平線で海と交わる。陸に目をやれば、そそり立つ巨大な絶壁が足元に影を落としている。断崖の斜面にへばりつくように広がる緑地には、日がたっぷりと照りつけている。向こうに白く見えているフェカンの埠頭を出てきた船だろうか、後ろを振り返ると褐色の帆が点在していた。やがて前方に、不思議な形の巨石が見えてきた。長年にわたって波に洗われることで角がとれ、穴があいたその岩は、大きな象が海面に鼻を突っ込んでいるかのようだ。これが《エトルタの小門》である。

波の揺れに軽いめまいを覚え、片手で船べりにつかまりながら、ジャンヌは遠くを見つめていた。彼女は思った。この世で本当に美しいのは三つだけ。光と空と水。

皆、無言だった。ラスティックは舵と帆足を操っている。ときおり座席の下に隠していた瓶を取り出し、酒を呷《あお》る。彼は、身体の一部のようになったパイプを常にくゆらせていた。パイプからは、いつも細い紫煙があがっている。ラスティックの口の端からも、同じように煙がもれている。誰も彼が黒檀よりもさらに黒いクレア・パイプの火をつけ直したり、煙草を詰め直したりするところを見たことがないほど、彼の口元には常にパイプがあるのだ。たまに唇からパイプを離し、手にもち直したかと思うと、さきほどまで煙を吐いていた口元から、黒い痰が海に向かって飛ぶのだった。

男爵は舳先に座り、一人前の海の男のように帆の状態を見ていた。並んで座ったジャンヌと子爵は、二人ともどこか落ち着かない気分だった。不思議な力に操られ、二人の目が合った。同じ思いにつき動かされたかのように、二人同時に目をあげたのだ。というのも、二人のあいだには、あの曖昧かつ微妙な甘い感情が存在していた。若い男女がいて、青年が醜男ではなく、少女が美しければ、当然そんな思いが生まれるものだ。二人は一緒にいるだけで幸せだった。互いに相手のことが気になっていたからだ。

太陽は、眼下に広がる海をいちばん高いところから見渡そうとしているかのように、天頂を目指して昇ってゆく。だが、海はどこか女を思わせる態度で薄靄《うすもや》をまとい、太陽の光から身を守っていた。靄といってもほとんど透明で、海面のすぐ上をきらきらと漂っているだけなので、視界に影響はないが、それでも遠くがぼんやりとして見える。太陽は燃えるような光線を放ち、きらめく靄を溶かそうとする。太陽の力が最高潮に達したとき、靄は空気に溶け姿を消した。そして鏡のように真っ平らな海が光を反射しはじめたのだ。

ジャンヌはその光景に深く感動し、つぶやいた。「なんてきれいなんでしょう」子爵も答える。「ああ、ほんとうにきれいですね」この朝の明るく澄んだ光によって、二人の心には、こだまのように通い合うものが生まれていた。

とつぜん、彼らの目の前に大門のようなエトルタ名物の奇岩が現れた。今度は海のなかを歩く巨人の脚のような二股の岩である。船が下をくぐれるだけの大きさがある。さきほど通り過ぎた小門のすぐ近くにも白く尖った針のような岩が突き出ている。

エトルタの浜に着いた。最初に下りた男爵がロープを引いて船を固定している間に、子爵はジャンヌを抱き上げ、脚が濡れないように浜まで連れていった。そのまま二人は並んで固い砂利の上を歩き出した。つい今しがたの一瞬の抱擁に、二人とも胸をときめかせていた。二人の耳に、ふとラスティックが男爵に話しかける声が聞こえてきた。「おやおや、お似合いの二人じゃないですか」

海のすぐ近くのペンションでとる昼食は楽しいものとなった。海は言葉も思考も圧倒し、人々を沈黙させる。だが食事は人を饒舌にする。夏休みの子どものように、陽気にさせるのだ。

どんな些細なことでも、いつまでも笑っていられる。

ラスティックは、テーブルに着くと、まだ煙を吐いているパイプをそっとベレー帽のなかにしまった。その姿に笑いが起こる。赤い鼻に惹かれたのか、ハエが何度もやってきては彼の鼻に止まろうとする。ハエの動きが速すぎて捕まえることはできず、手で振り払うのだが、するとハエはすでにお仲間がたくさん止まって模様のように見えるモスリン地のカーテンへと帰還する。それでもまだラスティックのつやつやと光る鼻をじっと狙っていたようだ。しばらくするとまた戻ってきては、そこに止まろうとする。

ハエがぶーんと飛ぶごとに皆が爆笑する。ハエのくすぐりにうんざりしたラスティックが、「まったく、まあ、しつこいやつだ」とつぶやくと、ジャンヌと子爵は涙が出るほど笑い、身をよじり、息を切らせ、ナプキンを口にあてて大声を出すのをこらえたほどだった。

食後のコーヒーがすむと、ジャンヌが「すこし歩きましょう」と提案した。子爵は立ち上がったが、男爵は浜辺で日光浴がしたいという。「二人で行っておいで。一時間後にここで落ち合おう」

二人は、近くにあった五、六軒の田舎家のあいだをまっすぐに抜け、農家のようなこぢんまりとした屋敷《シャトー》の前を通り過ぎた。そこから先は、見晴らしのいい細長い渓谷が続いていた。

二人とも長時間波に揺られていたので、足がふらついていた。潮風のせいで空腹を感じていたが、いざ食事をとったら今度は身体が重い。はしゃいだあとの疲れもあった。そんなわけで、いま二人はふだんとは違う妙な気分になっており、野原をどこまでも走り続けたい衝動にかられていた。ジャンヌはこれまでにない、めまぐるしい感情の移り変わりにすっかり我を失っていた。耳がじんじんして何も聞こえない。

焼けつくような太陽が二人を照らす。道の両側では、収穫間近の作物が暑さにしおれ、頭《こうべ》を垂れていた。草の茎と見間違えそうなほど、たくさんのキリギリスが声を限りに鳴いている。小麦畑も、ライ麦畑も、斜面のハリエニシダも、キリギリスの甲高く騒がしい声であふれていた。

灼熱の太陽の下、ほかには何も聞こえない。空は鏡のように青く澄み渡っていたが、太陽のまわりは黄ばんで見える。金属を火に近づけすぎたときのように、空まで真っ赤になってしまうのではないかと思えるほどだ。

見渡すと、遠く右のほうに小さな森があったので、二人はそこに向かった。斜面が両側から迫るなか、太陽の光も通さない深い樹木の足元に、細い小道が続いている。一歩踏み入れたとたん、二人はひんやりと湿った空気を感じた。水気を含んだ空気が肌を驚かせ肺まで届く。日が当たらず風通しも悪い森のなかには、雑草さえ生えていない。そのかわり苔が地面を覆っている。

二人は歩き続けた。「ほら、あそこ。あそこで休みましょう」とジャンヌが言った。老木が二本枯れて倒れていた。緑陰《りょくいん》にぽっかり穴があき、そこから降り注ぐ光が地面を温めている。この光のおかげで、そこだけ草たちが芽吹き、タンポポやつる草が生えている。靄のように淡く小さな白い花や、花火のようなジギタリスも咲いていた。蝶や蜂、ずんぐりしたスズメバチ、骸骨になった蜂のお化けのような大きなやぶ蚊、さらにはありとあらゆる羽のある虫たち、赤い斑点の入ったテントウムシ、緑鮮やかなカナブン、黒くて角の生えているのやら、たくさんの虫たちがそこに集まっていた。幾重にも生い茂った葉のせいで日が当たらず、冷え切った大地のなかで、そこだけは明るく温かい泉のような場所だったのだ。

ジャンヌと子爵は、頭が日陰、脚が日なたに入るように腰を下ろした。二人は、うごめく小さな生命たちを見つめていた。太陽の光が見せてくれた光景だった。ジャンヌは感動を覚え、同じ言葉を何度も繰り返した。「ほんとうに、いいわね。田舎っていいわ。私も蜂か蝶々になって、花のなかに隠れてみたいって、ときどき思うんです」

二人は、内緒話をするときのように声をひそめ、親しげに自分たちのこと、ふだんの生活や趣味について話した。子爵は、うわべばかりの暮らしや、社交界のつきあいが嫌でたまらないと言った。なにしろ、いつも同じことばかり。真実も、誠実さもない生活なんて、つまらない。

社交界。ジャンヌも以前は社交界がどんなところか知りたいと思っていた。でも実際に社交界を知ることもないまま、田舎のほうがずっと素晴らしいと思うようになっていた。

二人は親密になればなるほど、仰々しいまでに「ムッシュー」「マドモワゼル」と敬称で呼び合っていた。さらに二人は微笑み合い、見つめ合う。何か新しい善なる力が二人に宿ったかのようだった。感情があふれだし、これまでまったく思ってもいなかったものにも興味がわいてくる。

二人は浜に戻ったが、男爵は断崖の真ん中にある地元では有名な洞窟、《お姫様の隠れ部屋《シャンブル・オウ・デモワゼル》》まで足をのばしており、まだ戻ってきていなかった。二人は昼食をとったペンションで、男爵の帰りを待つことにした。

男爵はさんざん海岸を歩き回ったらしく、五時になってようやく戻ってきた。

皆は再び船に乗り込んだ。後方から風を受け、船がゆっくりと進みはじめた。まったく揺れがないので、進んでいる気がしないほどだ。生ぬるい、ゆるやかな息吹のような風がわずかに吹き、船の帆を一瞬だけふくらませる。だが次の瞬間、帆はマストに沿ってだらりと垂れ下がった。白い波頭も死んでいるように穏やかだ。照り疲れた太陽は弧を描き、ゆっくりと海に沈もうとしている。

往きと同様、海に圧倒され、誰もが沈黙していた。

口火を切ったのはジャンヌだった。「旅に出たいわ」

子爵が受ける。「でも、一人じゃ、さみしいでしょう。少なくとも二人旅でなくてはね。だって旅の感動を分かち合う相手が欲しいじゃないですか」

ジャンヌは考え込む。「そうですね。でも私、一人で散歩するのが好きなんです。一人で夢想にふけるのって、とてもいい気持ちなんです」

子爵は彼女をしばらく見つめ言った。「二人で、夢想にふけることだってできますよ」

ジャンヌはうつむいた。子爵の言葉には何か深い意味があるのだろうか。きっと、そうだ。ジャンヌは水平線を見つめた。水平線の彼方、もっと遠くのものまで見ようとしているかのようだ。そして、ゆっくりとした声で話しはじめた。「イタリアに行きたいわ。それからギリシャ。そう、ギリシャがいいわ。コルシカもいいわね。きっと野性味があって、美しいでしょうね」

子爵は湖や山小屋《シャレ》があるから、スイスのほうがいいと言う。

ジャンヌは続ける。「いいえ、私はコルシカのように野性味を残した場所か、ギリシャのように古い国、長年の記憶がつまった国に行きたいの。子どものときから話を聞いてきた昔の人たちの遺跡をたどったり、歴史的な事件のあった場所を訪れたり、どんなにすてきでしょう」

子爵はジャンヌよりも冷静だった。「私はイギリスに惹かれますね。イギリスからは多くのことを学べると思います」

こうして二人は、南極、北極から赤道まで、あらゆる国の特色をあげながら、空想で世界じゅうを旅してまわった。あれこれと風景を思い浮かべ、中国やラップランドのにわかには信じがたい奇妙な慣習などについて熱をこめて語った。そして結局は、フランスが世界でいちばん美しい国だということになった。夏は涼しく、冬でも温暖な暮らしやすい気候、豊かな田園風景、緑の森や、穏やかに流れる大河、それにアテネ文明以降、これほどまでに芸術が栄えた国はほかにないではないか。

再び沈黙が訪れた。

さらに低い位置に傾いた太陽からは、血が流れ出しているかのように赤い光の帯が水平線から船の航跡まで届き、海面の上に輝く道をつくっている。

最後の風が止まった。さざ波も消え、海は平らになる。動きを止めた帆は赤く染まっている。海はどこまでも静寂に包まれている。静寂は空間を圧倒し、いくつもの偶然が重なって生まれた一瞬を前に、誰もが沈黙した。海は異形《いぎょう》の花嫁だ。海は空の下で輝く水の腹を反らせ、今まさに燃え盛る恋人、太陽が自分のもとに降りてくるのを待っているのだ。太陽は抱擁の欲望に耐えられなくなったかのように真紅に変わり、急降下していく。太陽が海に交わる。海はゆっくりと太陽をのみ込んでいく。

ひんやりとした風が水平線から吹いてきた。海にのみ込まれた太陽がこの世に向かって安堵のため息を吐き出したかのように海の胸元が揺れ、さざ波がたつ。

夕暮れは短い。すぐに星たちの輝く夜が広がる。ラスティックが櫂《かい》を手にする。人々は、海が光を放っていることに気づいた。ジャンヌと子爵は並んで座り、船が通り過ぎたあとに起こる海面の光の動きを見つめていた。二人とももう何も考えず、気持ちのよい夜気《やき》を吸い込みながら、ただぼんやりと海を見ていた。ジャンヌは、船の座席に手を突いていた。その手に、偶然だろうか、子爵の指がふれた。ジャンヌは、そのわずかなふれあいに驚き、幸せを感じて戸惑いながらも、そのまま動かずにいた。

夜、家に帰りつき、寝室にさがっても、ジャンヌは奇妙な心の高まりが収まらない。心が乱れるあまり、ちょっとしたことでも、泣き出しそうになるのだった。ジャンヌは置時計に目をやった。このミツバチの時計は、心臓のように規則正しく動いている。この時計は私と同じ鼓動を刻む、私のお友だち。この時計はきっと私の人生を見届けてくれる。喜びも悲しみも、この力強く規則正しいチクタクという響きとともにあるのだ。ジャンヌは指先で金色のミツバチの動きを止め、その小さな羽にキスをした。何にでもキスしたい気分だった。ふと子どものときに遊んだ人形が引き出しの奥にあるのを思い出した。人形を探し出した瞬間、ジャンヌは大好きだった友に再会したような喜びを覚えた。ジャンヌは人形を胸に抱きしめ、赤い頬とカールした亜麻色の髪に熱いキスを浴びせた。

人形を腕に抱いたまま思う。

あの人なのだろうか。いくつもの神秘的な声に導かれ、たどりつくはずの夫、このうえもなく善に満ちた神様が私の人生に与えてくださる夫は、あの人なのだろうか。私のために神がつくりたもうた人、私が人生を捧げるべき伴侶。あの人と私は、あらかじめ結ばれることが決まっていた運命の二人なのだろうか。もしそうなら、二人の思いが結びつき、絡み合い、やがてひとつに溶け合って、愛が生まれるはず。

全身がうごめくような衝動、どうにかなりそうなほど惹きつけられる気持ち、深い感情のうねり。ジャンヌは情熱とはそういうものだと信じていたが、実際にはまだそんな感情を抱いたことはなかった。それでも、自分は子爵を愛しはじめている、と思った。なにしろ彼のことを考えると何も手につかなくなるのだ。ジャンヌは子爵のことが気になって仕方がなかった。彼がそこにいるだけで胸がときめく。目が合っただけで、赤くなったり、青ざめたりする。声を聞いただけで、身体が震えるのだ。

その晩、ジャンヌはあまり眠れなかった。

日を追うにつれて、子爵を愛したいという思いで心が乱れ、ほかのことは考えられなくなっていった。ジャンヌは、一日じゅう自問自答を繰り返していた。花占いや、雲の動き、投げ上げたコインの表裏で答えを出そうともした。

そんなある晩、ジャンヌは父から言われた。

「明日の朝はきれいにしていなさい」「あら、お父様、どうして？」「まだ秘密さ」

翌朝、ジャンヌがきれいに身支度をし、清楚な姿で階下に行くと、サロンのテーブルの上にはキャンディの箱が並び、椅子の上には大きな花束が置かれていた。

中庭に馬車が入ってきた。馬車の扉には「フェカン市パティスリー・ルラ。御婚礼料理配達」と書かれている。荷台の後部扉が開いており、料理女のリュディヴィーヌが見習いコックとともに、平たい籠をいくつも運び出していた。籠からは美味しそうな匂いが漂っている。

ラマール子爵が現れた。パンタロンは足にそってぴったりと伸び、裾は瀟洒なエナメルのブーツに納まっている。ブーツの形状からして足は小さいようだ。ウエストのすぼまった長いフロックコートを着ており、開いた襟元からは胸飾りのレースが覗く。柔らかなネクタイを幾重にも巻いた首が、上品な黒髪に覆われた威厳のある頭部をきっちりと支えていた。子爵はいつもと違っていた。よく知っているはずの顔でも、身なりが変われば特別な雰囲気が宿る。ジャンヌは驚き、初めて会った人を見るような気持ちで子爵を見つめた。威厳のある貴族的な姿。頭の天辺《てっぺん》から足の先まで、名士然としている。

子爵は微笑みながら会釈した。「さあ、名づけ親さん、準備はよろしいですか」ジャンヌはとつぜんのことに口ごもる。「なに？　いったいどうしたの？」「今にわかりますよ」子爵が答える。

馬に引かれ、四輪馬車が玄関につけられた。盛装したアデライド夫人が、ロザリの腕につかまって二階から降りてくる。それを見た男爵が子爵に囁く。「どうやら、うちの女中はあなたに夢中のようですな」子爵は耳まで真っ赤になった。何も聞こえなかったようなふりをして、子爵は大きな花束を手に取り、ジャンヌに差し出した。ジャンヌはさらに驚いたものの、花束を受け取る。それから四人は馬車に乗り込んだ。夫人を元気づけるため、冷たいブイヨンをもって歩み寄ってきた料理女のリュディヴィーヌは、「まあ、ほんとうに結婚式のようですね」と声をあげた。

イポールの村に着いたところで馬車を降りる。村を通り抜けていくと、漁師たちが次々と家から出てきた。皆、粗末ながらも、折り目のついた新しい服を着ている。漁師たちは挨拶をし、子爵の手を握ると、行列のようにジャンヌたちのあとについて歩き出した。

子爵はジャンヌに腕を差し出し、二人は並んで列の先頭を歩いていった。

教会の前で子爵の足が止まる。聖歌隊の子どもが一人、銀の十字架をまっすぐに掲げて出てきた。赤と白の服を着た子どもが、灌水器［聖水をまくときに使う器］の入った聖水壺を抱えてあとに続く。

さらに、年配の合唱団員が三人やってくる。そのうちの一人は足が悪いようだ。つづいてセルパン［ヘビの形をした吹奏楽器］吹きが登場、最後に司祭がやってくる。突き出た腹のせいで、司祭の金色の服は前が開いてしまっている。司祭は微笑み、ジャンヌたちに会釈した。挨拶が終わると、司祭は目を半ば閉じ、僧帽を鼻に届くほど深くかぶり、スルプリ［膝丈の祭服］を着た弟子たちのあとについて、海へと向かう。唇が動いているのは、きっと祈りの言葉をつぶやいているのだろう。

浜辺では、人々が真新しい船を囲んでいた。船には花飾りがつけられている。マストや帆、ロープには長いリボンがそよ風を受けてたなびいていた。船の後尾には金文字で《ジャンヌ号》と名前が入っている。

船長は、あのラスティックだった。資金は男爵が都合した。ラスティックが行列の前に進み出る。男たちがいっせいに帽子を脱いだ。肩から大きな襞が垂れた黒く長い上着に身を包み、頭巾をかぶった信心深い女たちも浜辺に一列に並んで立っている。やがて、十字架が浜辺に到着すると、女たちはそれを丸く取り囲み、跪《ひざまず》いた。

聖歌隊の子どもを両脇に従え、司祭は船の舳先に歩み寄った。三人の合唱団は、司祭と反対側の艫《とも》に立つと大きな口を開け、朝の澄んだ空気のなか調子はずれの歌声をあげはじめた。三人とも垢だらけの身体を白衣に包み、顎は髭に覆われている。楽譜を見ながら真剣な顔つきで歌っていた。

合唱団が息をつくあいだ、セルパンの音だけが牛の鳴き声のように響きわたる。頬をふくらませると、セルパン奏者の小さな目はせりあがった頬のなかに埋もれてしまう。大きく息を吸ったり吐いたりするたびに、額や首の皮膚までが身体からはがれそうなほど大きく動くのだ。

澄み渡り静かな海にはうねりもほとんどなく、熊手で砂利をかくように軽く音をたてながら、指で計れそうな高さのさざ波がたっているだけだった。海は思いを秘め、新しい船の命名式を見守っているかのようだ。白く大きなカモメが翼を広げ、蒼穹に弧を描いて飛んでいく。一度は遠ざかったかのように見えても、浜辺に跪く人たちが何をしているのかが気になるのだろうか、やがて大きく円を描いて戻ってくるのだ。五分間にわたって大声でアーメンと繰り返した後、歌声がやんだ。司祭が、もたつきながらラテン語の文句をもぞもぞと口にする。はたで聞いている者には、語尾の響き以外、何も聞き取れない。

さらに司祭は、聖水を振りかけながら船のまわりを一周する。それから船の脇、名づけ親の正面に立つと、祈りを呼びかける言葉、オレムス［ラテン語で「祈りましょう」の意］をつぶやきはじめた。この船の名づけ親、つまり代父、代母となる子爵とジャンヌは手をとりあい、じっと動かなかった。

子爵は、端正な顔に真剣な表情を浮かべていたが、ジャンヌは突然のことに息がつまり、動揺し、歯の根が合わぬほどがたがたと震えていた。ずっと夢見ていたことが、とつぜん、まるで幻を見ているかのように現実のものとなったのだ。結婚式のようだと誰かが言っていたっけ。目の前に司祭がおり、祝福を与えている。スルプリを着た人々が祈りの言葉を唱えている。まさに今、自分は結婚しようとしているみたいだ。

指が震えている。高ぶった鼓動が血管をつたわり、指の震えを通して子爵の胸にまで届いたのだろうか。ジャンヌが恋に陶酔しているのが、子爵にもわかったのだろうか。彼はその思いを想像したのだろうか、それとも彼自身、同じ思いだったのだろうか。いや、これまでの経験上、どんな女性も自分に恋慕の情をいだくはずだと確信していたのか。初めはそっと握っていた子爵の手に、徐々に力が入り、いまや彼女の手を握りつぶさんばかりになっていることにジャンヌは気づいた。表情を変えぬまま、誰にも気づかれぬよう子爵は言った。小声ながら、彼女にはっきり聞こえるように言ったのだ。「ねえ、ジャンヌ、このまま婚約発表ということにしましょうか」

ジャンヌは「はい」と言う代わりに、ゆっくりとうなずいた。さきほどから聖水をまき続けていた司祭が、指先で彼らのほうに水滴を投げてよこした。

式は終わった。女たちが立ち上がる。帰りの道中はめちゃくちゃだった。子どもが手にもっている十字架も、もはや威厳を失っている。子どもが走るので、十字架は右に傾き左に傾き、前にかしいだかと思えば、今にも倒れそうになっている。その後ろを司祭がもう祈りの言葉をつぶやくこともなく、駆け足でついていく。少しでも早く着替えたいセルパン奏者と合唱団の面々は、脇の小道に姿を消していた。漁師たちもいくつかのグループに分かれて、道を急ぐ。厨房から匂いが漂ってくるのを感じたかのように、皆、同じことを考え、足を早めていた。口にはつばがわいていた。その思いは腹の底まで下りていって腸《はらわた》を歌わせる。

レ・プープルの屋敷では、素晴らしい昼食が彼らを待っていた。

中庭のリンゴの樹の下に大きなテーブルが用意されている。地元の漁師や農民まで六十人が同席した。男爵夫人は、イポール村の司祭とレ・プープルの司祭、二人の司祭にはさまれて中央に鎮座している。その向かいの席では、男爵が村長と村長夫人のあいだに座っていた。村長夫人は年寄りの痩せた田舎女で、常に四方八方に会釈ばかりしている。ノルマンディ風の大きな帽子に細面。その姿は白い雌鶏を思わせる。いつも驚いているかのような丸い目といい、鼻で皿をつつくように、ちょこちょこと忙《せわ》しなく食事をするさまといい、鶏にそっくりだ。

ジャンヌは子爵と並んで座り、幸福のなかを漂っていた。もう何も目に入らないし、何が何だかわからない。ただ、嬉しくて頭がぼうっとしたまま、口もきけなくなっていた。

ジャンヌはようやく尋ねる。「あの、子爵様、お名前は何とおっしゃるのですか」

「ジュリアンです。ご存じなかったんですか」

だが、ジャンヌは何も答えなかった。彼女はこう思っていたのだ。「これから何度も何度も、私はこの名前を呼ぶことになるのね！」

食事が終わると中庭には漁師たちだけが残り、ほかの者たちは屋敷の正面にある前庭に移った。男爵夫人は夫の腕を借り、「私の運動時間」に入る。二人の司祭もこれにお供する。ジャンヌとジュリアンは木立のところまで歩き、草の茂る小道に入った。とつぜんジュリアンがジャンヌの手をとり、言った。「私の妻になってくれますね」ジャンヌは再びうつむいた。子爵が「答えてください、お願いです」と声をつまらせながら言うのを聞き、ジャンヌはゆっくりと顔をあげた。子爵は、彼女の眼差しに答えを読み取ったのである。

4

ある朝、ジャンヌがまだベッドにいるうちに、男爵が彼女の部屋にやってきた。ベッドの足の側に腰を下ろし、話しはじめる。

「ラマール子爵がおまえと結婚したいと言ってきた」

ジャンヌはシーツのなかにすっぽり身を隠したくなった。

「返事は待ってもらっている」

ジャンヌは胸がいっぱいで息苦しくなってきた。男爵はわずかに間をおいたあと、微笑みを浮かべ、つけ加えた。

「おまえの気持ちを聞かずに勝手にどうこうするつもりはないよ。私もお母様も、この結婚に反対というわけじゃない。でも、かといって、おまえに無理に結婚をすすめるつもりもないんだ。おまえのほうが、彼よりもずっと資産がある。でもね、一生の幸福を考えるなら、お金のことばかり考えていてもだめだ。子爵には親族がいない。だから、おまえが彼と結婚すれば、彼のほうがこの家に入ることになる。だが別の人と結婚すれば、おまえのほうが、よその家にお嫁に行かなくちゃならないんだ。子爵はいい青年だ。おまえは彼をどう思うんだね？」

ジャンヌは髪の毛まで真っ赤になりそうな思いで、口ごもりつつ答えた。「お受けします」

男爵はジャンヌの目をじっと覗き込み、笑顔のまま囁いた。「そう言うと思っていたよ、ジャンヌ」

それから、ジャンヌは酔っぱらっているような状態で夕方まで過ごした。何をしてもうわの空のまま、物を手にしても取り違えてばかり。大して歩いてもいないのに、疲れたときのように足取りがおぼつかない。

六時ごろ、ジャンヌが母とともにプラタナスの樹の下に座っていると、子爵がやってきた。

ジャンヌの心臓は早鐘のように打っていた。子爵は平然とした顔で近づいてくる。すぐ近くまで来ると、子爵は男爵夫人の手をとりキスをした。それから震えるジャンヌの手をとると唇を押し当て、愛情と感謝のこもった長いキスをするのだった。

輝かしい婚約の日々が始まった。二人きり、サロンの隅でお喋りしているときもあれば、灌木の茂みのなか、土手に腰を下ろし、野趣あふれる風景を眺めながら語り合うこともあった。男爵夫人の「私の並木道」を二人で散歩する姿もたびたび見られた。そんなとき、子爵は未来を語り、ジャンヌはうつむいて砂埃の舞う道に残された男爵夫人の足跡を見つめながら歩く。

ひとたび話が決まると、早いほうがいいということになった。かくして、式の日取りは六週間後、八月十五日に決まった。新郎新婦はそのまま新婚旅行に向かうことになっている。どこに行きたいかと聞かれ、ジャンヌはコルシカ島を選んだ。イタリアの街を訪れるよりも、二人きりで過ごせる時間がたくさんあると思ったからだ。二人は婚礼の日を待っていた。じりじりと待ち焦がれるというわけではない。それでも、甘美なやさしい空気が彼らを取り巻き、包み込んでいた。ちょっとした愛撫や、指を重ねたり、魂がひとつになったような気がするほどじっと見つめ合ったりすることに幸せを見出《みいだ》しながら、本気で抱擁してみたいという漠とした欲望にさいなまれることもあった。

結婚式は身内だけで行うことにした。唯一の例外は、男爵夫人の妹にあたるリゾン叔母だ。彼女は、ヴェルサイユの修道院に寄宿していた。父を亡くした後、男爵夫人は妹を自分のもとに引き取ろうとした。だが、未婚のまま年を重ねた妹は、幸《さち》薄く孤独な人々に住処《すみか》を提供している修道院に身を落ち着けた。彼女は自分が皆の迷惑になると考え、自分は役立たずで邪魔者だと思い込んでいたのだ。

それでもリゾンは、姉である男爵夫人のもとを訪れ、一、二カ月滞在することがあった。

リゾンは口数の少ない小柄な女性で、常に控えめだった。食事のときだけは下に降りてくるが、食事が終わるとすぐに自室に戻り、そのままほとんど出てこない。いかにも善良な老女という雰囲気だが、実はまだ四十二歳だった。その目はやさしく悲しげだ。彼女は家族のなかでも、常に見過ごされているような存在だった。子どものときから、美人でもお転婆でもなかった。皆にキスしてもらえるような子どもではなく、部屋の隅で静かにおとなしくしている子どもだった。以来、彼女はいつも受身のまま生きてきた。年頃になっても、誰も彼女を相手にしてくれなかった。

彼女は影のような、見慣れた置物のような存在だった。いわば生きた家具のようなもので、日々目にしていながら、本気でそれについて考えることはない、そんな存在だ。

姉である男爵夫人も、親たちがそうしていたように、リゾンを半人前の取るに足らぬ存在と見なしていた。家族として親密さを示しながらも、そこには善意を装った軽蔑が含まれていた。彼女はリーズという名だったが、自身、この優美で若さを感じさせる名に居心地の悪さを感じていた。やがて彼女が結婚せず、今後も結婚しそうもないことを見て、まわりはリーズをもじってリゾンと呼ぶようになった。さらにジャンヌが生まれ、彼女は「リゾン叔母さん」となった。目立たない身内の一人。こぎれいな身なり。ひどく内気で、自分の姉や義兄と話すときさえ、おどおどしている。もっともこの姉夫婦、つまり男爵夫妻の側とて、リゾンに対する親愛の情は、深くかかわろうとしない優しさと、無意識の同情、自然な親切心が交じり合ったものでしかなかった。

男爵夫人は、若いころの思い出話をするときに、ときおり「あのリゾンがとんでもないことをしでかしたころ」という言葉を使った。身内にはそれだけで、それがいつごろのことかわかるのだ。

誰も、それ以上のことは言わない。「とんでもないこと」が何を意味するのかは、はっきりしないままだ。

それは、リゾンが二十歳のころだった。彼女はある晩とつぜん、これといった理由もないのに身投げをしたのだ。彼女の人生にも、その生活態度にも、入水《じゅすい》の原因になりそうな出来事は見当たらなかった。彼女は瀕死の状態で水から引き上げられた。両親は怒って腕を振り上げたものの、謎の自殺行為の原因を探ろうとはせず、ただこの出来事を「とんでもないこと」と言うだけにとどめた。そのしばらく前に、馬のココが轍《わだち》に足をとられて骨を折り、安楽死させねばならなかったという事件があったのだが、彼らにとっては、リゾンの入水もココの死も同じようなものだったのだ。

この事件以来、リゾンは無能な人間と見なされてきた。近親者は彼女にやさしい軽蔑の情を抱き、さらにそれがまわりの人々にも伝染していく。子ども特有の本能でそれを嗅ぎ取り、ジャンヌも幼いときからこの叔母を軽んじてきた。ベッドまでお休みのキスに行くこともなければ、叔母の部屋に入ったこともない。そもそも叔母の部屋がどこにあるのか知っているのは、その部屋の最低限の掃除や整頓を受け持っているロザリぐらいのものだ。

リゾン叔母さんが昼食のために食堂に降りてくると、幼いジャンヌは立ち上がって、額にキスを受けに行く。それが習慣だからそうしていただけだ。

リゾンに話があるときは、使用人に呼びに行かせる。リゾンがいなくても、誰も気にかけず、彼女のことを思う人はなく、「おや、今朝はリゾンの姿が見えないね」などといぶかしんだり、問いかけたりすることはありえない。

彼女は存在感が薄かった。まるで誰も踏み入らない荒地のように、誰からもかまわれることなく、たとえ死んでも、家のなかに空白や欠落が生まれるわけでもなく、周囲に生きる人たちの存在にも、習慣にも愛情にも何のかかわりをもたない人、そんな人がいる。彼女はまさにそうした人物だった。

リゾン叔母さんという言葉を口にしても、人々の心には何の感情も浮かんでこない。《コーヒーポット》や《砂糖壺》という言葉となんら違いがないのだ。

彼女はちょこちょこと急ぎ足で歩き、静かにしている。音をたてたり、何かにぶつかることもなく、彼女がふれると物まで音をたてなくなる。まるで手が真綿でできているのではないかと思うほど、彼女は物をそっと丁寧に扱い、いっさい音をたてないのだ。

七月半ば、結婚の知らせを受け、リゾン叔母さんは大慌てでレ・プープルにやってきた。結婚祝いの贈り物をいくつももってきたのだが、これもまた彼女からということで誰の目にも留まらないままとなった。

到着の翌日から、もう誰も彼女の存在を気に留めなくなってしまった。

だが表に出さなくても、彼女はいつになく興奮していた。その目は常に若い二人を追いかけている。異常なまでの情熱をもち、彼女はジャンヌの花嫁支度を一手に引き受けていた。誰も会いにこない自室にこもり、お針子のように熱心に縫い物をしているのだ。

リゾン叔母は、自分で縁取りをしたハンカチや、イニシャルを刺繍したナプキンを姉である男爵夫人に見せては、「こんな感じでいいかしら」と尋ねる。男爵夫人は、大して気にも留めない様子でそのできばえを眺め、「リゾン、そんなに根を詰めなくてもいいのよ」と言うのだった。

その月の終わりのある晩のこと。じっとりと暑い一日が終わり、月が昇った。今時分の季節にはよくあることだが、夜になっても明るく、暖かい。心を乱し、ゆり動かし、高揚させ、心の奥底に眠る詩情を呼び覚ますような夜。野原を渡るそよ風がサロンに流れ込んでくる。男爵夫妻は気のない表情のまま、テーブルにランプが描く光の輪のなかでカードゲームをしている。ジャンヌとジュリアンは夫妻のあいだに陣取り、編み針を動かしている。ジャンヌとジュリアンは開いた窓の前に並び、月明かりが照らす庭を眺めていた。

広い芝生に菩提樹とプラタナスが影を落としている。黒い木立まで続いている芝生は月明かりに照らされ青白く輝いていた。

ジャンヌは甘美な夜の心地よさ、ぼんやりと照らされた木々や花壇の眺めに、どうしようもなく心が惹きつけられ、男爵夫妻に声をかけた。

「お父様、ちょっと前の芝生を歩いてくるわ」

男爵は目もあげずに「ああ、行っておいで」と答え、そのままゲームを続けた。ジャンヌとジュリアンは外に出ると、白く光る芝生の上を奥の木立までゆっくりと歩いていった。

なかなか帰る気になれないまま時が過ぎる。

男爵夫人は疲れたので、そろそろ寝室にさがると言い出した。「あの二人を呼んでこなくてはね」

男爵は、月明かりの庭をゆっくりと歩くふたつの人影にちらりと目をやりながら言った。

「放っておけばいい。外はいい気分だろう。二人が帰ってくるまでリゾンに待っていてもらえばいいさ。なあ、リゾン、いいだろう」

リゾン叔母は落ち着かない様子で目をあげ、おどおどした小さな声で答えた。「ええ、もちろん、かまいませんよ。私が二人の帰りを待ちましょう」

男爵は、夫人が立ち上がるのに手を貸す。彼自身、日中の暑さで疲れていた。「私も寝るとしよう」夫妻はサロンを出ていった。

夫妻がいなくなると、リゾンは長椅子の肘掛けに編みかけの毛糸と編み針を置き、自分も立ち上がった。窓辺に肘をつき、美しい夜を眺める。

ジャンヌたちは、玄関先の石段から木立へ、木立から石段へと何往復もしながら、庭をいつまでも歩き続けていた。指をからめ、無言のまま二人は歩き続けた。二人は解き放たれたような心地で、大地からたちのぼる詩情に満ちた空気に溶け込んでいた。

ジャンヌは、ふとランプの灯りが窓辺にリゾン叔母の姿を照らし出しているのに気づいた。

「あら、リゾン叔母さんがこっちを見ているわ」

ジュリアンが顔をあげた。何も考えていない、どうでもいいと言わんばかりの声で言う。

「ああ、リゾン叔母さんが見ているね」

二人はそのまま夢心地でゆっくりと歩き、愛を確かめ合った。

だが、草木の上に露が降り、二人は肌寒さを感じはじめていた。

「そろそろ戻りましょう」

二人が屋敷に戻ると、サロンではリゾン叔母さんが再び編み物を始めていた。リゾンは身をかがめ、手元に神経を集中させているようだった。だが、その痩せた指は、疲れのせいか小刻みに震えている。

ジャンヌは叔母に歩み寄った。

「叔母様、私も、もう寝るわ」

リゾン叔母は編み物から目をあげた。その目は泣いたあとのように赤かった。だが、二人はそんなことには気づかない。ジュリアンは、ふとジャンヌの小さな靴が露でぐっしょり濡れていることに気がついた。心配になったジュリアンは、ジャンヌにやさしく尋ねた。「足が冷たくはありませんか」

とつぜんリゾン叔母の指が激しく震えだし、編み物が手から落ちた。毛糸玉が床の上をはるか遠くまで転がっていく。リゾンは両手で顔を覆い、ぶるぶると身を震わせながら嗚咽《おえつ》しはじめた。

ジャンヌとジュリアンは、呆然としたまま叔母を見つめ、立ち尽くしていた。ジャンヌは大慌てで叔母の膝にすがり、その腕をつかんで顔を覗き込みながら、驚いた声で尋ねた。

「叔母様。どうしたの。どうしたというのよ」

するとリゾンは悲しみに身を震わせ、涙に濡れた声でたどたどしく答える。

「子爵様がおまえに、足は、足は、冷たくないかって聞いたもので。私は、私は、誰からも、一度もそんなことを言ってもらったことがない」

ジャンヌは驚き、同情し、そのいっぽうで、リゾンにやさしい言葉をかける恋人なんて想像しただけで笑い出しそうになってしまった。子爵も笑い出しそうになるのをこらえ、あらぬ方向を向いている。

だが、リゾンはとつぜん立ち上がると、床に転がった毛糸玉や、長椅子に放り出した編み物に目もくれず、そのまま部屋を出ていった。暗い階段を灯りもつけずに、手探りで寝室へと昇っていく。

二人きりになったジャンヌとジュリアンは、おかしいやら、かわいそうになるやらで、顔を見合わせた。かわいそうな叔母さん、とジャンヌはつぶやき、「今夜のリゾン叔母さんはどうかしていますね」とジュリアンも答えた。

二人は離れがたいままに手をとりあい、ついさっきまでリゾン叔母の座っていた空っぽの肘掛け椅子の前で初めての口づけを交わした。

そして翌日ともなれば、リゾン叔母の涙のことなどすっかり忘れてしまっていた。結婚までの二週間、ジャンヌは静かで穏やかな日々を過ごした。もう甘美な気持ちも飽和状態に達してしまったかのようだった。

式当日の午前中も、何も考えられないままに過ぎていった。身体全体が空っぽになってしまったような感覚がすべてだった。まるで肉も血も骨も皮膚の下で溶けてなくなってしまったような気がするのだ。物にふれてみて、自分の指がぶるぶると震えていることに気がついた。

ジャンヌがようやく我に返ると、そこは教会の内陣で、まさに式の真っ最中だった。

結婚。私、本当に結婚したのね。今朝から続いた一連のものごと、準備やら、儀式やらが何もかも夢のように、まったくの夢のように思えてならなかった。まわりのすべてが変わってしまったかのようだ。ちょっとしたしぐさにも、これまでとは違う意味があるような気がする。時間までもが、いつもの時の流れとは違っているのだ。

ジャンヌは当惑し、何より驚いていた。昨夜までは何の変化もなく、私はいつもの私だった。これまで夢見てきたことが、すぐ近くまで来ている、もう手が届きそうなところまで来ている。昨夜は、少女のまま眠りについた。それなのに、今ふと、我に返ると、もう人妻になっていたのだ。

こうして彼女はついに一線を越えた。これまで未来は、あらゆる喜びや幸せを湛えて、壁の向こうにあった。だが今、ジャンヌは壁の向こう側へと抜けたのだ。ジャンヌは扉が開いたかのように感じた。これからは、今まで夢見てきた未来を生きるのだ。

式が終わった。教会の聖具納室に移動したものの、部屋はがらんとしていた。式は身内だけで行い、特に誰も招待しなかったからだ。それから教会を出る。

教会の正面扉から二人が姿を現すと、大きな音が鳴り響いた。ジャンヌは飛び上がりそうになり、男爵夫人は悲鳴をあげた。農民たちが小銃の一斉射撃で祝福の号砲をあげたのだ。一家がレ・プープルの屋敷に帰り着くまで、号砲は鳴り響きつづけた。

親族とピコ神父、イポールの司祭、花婿、付近の有力農家から招かれた立会人には軽い食事が出された。

その後、晩餐の時間まで、一同は庭を散策して過ごした。男爵夫妻、リゾン叔母、村長、ピコ神父は、いつも男爵夫人が往復しているあの並木道を歩き出した。もう一人の司祭は、別の並木道を大股で歩きながら祈禱書を読んでいた。

屋敷の反対側からは、リンゴの樹の下でシードル［リンゴの発泡酒］を飲む農民たちの陽気で騒々しい声が聞こえてくる。中庭は、めかしこんだ村人であふれかえっている。男の子や女の子が追いかけっこを始めていた。

ジャンヌとジュリアンは林を横切り、崖の斜面に出た。二人とも無言のまま海を見つめる。八月半ばだというのに、あまり暑くはなかった。北からの風が吹き、真っ青な空に太陽がぎらぎらと照りつけている。

二人は日陰を求めて道を右に折れ、野原を横切っていった。イポールに続く、緑ゆたかで起伏のある渓谷に行くつもりだった。雑木林に着いたとたん、風が止まった。二人は大きな道を離れて細い小道を進み、木々の生い茂るなかを突っ切っていった。やがて並んで歩くのさえ難しいほど道は狭くなっていく。ジャンヌは、ジュリアンの腕がゆっくりと自分の腰にまわるのを感じた。

呼吸を乱し、胸を弾ませ、息をつまらせつつも、ジャンヌは何も言わなかった。低い枝が二人の髪をかすめる。身をかがめなければ通り抜けられない場所もあった。ジャンヌは一枚の葉を手にした。壊れやすい赤い貝殻のようなテントウムシが二匹、葉の裏に隠れていた。

少し落ち着きを取り戻し、ジャンヌは無邪気な声をあげた。「あら、テントウムシの夫婦だわ」

　ジュリアンは、ジャンヌの耳元で囁いた。「今夜、あなたは私の妻になるんですよ」

　修道院を出て以来、いろいろと知識を得てきたジャンヌだが、恋愛は詩的なものとしか考えておらず、ジュリアンの言葉に驚きを覚えた。妻？　さきほど式を挙げて、すでに妻になっているのではなかったの？

　ジュリアンは、ジャンヌのこめかみや、ほつれ毛のうずまく首筋に短いキスの雨を降らせた。男の接吻に慣れていないジャンヌは、唇がふれるごとに慄《おのの》き、本能的にそれを避けるように首を傾けていたが、その実うっとりしているのだった。

　気がつくと二人は、森の果てまで来ていた。ずいぶん遠くまで来てしまったことに当惑し、ジャンヌは足を止めた。皆に何と思われることか。ジャンヌは、ジュリアンに「帰りましょう」と告げた。

　ジュリアンがジャンヌの腰にまわしていた腕を引いた。二人とも向きを変え、互いの息が顔にかかるほどの距離で向かい合った。二人は見つめ合う。奥の奥まで突き刺さり、貫くような眼差しで、魂がひとつに溶け合うように、じっと目をそらさず見つめ合う。二人は、互いの目のなか、目の奥、その存在の未知なる部分に自分の姿を見出そうとしているのだ。二人は強い結びつきを感じながらも、襲いかかってくる疑念のなか、沈黙していた。この人にとって自分は何なのだろうか。これから始まる結婚生活はどんなものになるのか。婚姻という形の離れがたい結びつきを得て、長い人生を共に生きるなかで、どんな喜びや幸福が待っているのか。はたまた幻滅が待っているのか。そんなことを考えると二人とも、相手のことが見知らぬ他人のように見えてくるのだった。

とつぜん、ジュリアンがジャンヌの肩に両手を置いたかと思うと強く抱き寄せ、口と口を重ねるように、これまでにない濃厚なキスをした。身体に入り込んでくるような口づけ。ジャンヌの血や骨の髄にまで届くような口づけだった。この世のものと思えない衝撃に、ジャンヌは思わず両手を伸ばし、自分が倒れそうになるほどの強い力でジュリアンの身体を押し返した。

「もう戻りましょう。戻りましょうよ」ジャンヌは声にならない声で告げた。

ジュリアンは答えない。だがジャンヌの両手を自分の手で包み込んだ。

二人は無言のまま屋敷に戻った。日暮れまでの時間がやけに長く感じられた。

日没とともに、皆がテーブルに着いた。

長々と豪奢な晩餐が行われるのがノルマンディの伝統的な婚礼行事だったが、この日の食事は簡単に短時間で終わった。列席者たちはなにやら気まずい雰囲気のまま、堅くなっていた。ただ二人の司祭と村長、屋敷に招き入れられた四人ほどの農民だけが、いかにも婚礼の晩餐らしい、陽気でくだけた雰囲気をかもし出していた。

笑い声が途絶えると、村長のひと言で座は陽気さを取り戻す。夜の九時ごろになった。そろそろコーヒーの出るころだ。外では、屋敷のすぐ前のリンゴの樹の下で、田舎風のダンスパーティーが始まる。屋敷の窓は開いたままになっており、そこからどんちゃん騒ぎの様子を見渡すことができた。枝に吊るしたランプに照らされ、木の葉が緑青のような色を放っている。地元の青年や娘たちが輪になり、大声で粗野な歌を歌いながら踊っている。伴奏の楽器は、わずかに二台のバイオリンとクラリネットだけ。クラリネット奏者は、大きなテーブルを舞台がわりに使って、その上で演奏している。農民たちが大声で歌うので、楽器の音はときにまったく聞こえなくなってしまう。かぼそい調べは調子はずれの歌声に引き裂かれ、端切れとなって空から落ちてくる。ぽろり、ぽろりといくつかの音符が聞き取れるだけだ。

松明《たいまつ》の灯りのもと、大きなふたつの樽から酒がふるまわれている。二人の女中が、次から次へとグラスや碗をバケツの水ですすいでいく。洗い終えた器はまだ濡れたままだというのに、すぐに樽の蛇口へと運ばれ、赤ワインや、生《き》のままの黄金色のシードルがそこに注がれるのだった。喉が渇いた踊り手や、落ち着きはらった年寄り連中、汗だくの娘たちが先を争うように、手当たり次第に器へと手を伸ばす。頭を反らすようにして、少しでも早く好きな酒を一気に喉へ流し込もうというわけだ。

テーブルの上には、パン、バター、チーズ、サラミが用意されていた。人々はときおりテーブルにやってきて、それらを一口食べては去っていく。灯りに照らされ、リンゴの樹の葉陰で繰り広げられる無邪気で粗野なお祭騒ぎを見ていると、屋内で退屈な食事をしていた者たちも、ともに踊り、パンにバターや生のタマネギを載せたものを食べながら、樽酒をたらふく飲みたい気分になるのだった。

ナイフ片手にリズムをとっていた村長が大声で「まるで、ガナーシュの婚礼ですな」と言う。

押し殺した笑いがその場の空気を震わせた。粗暴な力に対抗すべく、ピコ神父が間違いを正した。「それを言うなら、『カナの婚礼』でしょう「イエスが参列したカナの地の結婚式」」。だが、村長は誤りを認めようとしない。「いや、ガナーシュですよ。ガナーシュ！」

晩餐会の参列者は席を立ち、サロンに移動した。その後、村長や司祭たちも、酔っぱらった農民たちのどんちゃん騒ぎに少しだけつきあった。やがて招待客は帰っていった。

男爵夫妻が、声をひそめて言い争っている。夫人はいつになくぜいぜいと息を切らせながら夫の頼みを拒絶していた。「無理、私には無理。どう言い出せばいいのか、見当もつきませんもの」

とつぜん男爵は夫人のもとを離れると、ジャンヌのそばにやってきた。「ジャンヌ、ちょっと、ひとまわりつきあってくれないかね」父の言葉に驚き、ジャンヌは「ええ、いいわ、お父様」と答えた。二人は外に出た。

扉から一歩踏み出したとたん、海のほうから乾いた風が吹いてきた。まだ夏だというのに、秋を感じさせるような肌寒い風だ。

雲が飛ぶように空を流れ、雲の合間から星の輝きが見え隠れしていた。

男爵はジャンヌの腕をとり、その手にやさしく力をこめた。そのまましばらく歩く。男爵は戸惑い、迷っているようだった。ようやく心を決める。

「私はこれから難しい役目を果たさなくてはならないんだ。本来なら、母親の役目なんだが、どうしても嫌だと言うので私が代わりに話すことになった。おまえは人間についてどの程度知っているんだろうか。私には見当もつかない。実は世のなかには、子どもに知られないように巧妙に隠していることがある。子ども、特に女の子にはね。というのも、娘たちは純潔をまもらなくてはいけない。私たち親が、娘の幸せを担う男性の手にゆだねるその日まで、娘は完全に無垢なままでいなくてはならない。そしてヴェールをあげて、これまで隠されていた生命の神秘を示すのは、その男性の役割なんだ。だが、もしや、という思いがあるならともかく、何も知らなかった娘は、夢の裏側に隠されていた真実、しかも少々乱暴な真実を知り、受け入れがたい気持ちになるだろう。心が傷つき、ことによると身体も傷つく。絶対の力をもつ相手の男性を拒みたくなることもあるだろう。だがその男性は、人間の摂理、そして自然の摂理によってその力を与えられているのだ。これ以上は私にも説明できない。だがね、ジャンヌ、これだけは覚えておきなさい。おまえのすべては、もう、おまえの夫のものなのだよ」

ジャンヌが何を知っているというのだろう。父の言葉からどんな意味を想像したというのだろう。ジャンヌは悪い予感のような、つらく苦しい陰鬱さに圧倒され、身が震えるのを感じた。

ジャンヌたちは屋敷に戻った。だが予想外の光景を前に、二人は戸口で足を止めた。男爵夫人がジュリアンの胸で泣き崩れていたのである。男爵夫人の涙は、ふいごで押し出されるかのように、目から、鼻から、口から、同時にあふれでて、実に騒々しい。ジュリアンは呆気にとられ、当惑しつつも、泣き崩れる太った女をその腕で支えていた。夫人はジュリアンに娘を頼む、かわいい娘を頼むと懇願していた。

男爵があわてて妻に駆け寄った。「おいおい、めそめそするなよ。湿っぽくなるじゃないか。もう、いいだろう」男爵は妻を抱きかかえてソファに座らせ、男爵夫人もようやく涙をぬぐった。男爵はジャンヌを振り返り、言った。「さあ、ジャンヌ、さっさとお母様にキスをして寝室にあがりなさい」

自分も泣き出しそうになっていたジャンヌは、両親にキスをし早々にその場を去った。リゾン叔母はすでに寝室にさがっていたので、あとにはジュリアンと男爵夫妻が残った。三人とも気まずい顔のまま、言葉が出てこない。男爵とジュリアンは正装のまま、あらぬ方向を見て立ち尽くしている。男爵夫人はまだ喉に嗚咽を残しながらソファに倒れこんだままだ。気づまりな空気に耐えられなくなり、男爵は二人が数日後に出発する予定の新婚旅行について話し出した。

部屋にあがったジャンヌは、ロザリに着替えを手伝わせていた。ロザリの目からも泉のように涙があふれでてきている。ロザリの手は思うように動かず、下着の紐や留め金もなかなか見つからない。どうやらジャンヌよりも彼女のほうが動揺しているようだった。だがジャンヌは、ロザリが泣いていることすら眼中になかった。ジャンヌは、自分がこれまで知っていた世界、愛したものたちから切り離され、新天地へ、新しい世界へと連れてこられたかのように感じていた。これまでの人生、これまで考えてきたことが完全に覆されたような気がして、「本当に彼を愛しているのかしら」という、これまでにない疑問までわきあがってきてしまうのだ。ジュリアンのことが、とつぜん大してつきあいもない他人のように見えてきてしまった。三カ月前には、彼の存在すら知らなかったのだ。それが今や、彼の妻になってしまった。どうして? 足元の穴に落ちるかのように、どうしてこうもあっけなく結婚を決めてしまったのだろう。

ジャンヌは夜着に着替え、ベッドに入った。ひんやりしたシーツの感触に、思わず身を震わせる。二時間ほど前から心にのしかかっていた寒く、寂しく、悲しい気持ちがいっそうつのるような気がした。

ロザリは依然として泣き止まぬまま、逃げるように部屋を出ていった。ジャンヌは待った。緊張のなか、張りつめた心で待っていた。何かはわからないが、父が漠とした言葉で告げたこと、愛のなかに潜む大きな謎が解き明かされる瞬間を待っていた。

階段を昇る足音は聞こえなかったのに、ドアを軽く三回ノックする音がした。びくりとしたジャンヌは何も答えなかった。再びノックの音が響き鍵がきしんだ。ジャンヌは、泥棒が入ってきたかのように毛布を頭からかぶり身を隠した。ブーツを履いた足が、床の上を静かに歩いてくる。とつぜん誰かがベッドにふれてきた。

ジャンヌは恐怖に身を縮め、小さな悲鳴をあげた。毛布から顔を出した瞬間、すぐ前に立つジュリアンの姿が目に入った。微笑みながら彼女を見ている。「ああ、あなたでしたの。びっくりしたわ」

「では、私が来るとはまったく思っていなかったのですか」ジャンヌは答えない。ジュリアンは正装のまま、いかにも美青年といった威厳のある佇まいでそこに立っていた。ジャンヌは、きちんとした姿のジュリアンの前で、自分が夜着のまま横たわっていることが恥ずかしくなってきた。

この先一生、心穏やかに幸せな家庭を築けるかどうかがかかっている大事なこの瞬間に、二人とも何を言っていいのか、何をしたらいいのかわからず、目を合わせることさえできずにいた。

ジュリアンは漠然とながら感じていた。この闘いにどんな危険が潜んでいるのか。夢想に育まれた無垢な魂がもつ、微妙な恥じらいや、どこまでも繊細な心を傷つけないようにするためには、自分をがむしゃらに押し通すのではなく、やさしく懐柔するしかないということも。

そこでジュリアンはジャンヌの手をとり、キスをした。祭壇の前で跪くようにベッドの脇に膝をつき、吐息のようにそっと囁く。「私を愛してくださいますか」安堵したジャンヌは、レース飾りに囲まれた頭を枕の上に載せたまま微笑む。「もうとっくに愛していますわ」

ジュリアンは、ジャンヌの繊細な指先を自分の唇に押し当てた。「では、私を愛しているという証拠を見せてくださいますね」その声は押し当てられた指のせいでいつもとは違う声になっていた。

ジャンヌは再び不安にかられつつも、さきほどの父の言葉を思い出し、「ええ、私はあなたのものです」と答えた。だが自分でもその言葉の意味することはわかっていなかった。

ジュリアンは、ジャンヌの手首に濡れたキスを繰り返し、徐々に立ち上がった。そして、再び毛布に隠れようとしていたジャンヌに顔を近づけた。

とつぜんジュリアンは腕を伸ばし、毛布の上からジャンヌを抱きしめ、もう片方の腕で枕ごとジャンヌの頭を抱き起こした。そして声をひそめ、囁くように言った。

「では、あなたの隣に横になる場所をつくってください」

ジャンヌは怖くなった。本能的な恐怖感があった。思わず口ごもる。「待って。待ってちょうだい」

ジュリアンはがっかりし、少々気分を害したようだった。懇願するような口調は変わらなかったが、さきほどよりも乱暴な話し方になってきた。「なぜ、待たねばならないんです？ 結局、行きつく先は同じことでしょう」

ジャンヌはこの言葉を快く思わなかったが、それでも諦めたかのように、おとなしくもういちど同じ言葉を繰り返した。「私はあなたのものですわ」

するとジュリアンは浴室に姿を消した。服を脱ぐ衣擦《きぬず》れの音、ポケットの小銭が鳴る音、ブーツが片方ずつ落ちる音が聞こえ、ジャンヌには彼の動きがはっきりとわかった。

とつぜん下着に靴下といういでたちでジュリアンが現れ、素早く部屋を横切り、はずした時計をマントルピースの上に置いた。そして、小走りで別の小部屋に向かい、まだ何かやっている。やがてジュリアンが近づいてくる気配がしたので、ジャンヌはあらぬ方向を向き、きつく目をつぶった。

ジャンヌの足に冷たい毛むくじゃらの足がふれてきた。その生々しい感触に、彼女はベッドから落ちそうになるほどびっくりした。動揺のあまり両手で顔を覆い、不安と恐怖で叫びだしそうになりながら、ジャンヌはベッドの奥で身を縮めた。

背を向けたままのジャンヌを、ジュリアンは後ろから腕をまわして抱きしめた。そして、その首やナイトキャップのレース、刺繡の入った夜着の胸元にも激しく口づけをした。

ジャンヌは不安と恐怖で身を硬くしていた。荒々しい手が乳房をまさぐろうとしている。ジャンヌは肘をつっぱって抵抗した。激しい愛撫を受けながら、ジャンヌは恐怖のあまり息を切らせ、ただ逃げたい、家のなかを走って逃げたい、この男から逃れてどこかに閉じこもりたいと思っていた。

ジュリアンは動きを止めていた。ジャンヌは背中に彼の体温を感じていた。ひとたび恐怖が鎮まってみると、ここで振り向いて、彼に接吻すればいいのかもしれない、という考えが唐突に浮かんだ。

最後には、ジュリアンも痺れを切らしたようだ。同情を誘うような声で言った。

「私の妻になる気はまったくないのですね」ジャンヌは手で顔を覆ったまま答えた。

「もう、あなたの妻になったはずでしょう」ジュリアンは不機嫌そうに続ける。「いいえ、まだですよ。私をからかっているんですかね」

ジュリアンの不機嫌そうな声にはっとしたジャンヌは、彼に詫びようと、身体の向きをくるりと変えた。

その瞬間、ジュリアンはジャンヌを抱きかかえた。まるで飢えていたかのように荒々しい動きだった。そのまま次々と嚙みつくようなキス、狂ったようなキスをジャンヌの顔じゅうに、そして首に降らせる。ジャンヌは激しい愛撫に頭がくらくらしてきた。両手をだらりと垂らし、ジュリアンの愛撫に応えることもなく、自分が何をしているのか、相手が何をしているのかもわからず、ただ何が何だかわからないまま混乱していたのだ。しかし、とつぜん鋭い痛みがジャンヌの身体を引き裂いた。ジュリアンが激しい動きで彼女をわがものにしているあいだ、ジャンヌはジュリアンの腕のなかで身をよじり震えていた。

そのあとはどうなったのか。ジャンヌは思い出せない。ほとんど気を失っていたのだ。ただ、ことを終えたジュリアンが感謝を示すかのように、ジャンヌの唇に短く何度もキスをしていたような気がする。

その後、彼が何か言い、彼女も答えたはずだ。さらに彼はもういちど彼女を誘おうとしたが、彼女は恐怖心をあらわにして拒んだ。抵抗して暴れるうちに、ジャンヌは、ジュリアンの胸毛にふれ、さきほどの毛むくじゃらの足と同じ恐怖感に思わず身をのけぞらせた。

どんなに懇願してもジャンヌが同意してくれないので、ジュリアンはついに根負けし、彼女に背を向けると動かなくなった。

ようやくジャンヌはものを考えはじめた。うっとり夢見ていたのとはまったく違い、淡い期待を裏切られ、おめでたい気持ちもしぼむほどの幻滅を味わい、ジャンヌは心のそこから絶望していた。「ああ、彼の言う、妻になるってこういうことだったのね」ジャンヌはしばらく落胆したまま、壁のタピスリーに目をさまよわせていた。彼女の部屋の壁を彩る、あの古の恋物語を描いたタピスリーだ。

だが、ジュリアンはその後、何も喋らず動きもしない。ジャンヌはそっとジュリアンの様子を見てみた。なんと彼は眠っている。口を半開きにして、安らかな顔で寝入っている。眠っているのだ。

ジャンヌには信じられなかった。侮辱だと感じた。さきほどの乱暴な行為よりも、彼が安穏と眠っていることのほうが腹立たしく、彼にとっては相手が誰でもよかったのではないかと思えてきた。どうして、こんなときに眠っていられるのか。ついさっき二人のあいだであったことは、彼にとって大したことではないのか。こんなことなら、ぶたれたり、乱暴されたりしたほうがましだった。あの気持ちの悪い愛撫を死ぬほど受けて失神したとしても、この屈辱感に比べればまだ我慢できる。

ジャンヌは肘をつき、ジュリアンの顔を覗き込んだまま動かなかった。ジュリアンの唇からは軽い寝息が聞こえ、ときにはそれがいびきになる。

夜が明ける。闇がぼんやり明るくなってきたかと思うと、やがて空がばら色に染まり、太陽が輝きはじめる。ジュリアンは目を開け、あくびをし、腕を伸ばした。妻に目を向け、微笑む。「おまえ、よく眠れたかい」

ジャンヌは彼が「おまえ」と呼んだことに気づいた。呆然としたまま答える。「ええ、あなたは?」「ああ、ぐっすりとよく眠ったさ」ジュリアンは彼女のほうを向きキスをすると、穏やかに話しはじめた。これからの生活のこと、それに伴うお金の使い方についても話した。彼が頻繁にお金の話をするのは、ジャンヌにとって驚きだった。ジャンヌは意味もわからぬままジュリアンの話を聞き、彼を見つめていた。だが内心では、頭に浮かぶあれこれについて、とめどなく考えていた。

八時になった。「さあ、起きよう。床《とこ》でぐずぐずしていると、変に思われる」ジュリアンが先にベッドを出た。自身の身支度を終えると、彼はジャンヌの身支度をやさしく手伝いはじめた。化粧の細部にまで気を配り、ロザリを呼ぶことも許さなかった。

ジュリアンは部屋を出ようとして足を止めた。「なあ、おまえ、もうかしこまった言葉遣いはやめようよ。まあ、おまえの親の前ではもうしばらく丁寧に話していたほうがいいだろうな。新婚旅行から帰ってきてからならば、くだけた調子でも変に思われないだろうけれど」

ジャンヌは昼食の時間になってようやく皆の前に姿を現した。こうして、何ごともなかったかのように、いつもの一日が始まる。家族に男性が一人加わった。それだけのことである。

5

四日後、馬車が到着し、二人はこれに乗ってマルセイユに向かうことになっていた。初夜こそ苦悶したジャンヌであるが、今ではジュリアンとのふれあいにも慣れ、キスや優しい愛撫にも慣れてきた。それでも肉体関係をもつことに対する嫌悪感は変わらなかった。

彼女は夫を美しいと思ったし、夫を愛していた。ジャンヌは再び幸福を感じ、陽気さを取り戻していた。

出発の見送りは簡単にすみ、涙の別れにはならなかった。男爵夫人だけは感傷的になっていた。いよいよ馬車が動き出そうとすると、男爵夫人は鉛のようにずっしりと重たい、大きめの巾着袋をジャンヌに手渡した。「新妻として必要なものに使いなさいね」

ジャンヌは革袋をポケットに入れ、馬車は走り出した。

夕方、ジュリアンがジャンヌに尋ねた。「お母さんからもらったあの袋、いくら入っていたんだい?」お金のことなどすっかり忘れていたジャンヌは、袋の中身を膝の上に開けてみた。大量の金貨が膝に散らばる。二千フランあった。「これで、豪遊できるわね」ジャンヌは手を叩いて喜び、金貨を袋に片付けた。

酷暑のなか、一週間の行程を経て、二人はマルセイユに着いた。

そして翌日、アジャクシオ［コルシカの県庁所在地］経由ナポリ行きの小さな定期船ルイ王号に乗って、コルシカ島に向かうことになっていた。

コルシカ島！　マキ［地中海独特の灌木樹林］、山賊、山々、ナポレオンの故郷。ジャンヌは、現実を離れ、目覚めたまま夢の世界に入っていくような心地だった。

ジャンヌたちは定期船の甲板に並んで立ち、南仏の海岸に連なる断崖が目の前を通り過ぎていくのを眺めた。濃い青色の海は波もなく、ぎらぎらと照りつける太陽のもとで固まって動かなくなってしまったかのようだ。その海の上に果てしなく広がる空もまた、大げさなほど真っ青なのだ。

ジャンヌは夫に囁いた。「ラスティック爺さんの船で出かけたときのこと、覚えている？」

夫は答える代わりにジャンヌの耳に軽くキスをした。

蒸気船のタービンが水を打ち、海面の深い眠りを打ち砕く。船尾から見下ろすと、シャンパンのように泡だった波の白い筋が、船体からまっすぐに伸び、長く長く見渡す限り続いていた。

とつぜん、舳先のあたり、ジャンヌたちの目の前で大きな魚が跳ねた。いや、イルカが海からジャンプしたのだ。次の瞬間、イルカは頭から海に突っ込み姿を消した。驚いたジャンヌは怖くなって悲鳴をあげ、ジュリアンの胸に飛び込んだ。だが、やがて怖がった自分が滑稽に思えて笑い出す。それでも彼女はまだ心配そうにイルカがまた跳ねるのではないかと目をこらす。数秒後、イルカは機械仕掛けの大きなおもちゃのようにまた飛び出してきた。再び海に潜りまた姿を現す。やがて二頭、三頭、六頭と増えてゆき、重厚な船のまわりで遊んでいるかのようだ。船のことを木製の体に鉄のひれをつけた巨大な怪魚だと思い、エスコートしているつもりなのかもしれない。左に現れたかと思えば右にまわり、何頭も同時に跳ねたり、時間差で跳ねたりするさきは、遊びのようにも、陽気な追いかけっこのようにも見えた。カーブを描いて大きく飛び上がったかと思えば、列をなして海中に飛び込んでいく。ジャンヌは手を叩き、身震いし、巨大でしなやかな泳ぎ手たちが現れるたびにうっとりした。ジャンヌの心も、イルカたちとともに楽しく無邪気な喜びで弾んでいたのだ。

とつぜんイルカたちが見えなくなった。次に彼らの姿が見えたのは、はるか遠く、沖のあたりだ。やがてすっかり見えなくなる。ジャンヌは、しばらくのあいだイルカがいなくなってしまったことに寂しさを覚えた。

夕暮れが迫る。静かに光り輝く夕《ゆうべ》。明るさと穏やかな幸福感に満ちている。空にも海にも、動くものは何もない。海も空もただひたすら憩いのなかにあり、その穏やかさは眠たげな人々の心にまで広がっていく。もはや心までが静止するのだ。

大きな太陽がゆっくりと海のかなたに沈んでいく。目には見えないけれど、あの彼方にはアフリカがあるのだ。あの灼熱の大地。想像するだけで身体が熱くなってくる。だが日が沈むと、顔にそっと涼しいものが吹いてくる。もっとも、それすらも風といえるほどのものではない。

二人とも客室に戻りたいとは思わなかった。なにしろ船室には定期船独特のあらゆる汚臭が漂っているのだ。二人は外套にくるまったまま、並んで甲板に横たわった。ジュリアンはすぐに眠ってしまった。だが、ジャンヌは初めての旅に興奮し、横になっても目を見開いたままだった。タービンのまわる単調な響きが揺りかごのようにジャンヌを眠りに誘う。ジャンヌは頭上、南仏の澄んだ空に浮かぶ星たちを眺めた。突き刺すような鋭い光を放つ星々は瞬きながら、濡れたように明るく輝いている。

ジャンヌは明け方になって、ようやくうとうとした。やがて物音や人の声に目を覚ます。水夫たちが歌いながら、船を掃除しはじめていたのだ。ジャンヌは、ぐっすり眠っている夫を揺り起こした。そして二人とも立ち上がる。

ジャンヌは興奮とともに、潮の香を含んだ霧を味わった。塩分が指の先まで染みてくる。どこを見ても海ばかり。いや、船の行く手になにやら灰色のものが見える。始まったばかりの夜明けのなか、ぼんやりとだが、風変わりな雲の塊のようなもの、不規則な形にとがったものが海の上に浮かんでいるように見える。

徐々にその存在がはっきりとしてきた。明るくなった空を背に、その形がさらに明瞭になる。ごつごつと奇妙な形の稜線が見えてきた。コルシカ島だ。霧のなかから薄いヴェールに包まれたような島影が見えてきた。島の陰から太陽が姿を現し、山頂の形が影絵のように浮かび上がる。霧のなかに沈んでいるのに、尖ったいくつもの頂《いただき》が光りはじめたのだ。島全体はまだ船長が甲板に現れた。背が低く、日に焼けた年配の男だ。塩分を含んだ厳しい風を浴び続けることで、干からび、縮まり、硬くなり、小さくなってしまったかのような外見である。船長の声は、三十年にわたり船を統《す》べるうちにしわがれ、強風に負けじと大声で叫び続けてきたせいでかすれていた。その声がジャンヌに話しかける。

「コルシカの匂い、感じるかい」

確かにジャンヌは野性的な匂いを感じていた。植物の放つ、一種独特のきつい匂いだ。

船長は続ける。

「コルシカは、こんな匂いがするんだよ、奥さん。コルシカは、いい女みたいな匂いがする。たとえ二十年この島を離れたとしても、この匂いなら遠い沖からでもすぐにわかる。俺はコルシカ生まれだ。ナポレオンのやつもセント・ヘレナ島で、コルシカの匂いの話ばかりしていたっていうじゃないか。俺はあいつと遠縁なのさ」

船長は帽子を脱いでコルシカ島に挨拶し、さらにこの海のはるか向こう、セント・ヘレナ島で囚人暮らしをしている皇帝ナポレオンにも挨拶した。彼は、ナポレオンと遠縁の親戚にあたるのだ。ジャンヌは感動のあまり泣きそうになっていた。

船長は水平線に腕を伸ばし叫んだ。

「ほら、あれがサンギネール島だ」

ジュリアンはジャンヌの横に立ち、彼女の腰に手をまわしている。二人はともに船長が指差す先に目を凝らした。

ようやく、二人の目にもピラミッド形の岩山が見えてきた。まもなく船はこの山を迂回し、広く静かな入り江へと入っていく。入り江のまわりには高い峰が連なり、峰の下に広がる斜面は苔むしたかのように一面緑に覆われていた。

「あれが、マキ、灌木の林だよ」

港に近づくにつれ、湾を囲む山脈の輪は船の後方で閉じていくかのように見える。船はゆっくりと、青い湖のような入り江のなかを進んでいく。その水は澄み渡り、しばしば海底まで見通せるほどだった。

とつぜん、湾の奥、山のふもとから海岸にかけて白い町並みが見えてきた。

港には小さなイタリアの船が何隻か停泊していた。客を迎えに来たボートが四、五艘、ルイ王号のまわりに集まってきた。

荷物をまとめていたジュリアンは、ジャンヌに小声で尋ねた。「ポーターには、二十サンチームもやれば、いいよな」

この一週間、ジュリアンは何かといえば金のことを尋ね、ジャンヌはそのたびに不快に感じていた。ジャンヌは少々苛立ちながら答えた。「足りないかもしれないと思うなら、ちょっと多すぎるぐらいあげておけば、いいんじゃありません？」

ジュリアンは常に交渉しようとする。旅館の主人、給仕を相手にやりあい、馬車の運賃や商品の代金を値切ろうとする。さんざん粘って買い叩くことができると、手をすり合わせながらジャンヌにこう言うのだ。「ぼられるのは嫌なんでね」

ジャンヌは勘定書がくるたびに震え上がった。きっとまた、ジュリアンがひとつひとつ細かいことをあげつらいつつ、文句を言うに決まっているからだ。ジャンヌは、ジュリアンの値切り交渉に、髪の先まで赤くなりそうなほど恥じ入っていた。チップを渡された人たちが、どう見ても相場以下のチップを手に握り締め、夫の背を恨めしげな目で見送っていることにジャンヌは気づいていたのだ。

今しも、ジュリアンは定期船から港まで二人を乗せてきたボートの運賃を値切ろうとしている。

島に上陸し、ジャンヌが最初に目にした樹木は棕櫚《しゅろ》だった。

二人は広場の隅に建つ、がらんとした大きなホテルに入り、昼食をとった。

デザートを食べ終え、ジャンヌが町を散歩しようと立ち上がりかけたところで、ジュリアンは彼女を腕に抱きしめ、耳元にやさしく囁いた。「ねえ、ちょっと寝ようじゃないか」

ジャンヌは驚いた。「寝る？　私、疲れてなんかいませんわ」

ジュリアンは彼女をますます強く抱きしめる。「おまえが欲しいんだ。ねえ、わかるだろう。だって、もう二日も……」

恥ずかしさのあまりジャンヌは赤くなり、口ごもりながら答えた。「そんな、今すぐなんて。人がどう思うでしょう。真っ昼間から部屋を頼むなんて、やめてちょうだい。おねがいよ」

だが、ジュリアンは最後まで言わせない。「ホテルのやつらがどう言おうと、どう思おうと知ったことじゃない。そんなことで臆するような男じゃないと、おまえに見せてやろう」

ジュリアンはベルを鳴らした。

ジャンヌはうつむき、それ以上何も言わなかった。夫はひっきりなしに彼女を求めていたが、彼女は肉体的にも精神的にも、そんな夫の行為に憤慨《ふんがい》し続けてきた。嫌々ながら諦め、夫に従ってはいても、屈辱的な思いは消えず、夫の行為がどこか動物的で下品な行為、つまりは不潔な行為に思えてならないのだ。

ジャンヌは、まだ官能を知らなかった。それなのに夫は、自分の情熱を彼女もともに悦んでいるとばかり思っていたのだ。

フロント係が現れると、ジュリアンは部屋に案内してほしいと告げた。いかにもコルシカ人らしい、目玉以外はすべて毛むくじゃらというほど体毛の濃いこの男は、ジュリアンの要求が理解できず、お部屋は夜までに用意します、と答えるにとどまった。

ジュリアンは苛立ち、さらに言いつのる。「私たちは、すぐに部屋に入りたいんだ。長旅で疲れている。すぐにでも休みたいんだ」

すると、髭の奥で男の口元がにやりと笑った。ジャンヌは恥ずかしくて逃げ出したくなった。

一時間後、部屋から降りてきたときも、ジャンヌは顔をあげて人の前を歩くことができなかった。自分の後ろで人々が嘲笑し、囁き合っているような気がする。口にこそ出さないものの、ジャンヌはこうした思いをわかってくれない夫を責めていた。繊細な羞恥心をもたず、本質的な細やかさに欠ける夫を責めていたのだ。ジャンヌは、夫と自分とのあいだが薄布で隔てられているかのように感じていた。二人の人間が、本当に魂の底まで、思いの奥底までひとつになることはできないのだと、ジャンヌは初めて思った。肩を並べて歩き、ときに抱き合うことはあっても、ひとつに溶け合うことはなく、心の底では誰もが生涯一人ぼっちなのだと。

二人は三日間、青い入り江の奥にある、この小さな町で過ごした。山脈がカーテンのように風を完全にさえぎってしまうため、竈《かまど》のなかのように暑かった。

そのあとの旅程も決まった。途中で引き返すことなく、厳しい道のりを完遂できるように、二人は馬を二頭借りることにした。無駄な肉がなく、疲れ知らずで、気の強そうな目をしたコルシカ産の牡馬だ。用意が整うと、ある朝、二人は旅立った。ラバに乗ったガイドが二人に付き添い、食糧を運ぶ。なにしろコルシカは未開の地であり、宿が見つかる保証はないからだ。

まずは入り江沿いの道を進み、そう深くない谷の奥を目指す。谷は、高い山脈へとつながっている。涸れかけた川をいくつも渡った。川といっても、まるで隠れて動き回る小さな生き物のように、石の下を水がちょろちょろと流れている程度なのだ。

未開の地は、すべてがむき出しになっている。背の高い草に覆われているはずの山肌も、焼けるような季節ゆえに黄色く干からびている。ときおり山の住人とすれ違った。歩いている者もあれば、小馬に乗っている者、犬のような大きさのロバに跨っている者もいた。誰もが背中に銃を背負っていた。錆ついた、いかにも古そうな銃だが、彼らの手にかかれば充分威力のある武器なのだ。

島全体を覆う香草が強く匂うせいで、空気が妙に重たく感じる。山々の連なりを縫って道の傾斜は徐々にきつくなっていく。

ばら色や青色の花崗岩に彩られた山頂が、壮大な眺めにどこか幻想的な印象を添えていた。山裾のあたりは栗林に覆われているが、この広大な風景のなかにあっては、灌木の茂みのようにしか見えない。

ときおり、ガイドが険しい高みを指差して、何か名前を言う。ジャンヌとジュリアンはその方向に目をやるが、何も見えない。目をこらすと、ようやく山頂から落ちた石を積み上げたかのような灰色の塊が見えてくる。それが村なのだ。ちょっと見ただけではわからないほど小さな村が、鳥の巣のように広大な山の断崖にしがみつき、ぶらさがるようにして存在している。

遅々として進まない長旅に、ジャンヌは不満だった。「ちょっと馬を走らせましょうよ」ジャンヌは馬を駆り立てた。だが、夫のジュリアンが追いついてくる気配がないので馬を止め、振り返る。その瞬間、ジャンヌは噴き出し、声をあげて大笑いしてしまった。夫は真っ青になり、馬のたてがみに必死でしがみつきながら、危なっかしく身を揺らしている。端正な顔立ち、いかにも騎士然としたその外貌が、彼の不器用さ、怯えっぷりをさらに滑稽に見せていた。

そこで駆け足ではなく、速足に切り替え、少し速度をゆるめる。道の両側には山肌全体をマントのように覆う雑木林が、どこまでも続いていた。

この雑木林は「マキ」と呼ばれている。人の踏み入らぬ森。セイヨウヒイラギガシやネズの木、イワナシ、ピスタチオ、クロウメモドキ、ヒース、ガマズミ、ミルテ、ツゲといった木々は、髪の毛のように絡み合うクレマチスや、お化けのような羊歯《しだ》、スイカズラ、エニシダ、ローズマリーによって隙間なく繋がり合っている。まるでブラシの通らないもじゃもじゃの羊の毛が載っているかのように、山の背は絡み合う緑に覆われていた。

二人は空腹だった。追いついてきたガイドが、二人を爽やかな泉へと案内した。断崖の多い地域にはこうした泉が少なくない。岩のすき間から、氷のように冷たい清水が細い棒のように湧き出ている。誰かが水を飲むのに使ったのだろう、泉のすぐ横に栗の葉が一枚置かれており、葉の先から水が流れ落ちていた。

ジャンヌは幸福感のあまり、歓喜の叫びをあげそうになった。

再び旅が始まる。今度はサゴーヌ湾をぐるりとまわる下り坂だ。

夕方ごろ、カルジェーズの村を過ぎた。昔、故国を追われたギリシャ人がここに住み着き、村をつくったのだ。腰のラインが美しく、手が長く、ほっそりと背の高い娘たちが泉のまわりに集まっている。どの娘もなんともいえない優美な雰囲気をもち、美しい。ジュリアンが、こんばんは、と声をかけると、やさしく響く故国の言葉で歌うように挨拶を返してきた。

ピアナでは、昔の旅人が秘境の地でしたように、村人の家に一夜の宿を求めることになった。ジュリアンが扉を叩く。扉が開かれるのを待つあいだ、ジャンヌは歓びに震えていた。未開の地での予想外の出会い、これこそ旅の醍醐味ではないか。

扉の向こうから現れたのは、ジャンヌたちと同様、若い夫婦だった。若夫婦は、まるで神の使いをお迎えした族長のように、ジャンヌたちを歓待してくれた。二人はその晩、干したトウモロコシの茎でできたベッドで眠った。若夫婦の住まいは虫の食った古い家だった。木造のあらゆる部分が、条虫《じょうちゅう》のような虫、梁《はり》を食い荒らすフナクイ虫の類に食われてすかすかになっており、ときおりなにやら音がする。家そのものが生物のようであり、呼吸しているかのような音をたてるのだ。

夜明けとともに、その家を出発し、やがて二人は林の入り口で歩を止めた。いや、林といっても樹木ではなく、赤い花崗岩が林立しているのだ。時を経て、風に削られ、海水からたちのぼる霧に浸食された岩は、鋭鋒や円柱、鐘楼のような不可思議な形をしている。

高さ三百メートルはあろうかという、細いもの、丸いもの、捻じ曲がったものや、鉤形に曲がったもの、奇妙な形、思ってもみない形、恐ろしげな形。これらの驚くべき奇岩群は、樹木や植物、動物や何かのモニュメント、さらには人間や、黒衣の尼僧、角の生えた悪魔や、巨大な鳥のように見えるものもある。どれもこれも怪物じみていて、大いなる神の手によって石に変えられてしまった、おぞましい生物たちが集まっているようにも見えた。

ジャンヌは感動のあまり言葉が出なかった。荘厳な光景を前に、感動を分かち合いたい気持ちにかられ、ジャンヌはジュリアンの手をとり強く握り締めた。

さらに進むと、とつぜん、これまでの物々しい風景が途切れ、新たな湾が見えてきた。血が滴るような赤い花崗岩の壁が湾を囲んでいる。青い海にまで赤い岩が映りこんでいた。

「ああ、ジュリアン……」その光景に圧倒され、ジャンヌはそれ以上言葉が出てこなかった。喉が締めつけられたように声も出ず、両の目から涙があふれてくる。驚いたジュリアンが声をかけてきた。「おまえ、いったいどうしたんだい?」

ジャンヌは頬を伝う涙をぬぐい、微笑んだ。震える声で言う。「何でもありません。ただ気持ちが高ぶってしまって。私ったら、どうしたんでしょう。感動してしまって。あまりにも幸せだから、ちょっとしたことでも動揺してしまうんですね」

ジュリアンは、女らしいこうした気持ちの動きを理解できなかった。大したこともないのに心を震わせ、動揺する。興奮すると、まるで大惨事でも起きたかのようになり、嬉しかろうと悲しかろうと取り乱し、わけのわからないことで混乱してしまう女心なんて、彼には理解できなかったのだ。ジュリアンには妻の涙が滑稽に思えた。彼は悪路のことしか頭になく、「そんなことより、馬に気をつけたほうがいいんじゃないか」と言うのだった。その後は右に曲がり、辛うじて通れるような道を抜け、二人は湾の奥まで降りた。その後は右に曲がり、オタ渓谷を登っていく。

だが、その道は険しかった。ジュリアンが言った。「馬を下りたほうがいいんじゃないか」ジャンヌには願ってもないことだった。さきほどの感動がさめやらない彼女は、二人きりで並んで歩きたかったのだ。ラバに乗ったガイドが二頭の馬を連れて先を行き、二人は徒歩で少しずつ山道を登ることにした。

山が上から下まで裂けたかのようにふたつに割れていた。その割れ目に入り込むように小道が続く。小道は大きな岩壁のすき間、谷底を抜けていく。谷には水かさの増した川が流れていた。空気は氷のように冷たく、花崗岩は黒々と続く。上を見ると、思いのほか高いところに青空が見え、はっとすると同時に、めまいを覚えるほどだった。

とつぜんの物音に、ジャンヌは身を縮めた。見上げると、山壁の穴から大きな鳥が飛び立ったのだった。鷲だ。広げた翼は、井戸のようなこの狭い谷間の端から端まで届きそうなほどだった。鷲は大空まで舞い上がると姿を消した。

先を進むと、谷間の道は二股に分かれていた。谷間にのびる二本の道のあいだにもう一本、ジグザグと激しく折れ曲がりながら続く細い小道がある。興奮さめやらぬジャンヌは、軽い足取りで先を行く。足元の小石を転がしたり、怖がりもせずに深い谷を覗き込んだりもする。ジュリアンはといえば、頭がくらくらしそうなので道から目をあげることもできず、少し息を切らしながらジャンヌのあとをついてくるのだった。

とつぜん、頭上から陽光が降り注いだ。これで難所は抜けたと二人は安堵した。二人とも喉が渇いていた。ごろごろと不揃いの石が転がるなか、濡れているところをたどっていくと、小さな泉に到着した。山羊飼いたちが使うのだろう、木の板に溝をほった樋《とい》がつけられていた。泉のまわりだけ、苔が地面を覆っている。ジャンヌは喉をうるおそうと泉のわきに跪いた。ジュリアンも膝を折る。

ジャンヌが冷たい水を飲んでいると、ジュリアンがジャンヌの腰に手をまわし、樋の先から水がしたたるその場所を奪おうとした。ジャンヌは抵抗する。その拍子に互いの唇がぶつかり合い、重なり合い、押し戻された。ジャンヌは勝敗のつかぬまま冷たい水を奪い合い、ときには細い樋の端を放すまいと、樋に歯を立ててまで抵抗した。二人は絶え間なく、奪い、奪われを繰り返す。そのあいだも冷たい水は、細い紐が切れたり、つながったりするように流れ落ちていく。いつしか二人は、顔も首も衣服も、手もびしょぬれになっていた。髪にも真珠のような水滴が光っている。接吻が水とともに流れていく。

ジャンヌはとつぜん、ジュリアンへの愛を感じた。頰を革袋のようにふくらませ、口いっぱいに冷たい水を含むと、「口移しで、渇きをいやしてあげる」とジュリアンに伝えようとした。

ジュリアンは微笑みながら腕を広げ、頭をのけぞらし、ジャンヌに喉を差し出した。そして、ジャンヌという生ける泉から流れ出る水を一気に喉に流し込む。その水は彼の腹の底まで流れ込み、欲望の炎をかきたてる。

ジャンヌはこれまでにない愛しさで夫に抱きついた。心臓が高鳴り、腰が浮く。目に涙が浮かび、潤んでくる。ジャンヌはジュリアンに囁いた。「ジュリアン、あなたが好き……」今度は自分のほうから夫を抱き寄せ、そのまま仰向けに倒れると、恥ずかしさで赤くなった顔を両手で覆った。

ジュリアンは彼女に飛びかかり、力いっぱい抱きしめた。ジャンヌは待ち焦がれる思いで息を弾ませていた。そして求めていた感覚がやってくると、雷に打たれたような衝撃を感じ、思わず声をあげた。

峰の頂上に着くまでにはずいぶん時間がかかった。ジャンヌは動悸がおさまらず、疲れていて、速く歩けなかったのだ。ようやくエヴィザに着いたときはすでに夕方だった。二人は、ガイドの紹介で彼の親戚、パオリ・パラブレッティの家に泊まることになっていた。

パオリ・パラブレッティは長身だが、猫背ぎみ。肺を患ったことがあるとかで、陰気な男だった。案内された部屋は、石壁がむき出しの殺風景な部屋だったが、優雅さと無縁のこの地では、これでも小ぎれいなほうだろう。男は、フランス語とイタリア語がまざったようなコルシカ地方の言葉で、二人に歓迎の意を示そうとしたが、それをさえぎるように澄んだ高い声が響いた。声の主は、黒髪のほっそりとした小柄な女性。日に焼けた肌に大きな黒い目、いつも笑っているように白い歯が口元から覗いている。女は二人に歩み寄り、「ボンジュール、奥様、旦那様、ご機嫌いかがですか」と繰り返しながら、ジャンヌを抱擁したかと思うと、ジュリアンの手をとる。

女は、ジャンヌたちの帽子やショールを手に取り、それらを片手だけで片付けていった。というのも、もう片方の手は三角巾で吊られているのだ。さらに夫に「あんた、ちょっと、夕飯まで、そこらを見せてやってきてよ」と声をかけ、皆を送り出す。

パラブレッティは、すぐに妻に言われたとおりにする。彼はジャンヌとジュリアンを両脇に従え、村を案内してまわった。彼は歩くのも、話すのも、ゆっくりとしていた。咳き込むこともたびたびあり、そのたびに「谷間の風は冷たくてねえ。胸に響くんですよ」と言うのだった。

三人は、栗の巨木の下、人気《ひとけ》のない細道を抜けていく。パラブレッティは突如足を止め、抑揚のない独特の口調で言った。「従兄弟のジャン・リナルディは、ここでマチュー・ロリに殺されたんです。俺がここ、ジャンのすぐ横にいたら、マチューのやつがすぐそばまで寄ってきましてね。『ジャン、アルベルタッチェには行くな。二度と行くな、さもないと、おまえを殺す！』って言うんです。

俺はジャンの腕をとりまして、『行くんじゃねえ。ほんとに殺されるぞ』って言ったんですがね。

もとはといえば、二人とも同じ女を追いかけてましてな。パウリナ・シナクーピという娘でね。

で、ジャンが叫び返したんです。『彼女のところへ行く。おまえに邪魔なんてさせるもんか』ってね。その瞬間、マチューが銃口をさげて、俺が構えるより先にぶっぱなしやがった。

ジャンは両脚でぴょんぴょんと跳ねましてね。そう、まるで子どもが縄跳びするみたいにね。俺のほうに身体ごと倒れこんできたんですわ。その勢いで俺は銃を取り落とし、銃はそこの栗の木のところまで転がっていきました。

ジャンのやつ、あんぐりと口をあけていましたが、もう言葉は出てきません。死んどりました」

パラブレッティが淡々と殺人の目撃譚《たん》を語るので、ジャンヌたちは呆然としたまま彼を見つめていた。ジャンヌが尋ねる。

「それで、その殺人犯は、どうなったんです?」

パラブレッティはしばらく咳き込んでいたが、ようやく話を続けた。「マチューは山に逃げました。うちの兄、フィリップ・パラブレッティが翌年、やつを殺しました。ほら、あの山賊のフィリップ・パラブレッティですよ」

ジャンヌは震え上がった。「あなたのご兄弟が、山賊?」

物静かなコルシカ男の目が誇らしげに輝いた。

「ええ、マダム、ここらじゃ有名ですよ。六人も憲兵を殺したんですからな。ニオロに追いつめられて六日間抵抗し、餓死寸前のところをニコラス・モラリと一緒に殺されたんだ」

そして諦めたような声で、つけ足した。「まあ、そういうところなんですよ、ここは」

ついさっき、「谷の風が冷たくてねえ」と言ったときと同じ口調だった。

それから彼らは家に戻り夕食をとった。さきほどの女が、まるで二十年来の知り合いのように、ジャンヌたちを歓待してくれた。

だが、ジャンヌは不安だった。今日、泉の苔の上で抱き合ったときのような不思議な興奮を、今夜もういちどジュリアンの腕のなかで感じることができるだろうか。

夜、部屋で二人きりになると、ジャンヌはジュリアンに口づけされても、以前のようにまた何も感じないのではないかと怯えていた。だが、すぐに安堵した。その晩が二人にとって、初めての本当の愛の床《とこ》となったのだ。

翌朝、出発の時間になっても、ジャンヌは、この粗末な家を立ち去りがたい思いにとらわれていた。この家は、彼女にとって新たな幸福が生まれた大切な場所なのだ。ジャンヌはパラブレッティの妻を部屋に呼んだ。そして、大げさなことをするつもりはないがと前置きしたうえで、パリに着き次第、この旅の記念になるようなものを彼女に送りたいと申し出た。パラブレッティの妻が断ると、ジャンヌは今にも怒り出しそうなほどむきになった。ジャンヌはこの家での思い出に、迷信的と言っていいほど強く執着していたのだ。

だが、パラブレッティの妻はなかなかうんと言わなかった。それでも、ようやくジャンヌの申し出を受け入れて言った。「じゃあ、小さなピストルでも送ってもらいましょうかね。本当に小さいやつでいいんです」

ジャンヌは目を見張った。パラブレッティの妻は声をひそめ、ジャンヌの耳に口を寄せると、自分だけが知る甘美な秘密を打ち明けるかのように言った。「義弟を殺すためなんですよ」彼女は、にこにこと腕に巻かれた包帯をほどきはじめた。白く丸い腕が現れる。短刀の一撃が突き抜け、ようやく傷口がふさがったばかりという状態だった。「私がやっと互角にわたり合わなかったら、殺されてましたよ。うちの夫はやきもちやきじゃありません。あの人は、私のことがわかってます。それに病人ですからね。そんなに血の気が多いわけじゃないんです。そもそも私は夫を裏切ったりしません。それなのに夫の弟ときたら、人の噂を何でも信じちまうんです。挙句のはてに、うちの夫の代わりに私の浮気を疑うんですよ。どうせ、また同じことをやるに決まってます。そんときにピストルがあれば、私だって安心だし、きっちりお返ししてやりますよ」

ジャンヌはピストルを送ることを約束し、知り合ったばかりの女友だちをやさしく抱きしめると、旅を再開した。

残りの旅程、二人は絶えず抱き合い、うっとりするような愛撫を交わし、夢心地で過ごした。ジャンヌの目には、風景も人々も、宿泊地のことも見えてなかった。ただジュリアンのことだけを見つめていた。

あれ以来、二人のあいだには、子どものような無邪気な仲睦まじさが生まれた。傍《はた》から見れば馬鹿馬鹿しくなるような愛の戯れや、愚かしいほどに甘ったるく他愛のない言葉のやりとりを楽しむ。互いの身体に唇を散歩させながら、地図でも作るかのようにちょっとした窪みやくびれ、でっぱりに愛らしい名前をつけて遊ぶ。

ジャンヌは右向きに眠ることが多いので、朝、目が覚めると左の乳房がむきだしになっていることがある。それに気づいたジュリアンは、左の乳房を「はみだし君」と名づけ、もう片方を「好色ちゃん」と呼んだ。薄桃色の花のような右の乳首は、ジュリアンの口づけに、とても敏感に反応するからだった。

ふたつの乳房のあいだにある窪みには、「お母様の散歩道」という名がついた。ジャンヌの母が並木道を歩くように、ジュリアンの唇はこの道を何度も往復するのだ。さらに密やかな場所にある道には、オタ渓谷の泉をオアシスになぞらえ、「ダマスカスの道」という愛称がつけられた。

バスチアに着き、ガイドに金を払うときがきた。ポケットに手を突っ込んだものの、必要な金額が手元になく、ジュリアンはジャンヌに言った。「おまえ、お母さんからもらった二千フラン、まったく使わないんだったら、僕によこしなさい。僕がもっていたほうが安全だし、札を崩す手間もはぶける」

ジャンヌはジュリアンに革袋を渡した。

二人は、リヴォルノに向かい、その後、フィレンツェ、ジェノヴァを訪れた。さらに、ジェノヴァを起点とする崖沿いの街道《コルニッシュ》を終着点のニースまで進む。

そして、ミストラル［乾燥した冷たい北風］の吹く朝、マルセイユにたどりついた。

レ・プープルを出てから二カ月がたち、十月十五日になっていた。

ジャンヌは冷たい風にはっとした。その風は、遠くノルマンディから吹いてくるように思え、物悲しくなった。しばらく前から、ジュリアンが変わってしまったような気がしていた。疲れた顔で、妻にも無関心だ。ただ漠然と、ジャンヌは不安を感じていた。

ジャンヌはこの陽光に満ちたマルセイユを離れがたく、帰途につくのをさらに四日ほど遅らせた。旅が終わると、幸福も終わってしまいそうな気がしていたのだ。

それでも出発の日はやってきた。

二人はパリに寄り、レ・プープルで本格的に夫婦生活を始めるための品々を調達することにした。ジャンヌは、母にもらった金で豪華なものを取り揃えようと楽しみにしていた。だが、彼女がまっさきに買おうと思ったのは、コルシカ、エヴィザの村であの女に約束したピストルだった。

パリに着いた翌日、ジャンヌは夫に尋ねた。

「お母様にもらったお金を出してくださいな。買いたいものがあるんです」

ジュリアンは不満げな顔で聞き返した。

「いくらいるんだい」

ジャンヌは驚き、口ごもった。

「えっと……、金額はおまかせします」

「じゃあ、百フランやろう。無駄遣いするなよ」

ジャンヌは戸惑い、呆然とし、何と言っていいのかわからなかった。やっとの思いで、ひとことだけ言う。

「でも、あのお金は、もともと私の……」

ジュリアンは最後まで聞こうとしなかった。

「ああ、そうさ。金が僕のところにあろうが、おまえのところにあろうが、どうでもいいだろう。僕らは夫婦なんだ。おまえには一銭も使わせないと言ったわけじゃないだろう。百フランあげるじゃないか」

ジャンヌはそれ以上何も言わず、金貨五枚を受け取った。もう少し渡してほしいとは言えないまま、結局、ピストル以外の買い物はしなかった。

パリで一週間を過ごし、二人はレ・プープルに帰った。

6

レンガ造りの門柱に続く白い柵の前で、家族も使用人も全員が彼らの帰りを待っていた。駅馬車が停まり、皆は長々と再会の抱擁を交わした。母は泣いていた。胸をつかれ、ジャンヌは両の目の涙をぬぐった。父は落ち着かないまま、行ったり来たりしていた。

使用人が荷物を馬車から降ろしているあいだにも、サロンの暖炉の前で旅の話が始まっていた。ジャンヌの口からはあふれるように言葉が出てきた。半時間ほどで、だいたいのことは語り終えた。もちろん、話を急ぐあまり、細かい部分は抜け落ちていたかもしれないが。

それからジャンヌは自分の荷物を整理しはじめた。ロザリも興奮したまま、それを手伝う。リネン類やドレス、化粧道具などをしかるべきところに片付け、荷解きが完了すると、ロザリはジャンヌを残して部屋を出た。一人になったジャンヌは疲れが出て、座り込んだ。

これから何をしよう。ジャンヌは自分が何を考え、この手で何をすべきかを自問した。サロンに降りていっても、母が居眠りしているだけだ。散歩に出たいような気もするが、田舎の風景はいかにも物悲しげで、窓から見ただけでも憂鬱な思いが胸にのしかかってくるようだった。

もう、何もすることがない。この先、何もやることがないのだ。修道院で過ごした少女時代、将来のことばかり考え、夢ばかり見ていた。あのころは、希望に胸を高鳴らせることの繰り返しが生活のすべてであり、時間は気づかぬうちに過ぎていった。ずっと恋に憧れていたのに、彼女の夢想を閉じ込めてきた塀の外に出てみると、すぐにその夢がかなってしまった。わずか数週間のうちに夢見ていた男性が現実に現れ、彼女を愛し、結婚したのだが、あまりにも急に決まった結婚だった。ジャンヌはゆっくり考えることもできないまま、男の腕に抱き上げられ、ここまで連れてこられてしまったのである。

だが今や、蜜月の日々が終わり、日常の生活が始まる。それは、扉が閉ざされるということ、ただひたすら希望をふくらませ、不安ながらも胸ときめかせる日々はもう戻らないということだった。未来を待つ日々は終わったのだ。

もうやることがない。今日も、明日も、この先ずっと。漠然とではあるが、そう思ったとたん、ジャンヌはなにやら失望を感じ、これまで夢見てきたことがしぼんでいくように感じた。

ジャンヌは立ち上がり、冷たいガラス窓に額を押しつけた。そして暗い色の雲が流れる空をしばらく眺め、外に出てみることにした。

これが、あの五月に歩いたのと同じ野原、同じ草、同じ木々なのだろうか。陽光を受けあれほど明るく輝いていた木々の葉はどこへ行ってしまったのだろう。タンポポが燃え盛り、ひなげしが赤く咲き、マーガレットが輝き、見えない糸の先で揺れるように幻想的な黄色い蝶が遊んでいた、緑の芝生のやさしげな光景はどこへ消えたのか。さまざまな香りや、微生物たちを育む小さな存在まで、命に満ちあふれていた大気の蠢《うごめ》きも今は感じられない。

降り続く秋の雨に濡れた並木道には、落ち葉の絨毯がどこまでも続いている。道の両側に並ぶポプラは、もう裸木《はだかぎ》同然で、痩せた幹をぶるぶると震わせている。細い枝は風に震えており、わずかに残った葉さえ、今しも宙に飛び散りそうな様子だった。金貨を思わせる黄色く大きな落ち葉が、人々を泣きそうな気持ちにさせる長雨のように、朝から晩まで次々と枝から離れてはくるくると舞い、風に踊り、やがて地に落ちる。

ジャンヌは林まで行ってみた。そこは瀕死の病人の部屋のように暗く沈んでいた。緑の壁のように、曲がりくねった道を覆い隠していた木々は、すべて葉を落としていた。レースのように絡み合っていた灌木も、もはや裸の細い枝をぶつけ合うばかりだった。地に落ちた枯葉を風が吹き寄せ、揺らし、ところどころに小山のように積み上げるたびに、かさこそと音が響く。その音もジャンヌには、臨終を前にした苦しいため息のように聞こえる。

小さな鳥たちが、あちらからこちらへと飛び交い、寒々とした声で鳴いている。どこか休む場所を探しているのだろう。

それでも、菩提樹とプラタナスだけは、楡の木々が厚いカーテンとなって海からの風を防いでくれることもあり、夏のようにたくさんの葉をつけていた。もっともその葉にしても、菩提樹の葉は赤いビロード、プラタナスはオレンジ色の絹衣装をまとったように色を変えていた。冷え込みが始まると、樹液の作用で葉の色が変わるのだ。

ジャンヌは、クイヤール家の農場に沿って「お母様の散歩道」をゆっくりと行ったり来たりしてみた。単調な生活が始まり、このまま延々と続くような気がして、何かが彼女の心に重くのしかかっていた。

ジャンヌは、ジュリアンが彼女に初めて愛を告げた土手にも行ってみた。土手に立ち、何も考えず、ただぼんやりとしていた。心の底まで憂鬱な気分になり、このまま横になって眠ってしまいたい。眠って、この悲しみを忘れてしまいたいと思っていた。

ふと、風に乗って空を横ぎるカモメの姿が目に入った。その姿は、コルシカ島、夕の暗い谷底から見上げた鷲のことを思い出させた。幸せだった日々、もう戻らぬ日々の思い出が胸をついた。輝くようなコルシカ島の光景が、ありありと浮かんできた。野性味のある匂い。強い陽光と、その日を浴びて熟す柑橘類の果実たち。山々の赤い頂。青い海の入り江。奔流の走る渓谷……。

すると、今の自分を取りまく陰気で湿った光景が、悲しげに降る落ち葉や風に運ばれる灰色の雲と相まって、ジャンヌの心はさらに深い嘆きに沈むのだった。泣き出しそうになったジャンヌは、家路を急いだ。

暖炉の前に鎮座した男爵夫人は、うたた寝をしている。男爵夫人は、もはや鬱屈した日々に慣れてしまい、それを感じることさえなくなっていた。男爵はジュリアンとともに仕事の話をしながら、外を歩いていた。夜の訪れが近づき、広いサロンはすでに暗くなっていた。暖炉の火だけが明るい。

窓から外を見ると、わずかな残照のもと、年の暮れを前にして枯れ果てた野や森の姿、そして泥を塗りつけたかのような薄汚れた灰色の空が見てとれた。

男爵がサロンに戻ってきた。ジュリアンがあとに続く。暗い部屋に足を踏み入れるやいなや、男爵は使用人を呼び、大声で「早く灯りをもってきなさい。暗いと気分が沈むじゃないか」と言った。

男爵は、暖炉の前に腰を下ろした。火にかざした濡れ靴から湯気があがり、熱で乾いた泥が下に落ちるのもかまわず、男爵は陽気な顔で手をすり合わせる。「今夜は冷えるぞ。北の空が明るかったから、今日あたり満月だ。きっと相当冷え込むぞ」

そしてジャンヌのほうを向き、続ける。「どうだ、ジャンヌ、故郷に戻って嬉しいかい。自分の家に、親元に戻って安心しただろう」

この何気ないひと言で、ジャンヌは気持ちが抑えきれなくなった。ジャンヌは両の目に涙を湛え、父の胸に飛び込んでいった。そして、まるで赦しを乞うかのように、何度も何度も父にキスをする。というのも、なんとか明るくしていようと思ってはいても、ジャンヌは今にも倒れそうなほど悲しくてならなかったのだ。両親との再会はもっと心躍るものだと思っていた。だが、自分でも驚くほど心は冷ややかなままで、やさしい気持ちが湧き上がってこない。誰しも経験があるだろう。離れていても愛する気持ちは変わらない。それでも、今までのように四六時中一緒にいるわけではなくなってしまうと、再会しても以前のような感情がすぐには戻ってこない。再び生活を共にし、関係が修復されるのを待つしかないのだ。

夕食の時間は長かった。皆、ほとんど話さない。ジュリアンは妻のことなど忘れてしまったかのようだ。

夕食後、サロンに移ると、ジャンヌは火の前でうとうとしていた。すぐ目の前では、母がすっかり寝入っている。父と夫の話し声に、ジャンヌは、はたと目を覚ました。再び眠りこけてしまわぬよう気を引き締めつつ、ジャンヌは思った。自分もまた、何ごとにも邪魔されることなく延々と続く、こうした日常の陰鬱な眠気に引きずり込まれてしまうのではないだろうか。

昼間はぼんやりと赤く見えるだけだった暖炉の炎も、闇のなかでは活き活きと明るく、小気味の良い音をたてている。炎は色あせた肘掛け椅子をちらちらと明るく照らしていた。肘掛け椅子に刺繍された『キツネとコウノトリ』や、メランコリックな表情の『サギ』、『アリとセミ』など寓話の登場人物たちが照らし出される。

男爵が歩み寄ってきた。力強く燃える暖炉の火に、両手を大きくかざしながら言う。「ああ、いいね。よく燃えているね。今夜は、冷え込みそうだからな」男爵はジャンヌの肩に手を置き、火を見ながら言った。「見てごらん。これが、この世でいちばんの幸福だよ。暖炉の火。親しい者とともに暖炉の火を囲む。これに勝るものはないね。でも、そろそろ寝る時間だ。おまえたちも疲れただろう」

自室に戻ったジャンヌは、修道院を出たときと、新婚旅行から帰った今、同じ場所、自分が大好きなはずの同じ場所に戻ったというのに、どうしてこうも印象が違うのだろうと自問した。どうして、こんなに心が傷ついているのか。かつては、あれほどまでに心ふるわせたこの家、この故郷が、どうして今はこんなにも悲しげなものに見えるのだろう。ふと振り子時計が目に入った。振り子のミツバチは相も変わらず、金メッキされた銀の花々の上を右に左にと絶え間なく素早い動きで揺れ続けている。まるで生きているかのように時を告げ、心臓の鼓動にも似たチクタクという音を響かせるこの時計を見ていると、ジャンヌはとつぜん妙に感傷的になり、動揺のあまり涙してしまった。

父母との再会よりも、時計に懐かしさを感じて涙するなんて、理性では説明がつかない不思議な心の動きだった。

結婚以来初めて、ジャンヌはベッドに一人で寝た。疲れているからと、ジュリアンは別室で寝ることにしたのだ。結婚しても各自個室をもつことは、もう話がついていた。

ジャンヌはなかなか寝つけなかった。自分のすぐ横に誰もいないことに戸惑い、久しぶりの一人寝になじめず、屋根に打ちつける北風の激しさもあって眠れなかったのだ。

朝、ジャンヌが目を覚ますと、ベッドを血のように赤く染め、明るい光が差し込んでいた。地平全体が燃えているかのように、霜の花がびっしりついたガラス窓も赤く染まっていた。

ジャンヌはガウンにすっぽりと身を包み、窓辺に走りよると窓を開けた。身を切るような風の澄み渡り、冷たく肌を刺すような風が部屋に吹き込んできた。赤紫色の空の真ん中、木立の向こうから、冷たさに、思わず涙が出そうになった。赤紫色の空の真ん中、木立の向こうから、酔っぱらいの顔のように丸々と赤く輝く太陽が現れた。白い霜に覆われ硬く乾ききった土が、農民たちの足元で音をたてる。たった一晩で、ポプラ並木はまったくの裸木となっていた。野原の向こうに緑色の帯のような海が見え、ところどころ白波がたっていた。

プラタナスと菩提樹も風に吹かれ、早々と葉を落としはじめている。冷たい風が吹き抜けるたびに、とつぜんの霜の訪れに枝を離れた枯葉が、飛び立つ鳥のようにくるくると舞い上がっている。ジャンヌは服を着て外に出た。何かしたくなって、農民たちのもとを訪れた。

マルタン家の人々はジャンヌを歓迎した。おかみさんはジャンヌの頬にキスをした。そして、杏の種でつくった酒をジャンヌに無理やり勧めるのだった。クイヤール家でも同様の歓迎を受けた。おかみさんはジャンヌの耳にキスをした。ここでもジャンヌは、カシス酒を一杯飲まされた。

そのあと、ジャンヌは食事の待つ屋敷へと帰った。

その日も、前日と同じように過ぎていった。昨日ほどじめじめしていないが、そのぶん寒い。その週は、どの日も同じように過ぎた。さらにその月は、どの週も最初の週と同じように過ぎていった。

だが、遠き国を懐かしむ気持ちは薄れていった。水まわりに石灰分が溜まっていくように、日々の繰り返しのなかで、ジャンヌの生活のうえにも諦めが塗り重ねられていった。生活のなかの他愛ない些事《さじ》に気をとられ、日常的な単純で愚かしいことを思い悩む日々がまた始まったのだ。なんとなく憂鬱な気持ち、漠とした厭世観が彼女のなかに広がりつつあった。いったい何が足りないのか。何を求めているのか。自分でもわからない。世俗的な欲などない。喜びを渇望しているわけでもない。望めば手に入る喜びにさえ、手を伸ばす気にならないのだ。そもそも、どんな喜びがあるというのだろう。こうして、日に焼けたソファが色あせるように、ジャンヌの目に映るものすべてが色を失い、希薄になり、陰鬱で精気のないものになっていった。

ジュリアンとの関係もすっかり変わってしまっていた。舞台を終えた役者が素の顔に戻るように、新婚旅行から帰って以来、ジュリアンはすっかり別人になってしまった。妻であるジャンヌに気遣いを見せることもほとんどなく、話しかけることすらなくなってしまった。恋の名残《なごり》を感じさせることなど、早々になくなってしまった。ジャンヌの寝室に来ることさえ滅多にないのだ。

ジュリアンは財産や屋敷を管理するようになり、あらゆる契約を見直し、小作人から搾り取り、出費を抑えるようになった。服装も自ら田舎紳士のような服を着るようになり、婚約していたころの見栄えの良さ、エレガントさはなくなった。

服はいつも、銅のボタンがついたビロード地の古い狩猟用上着ばかり。染みがついていても気にしない。結婚前にもっていた古着をひっぱりだしてきたものだ。もう女性にもてるような格好をする必要もないとばかりに、身だしなみにも気を配らなくなり、髭も剃らなくなった。長く伸び、手入れをしない髭のせいで、ジュリアンは信じられないほど見栄えのしない男になってしまった。手も荒れたままだ。しかも、夕食のあとには毎晩、コニャックを小さなグラスで四、五杯飲むようになった。

ジャンヌは、やさしくたしなめるようなことを言ってみたが、乱暴な声で「放っておいてくれ」という答えしか返ってこず、もうそれ以上、彼に忠告する気もなくなってしまった。

ジャンヌは、ジュリアンのそんな変化を自分でも驚くような態度で受け止めていた。ジュリアンは彼女にとってすっかり他人になってしまった。彼が何を考え、何を思っているのか、彼女にはまったくわからない。ジャンヌは幾度となく、二人の関係について考えてみた。いったい、いつからこうなってしまったのだろう。あれほどまでにやさしい気持ちで、出会い、愛し合い、結婚したというのに、今やお互い他人のようになってしまい、まるで一度も床《とこ》を共にしたことがないかのようだ。

夫に見捨てられたのに、それほどつらいと思わないのはどうしてだろう。人生なんてこんなものなのだろうか。この結婚は間違いだったのだろうか。もうこの先、自分の人生には何も残っていないのだろうか。

もし、ジュリアンが美男子のまま、身だしなみに気をつけ、エレガントで魅力的だったら、二人の関係が冷めたことをもっと嘆いただろうか。

年が明けると、ジャンヌたちは屋敷に二人きりになる。男爵夫妻はルーアンの家に戻り、数カ月はそこに滞在することになっていた。ジャンヌたちは、二人がこの先一生を過ごすはずのこの地に身を落ち着け、ここでの生活に慣れ、地元になじむために、冬のあいだじゅうレ・プープルで過ごす。近所づきあいもある。ジュリアンは、近隣に住む貴族たち、ブリズヴィル家やクートリエ家、フルヴィル家に、妻のジャンヌを紹介してまわるつもりだった。

だが、ジャンヌたちはまだ挨拶まわりに出かけられずにいた。まず絵師を呼んで、馬車の紋章を塗り替えなくてはならなかったからだ。

古い馬車は、男爵から婿であるジュリアンに譲られたものだった。ジュリアンは、ペルテュイ・デ・ヴォー男爵家の紋の横に、ラマール子爵家の盾形四分割の紋を入れるまでは、何があろうとこの馬車で近隣の貴族を訪ねるのが嫌だったのだ。

ところが、紋章描きの技術をもっている絵師はこのあたりに一人しかいない。ボルベック村のバタイユという絵師だ。彼はノルマンディじゅうの貴族から次々と注文を受け、馬車の扉にきらびやかな紋章を描いてまわっていた。

待ちに待って十二月のある朝、朝食を終えたころに、誰かが門を開け、右側の通路を歩いてくるのが見えた。背中に木箱を背負っている。この男が絵師のバタイユだった。

男はサロンに通され、食事が出された。バタイユは、いっぱしの紳士のように扱われた。というのも、専門的な技術をもち、この地域の貴族と絶えず交流を結び、盾形紋章やそれにまつわる専門用語、家紋の種類について深い知識を備えているがゆえに、この男は紋章の専門家と見なされ、貴族と対等に握手するようになっていたのだ。

バタイユが食事をとっているあいだにも、男爵とジュリアンは、紙と鉛筆をもってこさせ、盾形を四分割した紋の図柄を描きはじめた。紋章のことになると、男爵夫人も興奮しだし、あれこれと自分の意見を述べた。ジャンヌまでもが、不思議に興味がわいてきたようで、話に参加しはじめた。

バタイユは食事を続けながらも、自分の意見を述べる。ときに鉛筆をとって下絵を描き、例をあげ、近隣に住むあらゆる名士たちの馬車について語る。そんなときは、彼の心のあり方、いや、それどころか声にも、なにか貴族的な雰囲気が感じられるのだ。

バタイユは小柄で、灰色の髪を短く刈り込み、手は塗料で汚れている。そばによると揮発油の匂いがした。ずいぶん昔には困った素行もあったようだが、長年にわたり名士たちの信頼を得たことで、汚名はすでに人々の記憶から消えていた。

コーヒーを飲み終えるやいなや、バタイユは車庫に案内された。馬車にかけられていた蠟引きの布がはずされる。バタイユはまず馬車の状態を確認した。それから描く紋章の大きさについて厳《おごそ》かに自分の意見を述べる。さらに、いくつかの点を話し合った後、彼は作業に取りかかった。

車庫は冷え冷えとしていたが、男爵夫人は椅子を運ばせ、バタイユの仕事を眺めた。さらには、足が寒いと言って足用の暖房も運ばせた。こうして男爵夫人は、どっしり腰を据え、バタイユと話しはじめた。貴族の家々をまわるバタイユから、貴族たちの縁組や訃報、子どもの誕生など、自分の知らない情報を聞き出し、自身の頭のなかにある家系図に書き込んでいくのだ。

ジュリアンも男爵夫人のそばの椅子に跨って座っていた。パイプをくゆらせ、ときどき床に唾を吐く。夫人とバタイユが話すのを聞きながら、ジュリアンはラマール子爵家の紋章に色が入っていくのを眺めていた。

やがて、鋤を肩に背負い、畑仕事に行く途中のシモン爺さんが通りかかった。彼も足を止めて、バタイユの仕事ぶりを眺める。バタイユが来ていることは、近所の農家にも知れわたったようで、まもなくマルタン家とクイヤール家のおかみさんたちもやってきた。二人の女は男爵夫人の横に陣取り、「いやあ、器用なもんだね。よほど器用でないと、こんな細かい仕事はできないよねえ」と繰り返していた。

ようやく両側の扉に紋章を描き終えたのは、翌日の十一時ごろだった。すぐに皆が集まってきた。馬車を車庫から出し、そのできばえを眺める。

完璧だった。皆はバタイユを誉めそやした。バタイユは、再び木箱を背負って出発する。男爵夫妻も、ジャンヌとジュリアンも、バタイユは実に才能ある絵師であり、事情が許せば、きっと大画伯になっていたことだろうと、うなずきあった。

だがジュリアンは、費用を倹約するために、馬車の体裁を少し変えることにした。それによって新たに手を加える必要も出てきた。

これまで御者を務めてきたシモン爺さんは庭師として働かせることにし、馬車はジュリアン自らが操ることにした。飼い葉代がもったいないので、馬車を引く馬も売ってしまった。

自分で手綱を取るにしても、馬車を降りて用をすませるあいだ、馬の番をする人間が必要だった。そこで、牛飼いの少年、マリウスを使うことにした。

さらに、売り払った馬の代わりに、マルタン家とクイヤール家から、それぞれ月に一日、馬を一頭借りる契約を取り付けた。どの日に借りるかはジュリアンが決める。馬の貸し賃は、鶏や家鴨《あひる》の上納を免除することで相殺《そうさい》にした。

というわけで、挨拶まわりに出かける日、クイヤール家からは黄色い大きな駄馬が連れてこられ、マルタン家からは長毛の小さな白馬がやってきた。馬車の前に、この二頭がつながれる。シモン爺さんから譲られたぶかぶかの服を着たマリウスが、この馬車を屋敷の前庭まで引いてきた。

身だしなみを整え、御者席で胸をそらしたジュリアンの姿は、かつての優美さをわずかながら取り戻したように見えた。だが、長く伸びた髭のせいで、全体としてはいつもと変わらぬ印象になってしまう。

ジュリアンは、馬と馬車とマリウスの様子をじっと眺め、まずは満足した。彼にとっては、新たに描き加えられた自分の紋章さえ立派ならそれでいいのだ。

男爵夫人は夫の腕にすがり、やっとの思いで階段を降りてくると、馬車に乗り込み、クッションにもたれて座った。次にジャンヌがやってきた。ジャンヌは二頭の馬のとりあわせを見て、いきなり噴き出した。黄色い老馬と若い白馬が、おじいちゃんと孫のようだと言うのだ。次にジャンヌはマリウスの姿に気づいた。飾りのついた帽子は顔をすっぽり隠し、辛うじて鼻の先に引っかかっている。手は大きすぎる服の袖に隠れており、両の足も、だらりと垂れたズボンの筒のなか、スカートをはいているかのような状態だ。ズボンの裾からは、大きな靴を履いた足が不恰好に覗いている。身を反らさなくては何も見えないうえ、歩くにも、まるで小川を跨いで渡るときのように、膝を高くあげなくてはならない。前が見えていないので、ジュリアンの命令に従おうとしてもおろおろするばかり。大きすぎる服にすっぽり隠れ、途方に暮れている。その姿を見て、ジャンヌはどうにもこうにも笑いが止まらなくなってしまった。

その声に男爵が振り向く。茫然自失の少年の姿を目にし、男爵にもジャンヌの笑いが飛び火した。笑いすぎて言葉にならぬまま、妻に呼びかける。「マ、マリウスを見てごらん。いやいや、ひどいもんだ。ああ、おかしいったらありゃしない」

馬車の扉から身を乗り出した夫人も、マリウスを見るなり、笑いの発作に取りつかれた。巨体を揺らして笑うので、でこぼこ道を通るときのように、馬車全体がゆさゆさ揺れはじめた。

だが、ジュリアンの顔は青ざめていた。

「どうして、そんなに笑うんですか。気でもおかしくなったんですか」

ジャンヌは笑いすぎてふらふらになり、痙攣のようなひくつきが止まらず、自分でもどうしようもなくなって、玄関先の石段に座り込んだ。男爵も横に座り込む。馬車のなかから、ひきつったくしゃみのような息をつまらせる音が聞こえてくるところをみると、男爵夫人もまだ笑っているようだ。マリウスの上着もぷるぷると震えている。彼もちゃんとわかっているのだ。帽子で表情が見えないものの、マリウスも全身で笑いをこらえていた。

そのとき、怒りをあらわにしたジュリアンが歩み出で、マリウスの顔に平手打ちをくわせた。大きな帽子がふっとび、芝生に落ちる。次にジュリアンは男爵に向き直り、憤怒のあまり声を震わせ、やっとの思いで告げた。「あなたには笑う資格などありません。あなたが財産を湯水のように使い、蓄えをすべて食いつぶしたから、こうなったんですよ。一文無しになったら、あなたのせいなんですからね」

陽気な笑いはぴたりと止み、空気が凍りついた。沈黙が広がる。さきほどとうってかわってジャンヌは泣き出しそうになり、馬車のなかにいる母のもとへそっと姿を消した。驚き、言葉を失った男爵も、ジャンヌたちの向かいの席に腰を下ろす。ジュリアンは、頬を赤く腫らして泣きじゃくるマリウスを御者席に乗せ、自分もその横に乗り込んだ。

沈んだ気分のまま馬車で行く道中は、ずいぶん長く感じられた。誰も何も話さない。

馬車のなかでは、三人ともぐったりとした気分で当惑が隠せず、うちに秘めた思いを言葉にできないでいた。かといって、痛ましい思いが胸を締めつけている以上、まったく別の話をするのも難しい。そこで結局、つらくなることを話題にするぐらいなら、悲しげな沈黙に沈んでいるほうがましということになってしまったのだ。

二頭の馬は足並みが揃わぬまま速足を続け、馬車は農家の庭に沿って進んでいく。驚いた黒い雌鶏たちが、大急ぎで垣根にもぐりこむ。ときには牧羊犬が吠えながら馬車のあとを追いかけてくる。犬はやがて主人の家のほうへと戻っていくのだが、それでもまだ毛を逆立て、振り返って吠えかけてくることもあった。ポケットに手を突っ込み、泥のついた木靴で長い足をもてあまし気味に、ぶらぶらと歩く少年もいた。青い作業着の背中は風にふくらんでいる。馬車が近づくと、少年は端によけて道を譲ってくれた。さらには不器用な手つきで帽子を脱ぎ、ぺったりと寝かせた髪を見せてお辞儀までしてくれた。

農場と農場のあいだには草原が広がり、はるか遠くにぽつりぽつりと別の農家があるのが見える。

やがて樅の並木道に入る。街道に続く大きな通りだ。ぬかるみ、深く轍の残る道を行くと、馬車は斜めに傾き、なかから男爵夫人の悲鳴が聞こえてきた。並木道の先に白い柵が見えてきた。マリウスが走っていって柵を開ける。馬車は芝生を取り囲む半円形の小道の一方に沿って進み、そして、よろい戸の閉ざされた、縦にも横にも大きく陰気な建物の前で停まった。

中央の扉がとつぜん開く。脳梗塞の後遺症か、年老いた使用人がおぼつかない足取りで階段を降りてきた。赤に黒のストライプの入ったチョッキに、大きなエプロンをかけている。男はジュリアンに名を尋ね、彼らを広々としたサロンに案内し、閉じたままになっていたよろい戸を難儀そうに開けてまわった。家具にも埃除けの布がかけられており、振り子時計も燭台も白い布に包まれていた。かびくさい匂い、ひんやりと湿った古めかしい匂いを吸い込んだとたん、肺にも心にも肌にも悲しみが入り込んでくるような気がした。

ジャンヌたちは腰を下ろし、館の主《あるじ》を待った。上の階の廊下を足音が走り抜けていく。ブリズヴィル夫妻は、いつになく慌てているようだった。突然の来訪に、大急ぎで着替えでもしているのだろう。夫妻はなかなか降りてこない。使用人を呼ぶベルが幾度となく鳴らされ、階段を昇り降りする足音が響いた。

男爵夫人は寒さが障るらしく、たてつづけにくしゃみをした。ジュリアンは部屋の壁沿いに行ったり来たりしている。ジャンヌはぐったりして母の横に座り、男爵は大理石のマントルピースにもたれ、うつむいたままだ。

ようやく大きな扉が開き、ブリズヴィル子爵が夫人とともに姿を現した。二人とも小柄で細身、ちょこまかと動き、見た目だけでは年齢がわからない。堂々とした身なりながら、当惑した表情を浮かべている。ブリズヴィル子爵夫人は枝葉模様の絹のドレスを纏《まと》い、リボンのついた小さな帽子をかぶっていた。夫人の声は甲高く、早口で喋る。

ぴったりした派手な上着に身を包んだブリズヴィル子爵は、膝を折ってお辞儀をした。その鼻も目も、痩せて下がった歯茎から突き出た前歯も、蠟で塗り固めたような髪も、派手で仰々しい服も、どれも入念に手入れされ、てかてかと光っていた。

歓迎の挨拶、近隣に住む者ならではの儀礼的な挨拶が一通りすむと、もう話すべきことは見つからない。あとは特に理由もなく祝福の言葉を交わす。この先も良い関係が続くことこそ、双方の願いだった。一年じゅう田舎で暮らしていると、そんなことでも訪問の理由になるのだ。

客間の空気は氷のように冷たく、喉が痛くなるほどだった。男爵夫人はくしゃみが止まらず、ついに咳まで出てきた。その様子を見た男爵が、そろそろお暇《いとま》しよう、という素振りを見せる。ブリズヴィル子爵夫妻は引き止める。「そんな、もう帰るんですか。もう少しゆっくりしていってください」。だがジャンヌは、すでに立ち上がっていた。まだ帰るには早いと考えたジュリアンが目配せしたのに、ジャンヌは帰る気になっていた。

馬車を玄関につけさせるため、呼び鈴を鳴らして使用人を呼ぼうとしたが、呼び鈴は壊れていた。そこで、ブリズヴィル子爵自ら外に飛び出していき、戻ってきたかと思うと、馬はすでに厩舎に連れていったので、呼んでくるには時間がかかると告げた。

しばらく待たねばならなかった。皆それぞれに何か言うべき言葉がないかと、話題を探していた。今年の冬は雨が続きますね、という話になった。重苦しい気分のまま、ジャンヌは自分でも気がつかぬうちにぶるぶると震えていた。ジャンヌはブリズヴィル夫妻に、一年じゅう二人きりでいったい何をして日々を過ごしているのかと尋ねた。だが、夫妻はその質問自体に驚いたようだった。というのも、彼らはフランスのあちこちに住む親戚に手紙を書いたり、夫婦といえど、他人のように厳かに向き合いながら日常の些事をこなし、大したことのない事案について本気で話し合ったりするだけで、じゅうぶん忙しいのであった。

天井が黒ずみ、家具にも白布がかけられたこの広いサロン、ふだんは使われていないこの部屋。そして小柄でこぎれい、折り目正しい態度の子爵夫妻。ジャンヌは、そこに瓶詰めにして保存されたかのような昔ながらの貴族像を見るのだった。

ようやく不揃いな二頭の馬に引かれ、馬車が窓のすぐ下を通り過ぎていった。だが、マリウスの姿が見当たらない。夕方まではお役ごめんと思い込み、野原を散歩しに行ってしまったようだ。

怒ったジュリアンは、マリウスが戻ったら、徒歩で帰るようにと伝言を残した。延々と別れの挨拶を交わした後、ジャンヌたちはレ・プープルへの帰途についた。

ジャンヌと男爵は、ジュリアンの乱暴な態度に依然として気づまりな重苦しさを感じていたものの、馬車の扉が閉まるや否や、ブリズヴィル夫妻のしぐさや喋り方を真似て大笑いしはじめた。父である男爵が夫を真似、ジャンヌが夫人を真似る。だが、母である男爵夫人は、尊敬する子爵夫妻に対し、失礼な態度をとるのは許せないとばかりに二人をたしなめた。

「そんなにふざけるのは失礼ですよ。あの方たちは実に折り目正しい、良いお家《うち》の方なんですからね」

男爵夫人を怒らせないように黙り込んだ二人だったが、それでも気がつけば、再びちらちらと視線を交わし合っている。「レ・プープルのお屋敷はお寒うございますでしょう、奥様。日がな一日、海から強い風が吹きつけるのでしょうね」男爵は仰々しくお辞儀をし、厳かな声で言う。水浴びする家鴨のように、小刻みに頭を揺らしつつ、ジャンヌが気取ったつくり声で答える。「あら、私ここにおりましても、一年じゅう忙しくしてますことよ。ええ、あちらこちらに親戚がおりますでしょう、お手紙を書くのも大変で。ええ、主人はすべて私に任せっぱなしですの。主人はね、ペル神父様と研究に勤《いそ》しんでおりまして、なんでも二人でノルマンディの宗教史を本にまとめるとかで」

男爵夫人もつい、くすりと笑う。夫人は当惑しながらも、やさしい声で言った。

「同じ貴族の血をひく者同士なんですから、他人を揶揄《やゆ》するのはよくありませんよ」

すると、とつぜん馬車が停まった。ジュリアンが後ろに向かって大声で叫んでいる。

ジャンヌと男爵は、馬車の扉から身を乗り出した。妙な人物が彼らの馬車を追いかけてくるのが見える。スカートのように広がるズボンに足をとられ、あげてもあげても落ちてくる帽子に視界を阻まれながらも、風車のように腕をぐるぐる回し、大きなぬかるみを必死に避けようとして泥をはね散らかし、何度も石ころに躓きながらマリウスが馬車のあとを走ってくる。彼にとってはあれで全速力なのだろうが、よろめき、飛び跳ね、泥だらけになっている。

マリウスがようやく追いつくと、ジュリアンは即座に身を乗り出してマリウスの襟首をつかみ、自分のすぐそばまで引き寄せると、手綱から手を放し、マリウスの頭を帽子の上から殴りはじめた。少年の肩までめりこみそうなほど、大きな帽子を太鼓のようにぼこぼこ叩き続ける。帽子の奥からマリウスの悲鳴が聞こえてきた。マリウスは馬車から降りて逃げ出そうとするが、ジュリアンは片手でマリウスをつかみ、もう片方の手で殴り続ける。

驚いたジャンヌは、言葉にならぬまま声をあげた。「お父様、あれじゃ、あんまり……」男爵夫人も怒りに耐えかね、夫の腕をつかんで言った。「あなた、やめさせてちょうだい」そこで男爵は、御者席との仕切り窓をいきなり開くと、ジュリアンの袖をつかんで震える声で言い捨てた。「子どもを殴るのは、そのぐらいでやめておきなさい」

驚いたジュリアンは男爵を振り向いて言った。「だって、見てください。せっかくの服をこんなにして」

だが、男爵はジュリアンとマリウスのあいだに割って入りながら言い放った。「そんなことはどうでもいい。乱暴はいかん」今度はジュリアンが怒り出した。「口出ししないでください。あなたには関係ないでしょう」ジュリアンは再び手を振り上げたが、男爵がその腕をつかみ、無理やりねじふせた。その拍子にジュリアンの腕が木製の御者台にぶつかった。男爵は怒りをあらわにして叫んだ。「それ以上殴るなら、私は馬車を降りる。言うとおりにしなさい！」その口調の激しさに、ジュリアンは急におとなしくなった。ジュリアンは無言のまま肩をすくめ、馬に鞭を入れた。馬は速足で走り出した。

ジャンヌと母は蒼白になったまま動かない。男爵夫人の重苦しげな息遣いだけが響いていた。

夕食時になると、ジュリアンは、まるで何ごともなかったかのように、いつもよりも愛想よくふるまった。ジャンヌも男爵夫妻も根が善人なので、さきほどの事件のことはすぐに忘れてしまい、ジュリアンの親切な態度にほっとし、病気が治ったばかりの人がはしゃぐように、陽気な気分を取り戻した。ジャンヌが再度、ブリズヴィル家の話をもちだすと、今度はジュリアンも一緒になって冗談を言い、だがすぐにつけ加えた。「いや、でも彼らはなかなか立派ですよ」

それ以上、ほかの貴族を訪ねるのはやめにした。またマリウスがへまをして殴られることになるのではないかと心配だったからだ。とりあえずは、クリスマスカードで挨拶をすませ、各家を訪問するのは暖かくなってからにした。

クリスマスになった。司祭と村長夫妻を招いて、晩餐会が開かれた。元日にも同じ客人を招いた。単調な日々に変化をつけようとしても、こんなことしか娯楽がないのだ。

男爵夫妻は一月九日にレ・プープルを去ることになっていた。ジャンヌは両親の出発を少しでも遅らせたがっていたが、ジュリアンにそのつもりはないようだった。婿が日に日に冷淡になっていくのを感じ、男爵はルーアンから辻馬車を呼んだ。

出発前夜、荷造りも終わった。寒々と晴れ渡る空のもと、ジャンヌは父とともにイポールの村まで歩いてみることにした。コルシカから帰って以来、一度も行ったことがなかったのだ。

二人は森を横切っていく。婚礼の日、ジャンヌが生涯を誓った相手と身も心もひとつになって歩いたあの森。ここで初めてジュリアンの愛撫を受け、身体が痺れるような感じがした。その後コルシカ島に行き、オタの谷で泉の水を飲み、その水のなかで口づけを交わしたとき、ジャンヌは初めて悦びを感じた。思えばあの日、この森で感じた戦慄こそが、肉体的な愛の営みへの予兆だったのだ。

だが今、森には木の葉もなければ、生い茂る蔓草もない。あるのは枝が鳴る音だけ。冬の森、裸木のあいだに響くのは、その乾いた音だけだ。

ジャンヌと父は小さな村に着いた。外には誰もおらず、静まりかえっている。海の匂い、海藻の匂い、魚の匂いは変わらない。戸口に吊るしたり、砂利の上に広げたり、茶褐色の大きな網がいつものように干してある。灰色の冷たい海はうなるような音をたて、いつもの波頭を見せている。そろそろ引き潮のようだ。フェカン側の海岸では、断崖の足元に緑色の岩が姿を現しはじめている。波打ち際に船底を見せて並べられた漁船は、大きな死んだ魚のようだ。日暮れが近い。漁師たちが三々五々浜に集まってくる。ごつい漁師靴を履いた足取りは重い。首に毛織物を巻き、片手にブランデーの大瓶、もう片方の手には船舶用のランタンを提げている。半倒しにした漁船のまわりをしばらく歩き回り、その後、いかにもノルマンディ風のゆっくりとした動きで、網やブイ、つづいて大きなパンやバター、コップや蒸留酒の瓶を船に積みはじめる。その後、船の向きを直し、海に向かって押していく。船は小石の上を大きな音をたてすべり、やがて波頭を砕きながら波に乗る。しばらく揺れてバランスをとっていたが、そのうち黒い翼のように帆を広げ、夜の闇へと消えていく。マストの先の小さな灯りも、もう見えない。

船乗りの妻たちは最後の船が出るまで浜で見送っていた。皆、大柄で、薄い服の上からでも骨ばった体格が浮かび上がって見える。闇に沈み深い眠りのなかにある道を女たちは騒々しい声をあげながら村へと帰っていく。

ジャンヌは父とともに身じろぎもせず、遠ざかっていく漁師たちの姿をじっと見送っていた。男たちはこうして毎晩命の危険も顧みず、生活のために働く。肉など口にしたこともないほど貧しい生活をしているのだ。

男爵は大西洋を前に興奮気味の声で語った。「海は恐ろしい。でも美しいね。暗闇のなかの海、多くの人たちが命を落としてきた海。すごいことだと思わないかい」

だが、ジャンヌは冷ややかな笑みを浮かべて答えた。「でも、地中海のほうがきれいだわ」父は反論する。「地中海だって！ あんなの油か砂糖水みたいじゃないか。洗濯たらいの水みたいに、青くて真っ平なんだから。それより、あの力強い波頭を見なさい。さっき、この海に繰り出していった男たち。もう姿が見えなくなった、あの男たちのことを想像してごらんよ」ジャンヌはため息をつき、父に同意する。「ええ、そうね」。だが、「地中海」という言葉を口にしたことで、夢のような日々を過ごした遠き島々を思い出し、ジャンヌの胸はまた痛むのだった。

帰り道は森を抜けるのではなく、街道に出て、海沿いの坂道をゆっくりと上ることにした。二人とも別離のときが近づいていることを感じ、悲しみのなか、ただ黙って歩いていた。

農場の側溝に沿って歩いていると、つぶしたリンゴの匂いが漂ってくる。搾りたてのシードルの匂いだ。この季節、ノルマンディの田舎ではどこに行っても、この匂いがする。匂いが顔を打つように風に乗って流れてくるのだ。それから、家畜小屋のねっとりした匂い。牛の寝藁からたちのぼる温かく鼻につんとする臭気。闇の向こうに窓の灯りが見え、庭の奥に家があるのがわかる。

ジャンヌは自分の魂が大きく広がり、何か目に見えぬものまで受け止めようとしているような気がした。野に点在する小さな灯りを目にしたとき、人がいかに孤独な存在なのかを実感したのだ。誰もが一人ぼっちで、散り散りに広がり、愛する者と遠く離れた場所で生きている。

ジャンヌは悟ったような声でつぶやいた。「人生って楽しいことばかりじゃないのね」

男爵はため息をつく。「何を言ってるんだ、そんなの仕方がないことじゃないか」

翌日、男爵夫妻は出発し、ジャンヌは夫と二人きりになった。

7

ジャンヌたちは夫婦でトランプをするようになった。毎日、昼食が終わると、ジュリアンはパイプをふかし、コニャックを五、六杯ちびちびと気分よく飲みながら、ジャンヌとベシーグ［トランプゲームの一種］をする。それからジャンヌは二階の自室に行き、窓辺に腰を下ろす。雨が窓を叩く音、風が窓を揺らす音を聞きながら、ペティコートの裾に刺繍を入れる作業に熱中する。ときに疲れを感じると、目をあげ、遠くに羊のような波頭を浮かべている暗い海を見る。そして、しばらくぼんやり海を眺めた後、また刺繍を再開するのだった。

そもそも、刺繍ぐらいしかやることがないのだ。ジュリアンは自らの権力欲を満たし、倹約を行き届かせるために、家のすべてを取り仕切っていた。その倹約ぶりはすさまじく、チップも渡さないし、日々の食事についても最低限の金額ですませようとしていた。レ・プープルに戻って以来、ジャンヌは毎朝、地元のパン屋からバタークッキーを届けさせていたのだが、ジュリアンはこれをやめさせ、トーストだけで我慢させるようになった。

ジャンヌは何も言わなかった。弁明も聞きたくないし、議論や喧嘩になるのも嫌だったからだ。だが、ジュリアンの吝嗇《りんしょく》ぶりを目にするたびに、ジャンヌは胸がちくりと痛むのだ。金に糸目をつけない家庭で育った彼女にとって、お金をけちることは下品なことと、さもしいことだった。母はよく言ったものだ。「お金なんて、使うためにあるのよ」それなのに今、ジュリアンにこう言われている。「いいかげん、窓から金を捨てるような無駄遣いはやめてくれ」そして、使用人の給与や請求書の支払いを少しでも安くすることができると、ジュリアンはにっこり微笑み、小銭をポケットに入れながら、こう言うのだ。「塵も積もれば山となる、さ」

それでもまだ、ときおりジャンヌはかつてのような夢想にふけっていた。そっと針仕事の手をとめ、だらりと手を下ろし、ぼんやり遠くを眺めながら少女のころに読んだ小説の世界を思い出す。夢のような物語の世界へ心を遊ばせるのだ。だが、とつぜんシモン爺さんに何かを言いつけるジュリアンの声が聞こえてきて、彼女を夢想から引き離す。ジャンヌは根気を必要とする作業に戻る。「もう、すべて終わってしまったのね」針をもつ指に涙がこぼれ落ちる。

あんなに陽気で、いつも歌を歌っていたロザリまでが変わってしまった。ふっくらしていた頰からは赤みが消え、げっそりとこけてしまっている。泥でもついているのではないかと思うほど土気色の顔をしていることもある。

ジャンヌは、たびたびロザリに尋ねた。「ねえ、どこか悪いんじゃないの」。だが、ロザリの返事はいつも同じ。「いいえ、何でもありません、奥様」土気色の頰を一瞬赤らめたかと思うと、ロザリは早々に部屋を出ていくのだった。

前はいつでも走っているようだったのに、今は億劫そうにゆっくりと歩く。しかも、見た目にも気を配らなくなり、行商人がやってきて絹のリボンやコルセット、香水の類を並べても、何も欲しがらないのだ。

大きな屋敷はがらんとしていた。外壁には雨に濡れた跡が灰色の線となって長々と残っており、すべてが陰気だった。

一月の終わりに雪が降った。暗い海の上に北から大きな雲が押し寄せているのが、遠くからでもわかった。やがて白い塊が降りはじめる。わずか一晩で野原は真っ白になった。木々も、朝には氷の泡に包まれたように雪の結晶をつけていた。

ジュリアンは長靴を履き、粗野な格好で森の奥、野原に面した窪みに身を潜めて、日がな一日、渡り鳥を狙っていた。ときおり銃声が響き、野原の凍るような沈黙を打ち砕く。驚いたカラスの群れが大きな木から舞い上がったかと思うと、空を旋回しながら逃げていった。

ジャンヌは退屈な生活にうんざりし、前庭へと続く石段に降りてみることもあった。白く単調な雪景色の眠るような静けさのなか、はるか遠くの生活音がぼんやりと聞こえてくる。

だが、やがてそれも消え、聞こえるのは、いびきのような遠い波の音と、粉のような雪片が絶え間なく落ちてくる、かすかな音ばかりとなった。

ふんわりと大きな雪の塊が次々と降り続け、純白の層が徐々にせりあがってくる。そんな青白い雪の朝のことだった。ジャンヌは自室の暖炉の前でじっと足を温めていた。同じ部屋では、日ごと別人のようになっていくロザリが、ゆっくりとベッドを整えていた。ジャンヌの背後でうめき声がした。暖炉のほうを向いたまま、ジャンヌはロザリに声をかけた。「ロザリ、どうしたの」

ロザリはいつものように「何でもありません」と答えたが、その声はかすれていて苦しげだった。

ジャンヌはそのままぼんやり物思いにふけっていたが、ふと、いつのまにかロザリの姿が見えないことに気づいた。「ロザリ!」返事はない。自分が気づかぬうちに部屋を出ていってしまったのだろうと思い、ジャンヌはさらに大きな声でロザリを呼んだ。「ロザリ!」呼び鈴を鳴らそうと腕を伸ばしかけたとき、すぐそばから深いうめき声が聞こえ、ジャンヌは恐怖のあまりぞっとした。

ロザリは、ベッドの板枠にもたれるように、床に足を広げて座りこんでいた。顔は色を失い、目は血走っている。

ジャンヌは走りよった。「どうしたの？　どうしたというの」

ロザリは無言のまま動かない。尋常ならざる目つきでジャンヌを見つめ、あえぎながら、身を裂くような苦痛に耐えている。やがて、とつぜん身体を反らし、必死に歯を食いしばりながらも、苦しげな叫び声をもらして倒れこんだ。

次の瞬間、服がまつわりついた両脚のあいだで何かが動いた。さらに異様な音が聞こえてきた。水がひたひたと迫るような音。喉をしめつけられたような苦しげな息遣い。やがて、猫の鳴き声のような声が響く。この世に生まれ落ちた子どもが最初にあげる苦痛の声。かぼそく訴えるような声は、生まれ落ちたばかりだというのに、すでに苦しみに満ちている。

ジャンヌはそれが何を意味するかに気づき、はっとした。気が動転したまま階段に走り、階下にいるはずの夫を呼んだ。「ジュリアン！　ジュリアン！」

「どうした？」下から声がした。

ジャンヌは言葉が出てこなかった。「ロザリが……、ロザリが……」

ジュリアンは急ぎ足で、階段を二段飛ばしで駆け上がってきた。ジャンヌの部屋に飛び込んでくると、ロザリの服をさっとめくりあげる。むき出しになった脚のあいだで、おぞましい姿をした小さな肉の塊が動いていた。皺だらけで、小さな声をあげ、ぴくぴくと動く、粘液をまとった肉塊だ。

ジュリアンは憎悪に満ちた顔つきで立ち上がると、驚きうろたえるジャンヌを部屋の外に追い出した。「おまえには関係ないことだ。向こうへ行っていろ。リュディヴィーヌとシモン爺さんを呼んでこい」

ジャンヌはがたがたと震えながら厨房に降り、使用人を呼ぶと、もう二階に上がる気にはなれず、サロンに腰を下ろした。男爵夫妻が屋敷を離れて以来、サロンの暖炉には火を入れたことがなかった。ジャンヌはそこで、誰かが事情を説明してくれるのを待った。

しばらくして、シモン爺さんが走って出ていくのが見えた。まもなく、村で数々のお産に立ち合ってきた、後家のダンチュ婆さんを連れて戻ってくる。けが人を運ぶような物音が階段から聞こえてきた。やがて、もう部屋に戻っても大丈夫だと、ジュリアンが告げに来た。

大惨事に居合わせてしまったかのように、ジャンヌは震えが止まらなかった。再び暖炉の前に腰を下ろし、ジュリアンに尋ねる。「ロザリは、どう？」

ジュリアンは何か考え込んでいるらしく、気難しい顔で、壁に沿って部屋のなかを行ったり来たりしている。何かに怒り、興奮しているようだ。ジャンヌの問いかけにもまったく答えない。しばらくたってやっと足を止め、言った。「あの女中をどうするつもりだい？」

ジャンヌは夫が何を言いたいのかわからず、じっと見つめ返した。「どうするって、どういう意味？　私には何が何だか……」

ジュリアンはとつぜん怒ったような声で叫んだ。「いずれにしろ、誰が父親かもわからぬ子を、この家においておくわけにはいかないじゃないか」

ジャンヌは当惑しきっていた。しばらく沈黙した後、口を開く。「乳母に預けるのは、どうかしら」

だがジュリアンは最後まで聞かぬうちに答える。「誰がその金を払うんだ。おまえが払うとでも言うのか」

ジャンヌは、何か良い方法はないかとしばらく考え込んでいた。やがて、ようやく言う。「あの赤ん坊の父親が払えばいいんです。その人がロザリと結婚さえすれば、何の問題もないでしょう」ジュリアンはついに堪忍袋《かんにんぶくろ》の緒《お》が切れたとでもいうように怒り出し、言った。「父親だって？　誰が父親なんだ。おまえ、知っているのか？　知らないんだろう？　じゃあ、どうするんだ」

ジャンヌも興奮し、気が立ってきた。「だって、その人だって、ロザリをこのままにはしておかないでしょう。そんなの卑怯者よ。ロザリから相手の男の名を聞き出しましょう。二人で会いに行きましょうよ。とにかく、相手の話も聞かなくちゃ」

ジュリアンは落ち着きを取り戻し、再び歩きはじめた。「でもね、ロザリは相手の男の名を言わないと思うよ。私が聞いても、おまえが聞いてもね。もし相手の男が責任をとろうとしないなら、どうする？　父親がわからぬ子どもを抱えた未婚の母だなんて、この家においておくわけにはいかないだろう」

ジャンヌは、執拗なまでに続ける。「そんな男、下劣ですわ。何が何でも、誰が父親なのか確かめなくては。私たち、その男に会って話をつけてやりましょうよ」

ジュリアンは顔を真っ赤にし、まだ苛立っているようだった。「で、とりあえず、どうするんだ？」

ジャンヌはどうしていいかわからず、問い返した。「あなたは、どうすればいいと思うの」

ジュリアンは躊躇なく答える。「僕がどう思うかって？　簡単さ。ロザリに幾ばくかの金を渡して、赤ん坊ごと出ていってもらう」

ジャンヌは怒り、反論した。「だめ。それはだめよ。ロザリは私の乳姉妹《ちきょうだい》なのよ。私たち、子どものころからずっと一緒に大きくなった。確かに彼女は過ちを犯しました。でも、だからって彼女を追い出すなんてできない。どうしてもと言うのなら、私があの子を育てるわ」

それを聞いてジュリアンは怒りを爆発させた。「そんなことをしたら、世間に何と言われるか。せっかくの家名も、人脈も失くすことになる。不義の子をかくまっている、あばずれ女をかばっていると噂が広まり、やんごとなき人たちは、我が家を避けるようになる。なんでそんなことを言い出すんだ。馬鹿なやつめ」

ジャンヌは落ち着いていた。「ロザリを追い出すなんてできません。どうしてもと言うなら、私の母に引き取ってもらいます。とにかく、相手の男の名を聞き出しましょう」

だが、ジュリアンは「まったく、女どもはどうしてこう愚かなんだ」と言い放ち、ばたんと扉を閉めて出ていった。

午後になると、ジャンヌはロザリの部屋に行ってみた。後家のダンチュに付き添われ、ロザリはベッドに寝ていた。目を開いたままじっと動かない。赤ん坊は、ダンチュが腕に抱いてあやしていた。

ジャンヌの顔を見るなり、ロザリはシーツで顔を隠し泣き出してしまった。絶望のあまり、嗚咽が止まらない。ジャンヌはロザリにキスしようとしたが、ロザリはそれでも顔を隠そうとする。ダンチュがあいだに入り、ロザリに顔を出させた。さすがにロザリももう隠れようとしなかった。まだ泣いてはいたが、だいぶおとなしくなった。

暖炉の火は弱々しく、部屋は寒かった。赤ん坊が泣いている。これ以上、ロザリを興奮させてもいけないと思い、赤ん坊についてはあえて何も言わなかった。ただロザリの手をとり、自分でも気づかぬうちに「大丈夫、大丈夫よ」と繰り返していた。ロザリはダンチュのほうをちらりと見たが、赤ん坊が泣き出すとびくりと身を震わせた。まだ残っていた苦しみが喉を締めつけるのだろう、ときおり痙攣のようにしゃくりあげては泣いている。こらえた涙が喉の奥を伝い、息をするたびにごろごろと苦しそうな音がする。

ジャンヌはもういちどロザリにキスをし、囁いた。「ちゃんと面倒みるからね。大丈夫よ」ロザリは再び発作が始まったかのように泣き出し、ジャンヌは早々に部屋を出た。

それから毎日、ジャンヌはロザリのもとを見舞い、ロザリはジャンヌの顔を見るたびに泣き出すのだった。

赤ん坊は近所の女の家に預けられた。

だが、ジャンヌがロザリを追い出すことを拒否して以来、ジュリアンはひどく怒っているようで、妻と口をきこうともしないのだ。ある日、ジュリアンは再び、ロザリを解雇しようと言い出した。ジャンヌはポケットから手紙を取り出した。母、男爵夫人からの手紙で、そこには、もしロザリをレ・プープルにおいておけないのなら、すぐにでもルーアンによこしなさいと書いてあった。ジュリアンは怒り、大声を出した。「まったく、おまえといい、母親といい、馬鹿なやつだ」しかし、彼もそれ以上その話をしようとはしなかった。

二週間もするとロザリは起き上がれるようになり、女中の仕事に戻った。

ある朝、ジャンヌはロザリを呼んで座らせると、その手をとり、目を覗き込むようにして尋ねた。

「ねえ、ぜんぶ話してちょうだい」

ロザリは震えだし、口ごもる。

「いったい、何のことでしょう、奥様」

「あれは誰の子なの？」

すると、ロザリの顔に激しい絶望感が浮かんだ。ジャンヌの手を振りほどき、顔を両手で覆ってしまう。

それでも、ジャンヌは嫌がるロザリを抱きしめ、慰めようとした。

「運が悪かったのよ。ねえ、そうでしょう？　確かに、あなたが弱いからこんなことになった。でも、そんなの誰にだってあることですもの。あの子の父親と結婚すれば、世間だって何も言わないわ。そのお相手も、うちで雇ってあげてもいいから」

ロザリはまるで拷問にでもあったかのように、うめき声をもらした。ときおり身をよじり、ジャンヌの腕を逃れ、この場から立ち去ろうとする。

ジャンヌは続ける。「あなたが恥じていることはわかっている。でも私、怒っていないでしょう。こうして静かに話をしているわけだし。相手の名前を聞き出そうとしているのだって、あなたのためを思ってのことなのよ。あなたが苦しんでいるところを見ると、その男はあなたを見捨てようとしているんでしょう。そうはさせたくないのよ。ジュリアンがその男に会ってくるわ。必ずあなたと結婚させる。二人ともこの家に雇い入れて、あなたを幸せにするよう、その男を説得してみせるから」

ロザリは激しく身をよじり、ジャンヌの手を振り払うと、ただならぬ勢いで走り去っていった。

夜、夕食の席で、ジャンヌはジュリアンに言った。「ロザリに相手の名を言わせようとしたんだけれど、だめだったわ。今度はあなたから聞いてみて。なんとかその男をロザリと結婚させましょう」

だが、ジュリアンはすぐに怒り出した。「おい、もうその話は聞きたくないよ。ロザリをおいておきたければ、そうすればいい。でも、もうその話はやめてくれ」

ロザリの突然の出産以来、ジュリアンはますます不機嫌になっていた。ジャンヌと話すときは、いつも怒っているかのように怒鳴り散らす。いっぽうジャンヌはといえば、声をひそめ、おとなしくすることで、なんとか言い合いを避け、仲違《なかたが》いせずにいようとしていた。ジャンヌは幾度となく、夜、一人ベッドのなかで涙した。ジュリアンはいつも不機嫌そうにしていたが、新婚旅行から帰って以来疎遠になっていた夜の営みには、かつてのような情熱を取り戻していた。少なくとも三日に一回はジャンヌのベッドを訪れるのだ。

やがてロザリはすっかり回復した。相変わらず何かを恐れているようで、おどおどしてはいたが、少しは明るさを取り戻したようだった。

ジャンヌが相手の名を聞き出そうとすると、ロザリは逃げ出してしまう。そんなことが二度ほどあった。

とつぜんジュリアンは以前のように愛想がよくなってきた。ジャンヌはそこにかすかな希望を見出し、明るさを取り戻そうとしていた。だが口にこそ出さないものの、ジャンヌはそのころから身体に変調を感じるようになっていた。雪解けはまだだった。ここ五週間ほど、昼の空は青水晶のように晴れ渡り、夜はといえば、広々と冷え込むなか、氷花《ひょうか》のような星を散らした空が硬質の光を放つ一面の雪の原の上に広がるのだった。

雪化粧した木立のカーテンに囲まれ、四角い庭に閉じ込められた農家は、白い夜着を着て眠り込んでいるかのようだ。人も動物も外を歩くものはない。煙突から凍てつく空に向かってまっすぐ昇っていく細い煙だけが唯一、ひっそりと暮らす人々の存在を感じさせる。

野原も生垣も家を囲む楡の木立もすべてが死んでいるかのようだった。冷気に命を奪われたのだ。ときおり樹木からめきめきという音が聞こえる。手足が折れるかのように、樹木の枝が樹皮の奥から裂ける音なのかもしれない。ときには大きな枝が幹から離れ、落ちてくることもあった。寒さのあまり樹液が凍りつき、植物の繊維も切れてしまうのだ。

ジャンヌは暖かなそよ風が吹く季節を待ちわびていた。なんとなく体調がすぐれないのも、すべては厳しい寒さのせいだと思うようになっていた。

食卓に何が並ぼうと、気分が悪くて一口も喉を通らない日がある。脈が異常に早くなることもあった。ほんの少し食べただけでも、胃がもたれて仕方がないこともある。神経がぴりぴりし、常に緊張が解けず、自分でも耐えられないほど常に気がたっている。

ある晩、いつもよりさらに冷え込みが激しくなった。食事が終わるとジュリアンが身体を震わせ（というのも、薪をけちっていたため、食堂はいつも寒々としていた）、両手をこすり合わせながら囁いた。「今夜は一緒に寝たほうが良さそうだね」ジュリアンがかつてのように無邪気な笑みを浮かべたので、ジャンヌはその首に抱きついた。だが、その日ジャンヌはひどく苦しく、神経も妙に高ぶって落ち着かなかった。仕方がないので、ジュリアンの唇にキスをしながら、そっと、今夜は一人にしておいてほしい、と告げた。体調がすぐれないことを手短に説明する。「ねえ、お願い。ほんとうに気分が悪いのよ。明日にはきっとよくなると思うから」ジュリアンは特に無理強いすることはなかった。「おまえの好きなようにしなさい。気分が悪いなら、休んだほうがいい」

その後、話題は別のことに移っていった。

ジャンヌは早い時刻から床《とこ》についた。珍しいことに、ジュリアンは自室の暖炉に薪をくべさせた。「よく燃えております」と使用人から報告を受けると、ジュリアンはジャンヌの額にキスをして、部屋を出ていった。

家全体が寒さに苦しんでいるようだった。壁のなかまで寒さが染みこみ、壁全体ががたがたと震えている。ジャンヌもベッドのなかで身を震わせていた。

ジャンヌは二度も起きて、暖炉に薪をくべなおし、服やスカート、古着まで、ふとんの上に積み重ねた。どうやっても身体が温まらない。足は感覚がなくなるほど冷たく、ふくらはぎや、腿までがぶるぶると震えだし、ジャンヌは何度も寝返りをうった。落ち着かず、気持ちばかりが高ぶる。

やがて歯ががちがちと鳴りだし、手も震えはじめた。胸が締めつけられる。心臓の鼓動はゆっくりと大きく鈍く打ち、今にも止まってしまいそうだ。空気が吸えなくなってしまったかのように、喉はぜいぜいと苦しい。

寒さが脊髄に到達したかのように思え、その瞬間、とてつもない恐怖感が彼女を襲った。こんなことは初めてだった。もう今にも呼吸が止まり、命が尽きてしまいそうな気がしてきたのだ。

「死んでしまう。私、死ぬのね」

恐怖にかられ、ジャンヌはベッドから飛び起きると、呼び鈴を鳴らしてロザリを呼んだ。来ない。もういちど鳴らす。ジャンヌは凍え、身を震わせながらロザリを待った。ロザリはちっとも来ない。きっと、ぐっすり眠り込んでいるのだろう。寝入りばなの眠りは深く、ちょっとやそっとでは起きないものだ。いても立ってもいられなくなったジャンヌは、裸足のまま階段へと飛び出した。

女中部屋への階段をそっと手探りで昇り、扉を探し当てる。扉を開くと同時に大声で呼んだ。「ロザリ！」そのまま歩を進め、ベッドに行き着いたところで手を伸ばすと、そこは空だった。シーツの上は空っぽで冷え切っており、誰も寝た形跡がない。

ジャンヌは驚いた。「こんな寒い晩に出歩いているなんて、まさか！」

だが、その瞬間、胸がざわつきはじめ、鼓動が早まり、息が苦しくなってきた。

ジャンヌはジュリアンを起こそうと、よろめく足で今度は階段を降りていった。

ジャンヌは、ジュリアンの部屋にいきなり踏み込んでいった。なにしろ、自分はもう死ぬのだと思いつめていたし、気を失う前にジュリアンの顔を見ておかねばと思っていたのだ。

だが、消えかけた暖炉のうす明かりのもと、夫の隣、枕の上に見えたのは、ロザリの頭だった。

ジャンヌのあげた叫び声に驚き、ジュリアンもロザリも飛び起きた。ジャンヌは自分が見たものに驚き、一瞬動けなくなってしまった。そして次の瞬間、自室へと駆け込んだ。驚いたジュリアンは思わず大声で叫んだ。「ジャンヌ!」。だがジャンヌは、ジュリアンの顔を見るのが、声を聞くのが、言い訳や嘘を聞かされるのが、目と目を合わせて話すのが、どうしようもなく恐ろしかった。ジャンヌは再び自室を飛び出すと、階段を駆け降りた。

ジャンヌは真っ暗ななかを走った。階段から落ちたり、大理石の床で手足を折ることなど心配する余裕はなかった。ただ逃げたい、何も聞きたくない、誰にも会いたくないという気持ちに突き動かされ、前に進んでいるだけだった。

階下にたどりつくと、ジャンヌは夜着に裸足のまま一番下の段に腰を下ろし、呆然としていた。

ジュリアンはベッドから飛び出し、大急ぎで服を着ていた。夫の気配に、ジャンヌは逃げようと階段から立ち上がった。まさにそのとき、ジュリアンが「ジャンヌ!」と叫びながら階段を降りてきた。

ジャンヌは何も聞きたくなかった。夫に指一本ふれられるのも嫌だった。まるで捕まったら殺されるとでもいうように、ジャンヌは必死に逃げ、食堂に飛び込んだ。どこか出口はないだろうか。身を隠せる場所、ひっそりした場所、ジュリアンに会わずにすむ場所はないか。ジャンヌはテーブルの下で身を縮めた。すぐに扉が開く音がして、ジュリアンが入ってくる。ランプを手にもち、「ジャンヌ！」と彼女の名を叫び続けている。ジャンヌは脱兎のごとく走り出し、厨房へと駆け込んだ。そのまま追いつめられた獣のように、ぐるぐると厨房を二周する。ついにジュリアンが厨房までやってきたので、ジャンヌはとっさに庭に続く勝手口を開け、外に飛び出した。

冷たい雪のなかを、ときに膝まで埋まりながら素足で進むうちに、必死な力がわいてきた。夜着しか身につけていないというのに寒さは感じなかった。頭に血が上り、身体の感覚が麻痺したように何も感じなかった。雪野原と同じように全身真っ白になりながら、ジャンヌは走った。

並木道を抜け、森を抜け、側溝を跨ぎ、荒野に走り出る。

月は出ていない。真っ暗な空には、星が火の粉のように散らばっている。空が暗くても大地は明るく、ただ白々と動きを止め、無限の静寂をたたえているのだった。

息をするのも忘れ、何が何だかわからず、何も考えられぬままジャンヌは急いだ。

気がつくと、断崖の先端まで来ていた。思わずそこで足を止め、しゃがみこんだ。もう何も考えられず、何もしたくなかった。

目の前には、暗い深淵が広がる。何も見えず、聞こえないが、引き潮が浜に残した海藻から潮の香がたちのぼっていた。

ジャンヌは心も身体も空っぽになって、しばらくそこにしゃがみこんでいた。やがて、急に身体が震えだした。船の帆が強風にはためくような激しい震えだった。腕も手も、自分でも気づかぬうちに強い力で揺さぶられるようにがたがたと震え、躍動するかのように勝手に動くのだ。そして、とつぜん意識だけがはっきりと鋭敏になっていく。

やがて、過去の風景が彼女の目に浮かんだ。ラスティックの船でジュリアンと一緒に遠出した日のこと、お喋りしたこと、恋の始まり、船の命名式。そのさらに前、修道院からレ・プープルに戻ってきたばかりのころ、夢想にふけったあの夜のこと。それなのに今、今はどうだろう。夢破れ、喜びも失い、何の希望も期待もない。この先あるのは苦しみと裏切り、絶望ばかりのように思われた。いっそ死んでしまえば、すべてが終わるだろう。

だが、そのとき遠くで声がした。「こっちだ。足跡があるぞ。急げ急げこっちだ」ジュリアンが彼女を探しているのだ。

ああ、どうしても夫と顔を合わせるのは嫌だった。だが眼前には闇が広がり、闇の奥からは、海が岩に打ち寄せる音が聞こえてくる。

ジャンヌは立ち上がった。もう覚悟は決まっていた。岩壁から身を投げるつもりだった。自ら死を選ぶ者が、人生に別れを告げるときのように、ジャンヌは最期の言葉をつぶやいた。死にゆく者が最期に口にするあの言葉、戦場で死を迎える兵士が口にするあの言葉だ。「お母様！」

急に母の姿が目に浮かんだ。すすり泣く母の姿。そして溺死体となった娘の前に跪く父の姿。ジャンヌは、自分の死が父母に与える辛苦を想像し、ぞっとした。

その瞬間、ジャンヌの身体は力なく雪の上に崩れ落ちた。ジュリアンとシモン爺さんが近づいてきても、ジャンヌはもう逃げようとはしなかった。ランタンをもったマリウスもあとからついてきていた。断崖の突端にいたジャンヌを、ジュリアンとシモン爺さんが腕をとり、後ろに引きずるようにして救い出した。

ジャンヌはなすがままになっていた。もう動く力がなかった。抱き上げられ、ベッドに連れていかれるのがわかった。温めた布で身体をこすられたのも覚えている。そこから先は記憶がない。意識もなくなった。

悪い夢を何度も見た。いや、そもそもあれは夢だったのだろうか。気がつくと、自分の部屋で寝ていた。すでに昼だったが、起き上がることはできなかった。どうしたのだろう。ジャンヌは何も思い出せなかった。床から何か音がする。何か引っかくような摩擦音だ。とつぜんネズミが一匹姿を現した。灰色の小さなネズミが素早くシーツの上を駆け抜ける。さらにもう一匹。ついには三匹目が素早くちょこまかとした足取りでジャンヌの胸のあたりまでやってくる。怖いとは思わなかった。捕まえようと手を伸ばしたが、無理だった。

やがて、十四、二十四、百とも千ともつかぬネズミの大群があちこちから押し寄せてきた。ネズミたちは天蓋の柱を昇り、タピスリーを横切り、ベッドを覆い尽くす。ついには、ふとんのなかにまで入ってきた。ジャンヌは、ネズミたちが肌の上を走り抜け、足をくすぐり、自分の身体の上を行ったり来たりするのを感じた。足のほうから這い上がってきたネズミが、彼女の口めがけて突進してくる。ジャンヌはもがき、手を振りまわしてネズミをつかんだが、手を広げてみると、そこにネズミの姿はない。

ジャンヌは苛立ち、逃げようとした。叫んでもみた。だが身体が動かない。強い力で押さえ込まれ、動きを封じられているかのようだ。しかし、部屋にはほかに誰かがいるわけでもない。

時間の感覚がなくなっていた。そんな状態がずいぶん長く続いたように感じた。いつまでも続いているかのように。

ジャンヌは、ぐったりと疲れ果て、満身創痍《そうい》で目を覚ました。そのくせ、妙に穏やかな気分だった。すっかり衰弱しているのが自分でもわかった。目を開く。ベッドの横に母が座っているのを見ても、ジャンヌは驚かなかった。母の隣には、見たこともない大柄な男がいる。

自分が今、何歳《いくつ》なのか、ジャンヌはわからなくなっていた。何もわからず、小さな子どものころに戻ってしまったみたいだ。そのうえ何も思い出せない。

「ああ、意識が戻りましたな」さきほどの大男が言った。男爵夫人が泣き出した。男がなだめる。「お静かに、奥様。もう大丈夫、私が保証しますよ。でも、お話しなさるのはやめてください。ぜったいにだめですよ。ゆっくり眠れるようにね」

ずいぶん長いあいだ、うとうとと眠り込んでいたような気がする。何かを考えようとすると、ずっしりとした眠気に襲われるのだ。どんなことであれ、何かを思い出そうとすることもなかった。内心、つらい現実と向き合うことを恐れていたのかもしれない。

ある日、ふと目覚めると、ベッドのすぐ横にジュリアンが一人で座っていた。夫の姿を目にした瞬間、過去をさえぎっていたカーテンが開いたかのように、ジャンヌはすべてを思い出した。

心の奥にとてつもない恐怖がよみがえり、また逃げ出したくなった。思わず、ふとんをはぎ、ベッドから立ち上がろうとして、そのまま床に倒れた。足に力が入らなかったのだ。

ジュリアンが駆け寄ってきた。ジャンヌは大声をあげ、自分にさわらせまいとした。身をよじり、床を転がる。そのとき扉が開き、リゾン叔母が後家のダンチュとともに駆け込んできた。男爵も来た。最後には、男爵夫人も息を切らし必死になってやってきた。

ジャンヌは再びベッドに寝かされた。ジャンヌは目を閉じた。眠っているふりをすれば、何も話さなくてすむし、ゆっくり考えることができる。

男爵夫人とリゾン叔母はジャンヌを看病し、忙《せわ》しなく動き回り、話をさせようとした。「ジャンヌ、ジャンヌ、私たちの声が聞こえる？」

ジャンヌは聞こえないふりをして、何も答えなかった。どうやら夕方らしい。夜がやってくる。ダンチュは枕元に残り、ときおり水を飲ませてくれる。

ジャンヌは無言のまま口を湿らせた。だが眠っているわけではなかった。ジャンヌは必死に考えていた。記憶が抜け落ちている部分を探し当てようとしていた。まるで記憶に穴があいたように、何も書き込まれていない空白の部分があるような気がしていたのだ。

　少しずつ必死になって考えるうちに、ジャンヌは何もかも思い出した。

ジャンヌはさらに執拗なまでの真剣さで考え込んだ。

　母や叔母、父まで来ていた。ということは、かなりの重病だったということだ。でもジュリアンは？　ジュリアンは両親に何と言ったのだろう。父も母ももう知っているのだろうか。ロザリは？　ロザリはどこにいるのだろう。それに、どうしよう。ふといい考えが浮かんだ。父母とともにルーアンに戻り、昔のように暮らそう。寡婦《かふ》のように暮らせばいい。それだけのことだ。

　そこで、ジャンヌは待つことにした。まわりの話し声に耳をすませる。眠ったふりをしながらも周囲の話をきちんと理解し、話を理解できるだけの理性を取り戻したことに自分でも内心安堵していた。

夕方になって、ようやく母と二人きりになることができた。ジャンヌは声をひそめて母を呼んだ。「お母様」ジャンヌは自分で自分の声に驚いた。自分の声が以前とはすっかり変わってしまったように思えたのだ。男爵夫人は娘の手をとり、声をかけた。

「ジャンヌ、ああ、かわいいジャンヌ、私がわかる？」

「ええ、お母様。そんなふうに泣かないで。話さなければならないことがたくさんあるの。私がどうして雪のなかに飛び出していったのか、ジュリアンから何か聞いた？」

「ええ、おまえは高熱を出して、命が危なかったんだよ」

「違うわ。熱を出したのは、あとになってからなの。どうして熱を出すことになったのか、どうして外に逃げたのか、ジュリアンは何か言ってた？」

「いいえ」

「ロザリがジュリアンのベッドにいたからなのよ」

男爵夫人は、ジャンヌがまだ熱に浮かされているのだと思い、ジャンヌをやさしくなでた。

「寝なさい。静かにしていましょう。ね、おやすみ」

だが、ジャンヌは頑固に話し続けた。「私、もうすっかり正気よ。数日前まではうなされてうわ言も言ったでしょうけど、これは違うの。夜、気分が悪くなったので、ジュリアンを呼びに行ったの。そうしたらロザリがジュリアンと一緒に寝ていた。驚きと当惑のあまり自分でも何が何だかわからなくなって、雪のなかに飛び出して、断崖から飛び降りようとしたの」

だが、男爵夫人は「ええ、ええ、おまえは病気だったんだよ」と繰り返すばかりだ。

「違うわ、お母様。ロザリがジュリアンのベッドにいたの。もう彼とは暮らせない。お母様、ルーアンに連れていって。昔みたいに」

「ええ、ええ、そうね」男爵夫人は医者から「ジャンヌが何を言っても、それを否定するようなことを言ってはならない」と言われていたのだ。

ジャンヌは苛立ってきた。「お母様、私の言うことが嘘だと思っているんでしょう。お父様を呼んできて。お父様なら、きっとわかってくれるわ」

男爵夫人はやっとのことで立ち上がると両手に杖をもち、足を引きずりながら部屋を出ていった。そして数分後、夫である男爵に支えられ、ジャンヌの寝室に戻ってきた。

二人がベッドの脇に腰を下ろすと、ジャンヌはさっそく話しはじめた。ジャンヌはすべてを話した。ゆっくり弱々しい声ではあったが、言葉は明瞭だった。ジュリアンの気難しい性格、残酷さ、吝嗇《りんしょく》ぶり、そして不誠実な態度。

ジャンヌが喋り終えたとき、男爵は、それが熱によるうわ言ではないことをはっきりと理解した。だが、どう考えればいいのか、どうすればいいのか、何と言えばいいのかわからなかった。

かつて物語を聞かせ、寝かしつけていたころのように、男爵はやさしく娘の手をとった。「よくお聞き。慎重に行動しなくてはいけないよ。ことを急《せ》いてはいけない。私たちがなんとかするから、それまでは夫を支えようと努力しなさい。約束できるね？」「わかったわ。でも元気になったら、もうここにいるのはいや」ジャンヌは囁いた。

そして、さらに声をひそめてつけ加えた。「ねえ、ロザリはどこにいるの？」

男爵が答える。「もう、おまえに会うことはないさ」。だが、ジャンヌは食い下がった。「どこにいるの？　おしえて」男爵は仕方なく、ロザリはまだこの屋敷にいる、だが早々に出ていくことになっている、と明かした。

ジャンヌの部屋から出てきた男爵は、怒りで腸《はらわた》が煮えくり返っていた。父としての傷心もあった。男爵はジュリアンに会いに行き、いきなり話しはじめた。「うちの娘をこんな目にあわせて、弁解の言葉があるなら、聞かせてみろ。女中とぐるになって娘を裏切ったなんて、二重の辱めではないか」

だが、ジュリアンは潔白を主張し、熱弁を振って疑いを否定した。我が身の潔白を神に誓いさえしたのだ。そもそもどんな証拠があるというのだ。ジャンヌは正気を失っていたのではないか。熱のせいで頭がおかしくなっていたのではないか。夜なかに雪原に飛び出したのも、病気の兆候のひとつではないのか。気が変になり、家じゅうを裸足で駆け回っていたときに、夫のベッドにロザリがいるのを見たと思い込んでいるだけではないのか。

ジュリアンは怒り、訴えるとまで脅かした。激しい怒りをあらわにしたのだ。男爵は当惑し、謝罪の言葉を口にし、許しを乞うた。和解のしるしにと男爵が差し出した手を、ジュリアンは握り返そうとはしなかった。

ジャンヌは、父からジュリアンの言い分を聞かされても、怒りはしなかった。「あの人、嘘をついているわ、お父様。でも、いつかは事実を認めさせてやる」

それから二日間、ジャンヌは黙り込み、じっと考え、物思いにふけっていた。

そして三日目の朝、ジャンヌはロザリに会いたいと言い出した。男爵は、ロザリがジャンヌの部屋に来るのを許さず、ロザリはもう出ていったと嘘をついた。だが、ジャンヌは諦めない。「それなら誰かを呼びにやって、ロザリを連れてきて」と言い続ける。

医者が部屋に入ってきたとき、ジャンヌはすでに興奮状態にあった。男爵夫妻は医者にすべてを話し、判断を仰いだ。だが、興奮したジャンヌはとつぜん泣き出し、ほとんど叫ぶような声で繰り返した。「ロザリに会いたい、ロザリに会わせて！」

医者は、ジャンヌの手をとり、囁くような声で言った。「落ち着いてください。興奮すると身体に障りますよ。おなかに赤ちゃんがいるんですから」

ジャンヌはとつぜん何かに打たれたかのように、はっとした。すぐにも自分のなかで何かが動いたような気がしたのだ。その後、ジャンヌは押し黙り、ほかの人の言うことに耳を傾けようともせず、深く考え込んでいた。その晩、ジャンヌは眠れなかった。新しい命が、ここ、自分の胎内にいるという新たな状況、特別な事態に目が冴えて眠れないのだ。そのいっぽう、ジュリアンの子どもだと思うと、つらく悲しい気持ちもあったし、この子が父親に似たらどうしようという不安や心配もあった。夜が明けると、ジャンヌは父を呼んで言った。「お父様、私、決めたの。やっぱり、すべてを知りたいと思う。こうなったからこそ、余計にそう思うの。いいでしょう。自分が知りたいの。お父様だって、おなかに子どもがいるとなれば、私の願いを無下にはできないでしょう。お願い、神父様を呼んできて。ロザリが嘘をつかないように、神父様に立ち会ってもらうの。神父様がいらしたら、ロザリをこの部屋に連れてきて。お父様もお母様と一緒に、この部屋にいてちょうだい。ジュリアンには覚《さと》られないように気をつけてね」

一時間後、ピコ神父がやってきた。前にもまして脂肪がつき、男爵夫人同様、ぜいぜいと息を切らしている。神父は長椅子に座る男爵夫人のすぐ横に腰を下ろした。開いた足のあいだに腹が垂れ下がっている。神父は、いつものように赤い格子模様のハンカチで汗をぬぐいながら、まずは軽口を叩いた。「いやはや、奥様、われわれ二人とも痩せることがありませんな。二人並ぶと、なかなかお似合いじゃないですか」次に、ジャンヌのほうにも声をかける。「聞きましたよ、若奥様。どうやら、もうすぐ命名式がありそうですな。今度は船じゃなくて、赤ん坊だとか」そして、まじめくさった顔でつけ加える。

「末は祖国を守る勇者かな」さらに少し考え込み、「いやいや、良妻賢母かもしれない、奥様のようにね」と男爵夫人のほうを見た。

そのとき奥の扉が開いた。ロザリは取り乱し、泣きじゃくり、入り口にふんばって、なかに入るのを拒もうとしていた。男爵がロザリを押す。ついには業を煮やして、突き飛ばすように部屋に入れた。ロザリは両手で顔を覆い、立ったまま泣きじゃくっていた。

ロザリの姿を目にするなり、ジャンヌは身を起こした。シーツよりも真っ白な顔で、ベッドの上に座りなおす。心臓の鼓動が激しくなり、肌にじかにつけた夜着が上下している。息をするのもやっとで、胸がつまり、喋ることができない。興奮のあまり、とぎれがちながらも、ジャンヌは話しはじめた。「聞かなくても……、もう、わかったわ。おまえの顔を……見ただけで、どんなに、おまえが恥じているか……、わかったわ」

息が続かなくなり、一休みすると、ジャンヌは言葉を続けた。「でも、私は何もかも知っておきたいの。何もかもよ。神父様に来ていただいたのは、懺悔のつもりで話してほしいからよ」

ロザリは両手で顔を覆い、無言で立ち尽くしていた。ぎゅっと力を入れた指のあいだから、叫びのような泣き声がもれてくる。

怒りのおさまらない男爵は、ロザリの腕をつかむと、顔を隠そうとする手を乱暴に引きはがした。さらにロザリをベッドの横に跪かせる。「さあ、話せ。聞かれたことに答えるんだ」

床に投げ出されたロザリは罪を悔やむマグダラのマリアのようだった。帽子は曲がり、エプロンは床に垂れさがっていた。両手が自由になると、再び顔を覆って泣きじゃくる。

ピコ神父が声をかけた。「いいかい、皆の言うことをよく聞いて、ちゃんと答えるんだ。誰も、おまえを苛《いじ》めようと思っているわけじゃない。ただ、何があったのか知りたいだけなんだ」

ジャンヌは、ベッドから身を乗り出し、ロザリの顔を覗き込んだ。「私が部屋に行ったとき、おまえはジュリアンのベッドにいた。それは間違いないわね」

ロザリは両手で顔を覆ったまま、うめくように答えた。「はい、奥様」

そのとたん、男爵夫人が泣き出した。息を乱し、喉を鳴らして泣いている。ロザリのすすり泣きに加え、男爵夫人の泣き声が響きわたった。

ジャンヌはロザリを見据えて尋ねた。

「いったい、いつからなの？」

ロザリはたどたどしい声で答える。「ジュリアン様が、いらしたときからです」

意味がわからず、ジャンヌはさらに問いただす。「ジュリアンが来たときって、春のこと？」「ええ、そうです」「ジュリアンが初めてこの家に来たときということなのね？」「ええ、奥様」

いくつもの疑問が押し寄せてきて、ジャンヌは胸をつまらせながら矢継ぎ早に聞いた。「でも、どうしてそんなことに？　ジュリアンはおまえを口説いたの？　どうやって、おまえを手籠めにしたの？　いったい何て言われたの？　いつ、どうして、おまえは気を許したの？　どうしてジュリアンとそんな関係になったの？」

ロザリもようやく顔を覆っていた手を下ろした。彼女なりに、話そうという意志をもち、答えなくてはならないと覚悟したのだ。

「わ、私にもわかりません。初めて、この屋敷にいらした日、ジュリアン様は女中部屋までいらしたんです。夜まで屋根裏に隠れていたらしいです。騒いではいけないと思って、声はあげませんでした。ジュリアン様と寝ました。そのとき何があったのかは自分でも……。ジュリアン様のなすがままになっていただけですから。私、何も言いませんでした。だって、ジュリアン様は良い方《かた》ですから」

ジャンヌは叫んだ。

「じゃあ、じゃあ、おまえが産んだ子は、ジュリアンの……」

ロザリはすすり泣いた。「そうです、奥様」

二人ともそれ以上、言葉が出てこなかった。

ロザリと男爵夫人のすすり泣きだけが聞こえていた。

心痛のあまり、ジャンヌの目にも涙があふれてきた。声もなく涙だけが頬を伝っていた。

おなかにいる自分の子と、ロザリが産んだ子は、同じ父親の子なのだ。怒りは消えていた。あるのは気だるい絶望感、ゆっくりと深く、どこまでも続く絶望だけだった。

ジャンヌは再び口を開いた。だが、その声は涙まじりで、いつもの声ではなかった。

「私たちが新婚旅行から帰ってきたあとは？　いつから関係が再開したの？」

ロザリは床にひれふすようにして、口ごもりつつ答えた。

「お帰りになったその日……その日の晩に、いらっしゃいました」

ロザリのひと言ひと言が、ジャンヌの胸を締めつけた。あの晩、レ・プープルに帰ってきたその日の晩、ジュリアンは私を避け、ロザリの部屋に行ったのだ。だから、あっさり私を一人にしてくれたのだ。

もう充分だ。これ以上は何も知りたくない。ジャンヌは叫んだ。「出ていって！　出ていってちょうだい！」ロザリが呆然としたまま動けずにいるのを見て、ジャンヌは父に頼んだ。「連れていって！　はやく連れていって！」だが、これまで無言だったピコ神父がひとこと説教をしておくべきだと思ったようで、割って入ってきた。

「おまえのしたのは悪いことだ、わかるね。罪なのだよ。神様もすぐには赦してくれないだろう。これからは善行に努めなさい。さもないと地獄に落ちる。おまえも母となったのだから、身の振り方を考えなくてはならない。奥様がおまえのことも何とかしてくれるだろう。おまえの結婚相手は私たちで探してやるからね」

神父の話はすぐには終わらなかった。だが、男爵が肩をつかんでロザリを立たせると扉まで連れていき、荷物を投げ出すかのように廊下へと放り出した。

ジャンヌ同様、顔色を失ったままの男爵が部屋に戻ると、ピコ神父は再び話しはじめた。「さて、どうなさいますか。このあたりではよくあることなんですよ。非常に遺憾に思いますが、何ともしがたいことです。人は誰でも弱いものです。大目に見てやってくださいませ。どの娘もおなかに子どもができてようやく結婚するんですから」神父は笑みを浮かべて、つけ加えた。「まあ、この地方の慣習のようなものです」それから怒りをこめた声に変わり、続ける。「子どもたちまで真似をするんですよ。去年、教理問答に来ているちびどもが二人、墓地で男女の真似事をしてましてな。両親に注意したんですが、親も親です、何と言ったと思います？『それが何だって言うんです、神父様。そんなこと、私どもが教えたんじゃありませんからね』ってこうですよ。だからね、旦那様、ロザリは皆と同じようなことをしただけのことなんですよ」

だが男爵は怒りに震え、その言葉をさえぎった。

「ロザリのことなんてどうでもいい。私が怒っているのは、ジュリアンのほうです。

やつのしたことは破廉恥きわまることです。娘は私たちのもとへ連れ戻します」男爵は興奮したまま動き回り、歩き続けた。「私の娘をこんなかたちで裏切るなんて、あんまりだ。恥を知れ。あんなやつ、ろくでなしめ。悪党！　卑怯者めが。目の前で罵ってやる。ひっぱたいてやる。この杖で殺してやる！」

だが、泣きじゃくる男爵夫人の隣で煙草をふかし、調停の機会をうかがっていた神父が口を挟む。「男爵殿、男同士の話になりますが、ジュリアンだって皆と同じようにしただけじゃないですか。一度も浮気をしたことのない夫なんて、おりますかね」

さらに神父はいたずらっぽく無邪気な調子でつけ加えた。「男爵様、あなただって、遊んだことはあったでしょう。胸に手をあてて考えてごらんなさい。どうでしょう」ぎくりとした男爵は神父の前で足を止める。神父はさらに続ける。「ほら、あなただって皆と同じようなものでしょう。あなただって、あの娘のような女中に手を出したことがないとは限らない。ねえ、皆同じようなことをやっているんですよ。だからといって、あなたの奥様が不幸だったとか、奥様への愛が減ったとか、そういう話じゃないわけでしょう」

動転した男爵はそのまま動かない。

そうだった。確かに、そうしたことがあった。しかも何度も。機会がありさえすれば、そのたびに。同じ屋根の下にいる妻のことなど考えなかった。きれいな娘がいれば、妻の身の回りを担当する女中だろうと、躊躇することなく手を出した。自分も卑怯者なのだろうか。どうしてジュリアンの態度は許せなかったのだろう。自分だって、同じことをしたのに、それが罪だとは考えさえしなかった。

すすり泣きのせいで、まだ息を切らしていた男爵夫人の唇に薄い笑みが浮かんだ。夫の若いころの遊び人ぶりを思い出したのだ。男爵夫人は感傷的で、誰にでもすぐに心を寄せ、好意を抱くタイプの人間だった。彼女にとって、恋の冒険は人生になくてはならないものだったのだ。

ジャンヌは疲れはて、ベッドに仰向けになると、腕をだらりとたらし、目を見開いたまま苦しい物思いにふけっていた。ロザリの言葉が頭をよぎる。その言葉は、ジャンヌの心を傷つけ、錐のように胸に食い込んできた。ロザリは言った。「何も言いませんでした。だって、ジュリアン様は良い方ですから」

そう、自分だって彼を「良い方」だと思ったのだ。だからこそ、自分は彼の前に身を捧げ、生涯を共にする契りを結んだ。だからこそ、結婚以外のすべての希望を捨てた。あらゆる計画を諦め、将来に残されていたすべての可能性を捨てたというのに。彼女は結婚という穴に落ちたのだ。這い上がろうにも縁《ふち》のない穴。惨めで悲しい絶望の穴。それもこれも、ロザリと同じように、彼を「良い方」だと思ったことから始まったのだ。

怒りにまかせて扉を開く音がした。次の瞬間今にも襲いかからんばかりの様子で、ジュリアンが部屋に入ってきた。ついさきほど、階段でロザリが泣いているのを見つけたのだ。皆が何かをたくらんでいること、ロザリがすべて話しただろうことを見抜き、この部屋にやってきたジュリアンだが、ピコ神父の姿に気がつき、そこで足を止めた。

声こそ震えていたものの、平然とした顔でジュリアンは尋ねた。「いったい、どうしたんです?」さきほどまであれほど激しく怒っていた男爵も今は無言のままだった。神父が説教を始めたり、かつての自分の行為を婿から引き合いに出されたりしては困ると思ったからだ。男爵夫人の泣き声がさらに大きくなった。だが、ジャンヌは両手で身を支え、息を切らせながら、自分をこんなにも苦しめている張本人をじっと見据えた。言葉につまりながらも喋りだす。「もう何もかも……知っているのよ。あなたが、これまでしてきたひどい行為について。しかも……、この家に初めてやってきたときからだというじゃない。ロザリの子も、あなたの子だったのね。この子と同じ、あなたの子。この子の兄弟ということ……」

そこまで考えたとたん、苦しみに耐えられなくなり、ジャンヌはぐったりとベッドに身を横たえ号泣しはじめた。

ジュリアンは呆然とし、何も言えず、何もできないままだった。またしてもピコ神父が割って入る。

「おやおや、そんなにお嘆きなさいますな、若奥様。落ち着きましょう」

神父は立ち上がり、ベッドに歩み寄ると、絶望に暮れるジャンヌの額に温かな手をおいた。たったそれだけのことなのに、ジャンヌは不思議と心が落ち着くのを感じた。これまで幾度となく罪を赦し、悲しみを癒してきただけに、神父の強く無骨な手には何か神々しい力が宿っているかのようであった。彼の手はふれるだけで、安らぎをもたらすことができるのだ。

神父はベッドの脇に立ったまま、再び口を開いた。「若奥様、どんなときも、赦す心をもたなくてはいけません。確かに、あなたは大きな不幸に見舞われました。しかし神は、その苦しみのなかでも、あなたにその不幸を埋め合わせるだけの幸福をお与えになりました。あなたは母になるという幸福を得たのです。お子様があなたの慰めになることでしょう。お子様のためを思って、ジュリアン様の過ちをお赦しくださるよう、お願いいたします。お子様がお二人のあいだの新たな絆となり、ご主人ももう過ちを繰り返すことはないでしょう。おなかにお子が宿りました以上、その子の父となる相手といがみ合うことなど、あなたにはできますまい」

ジャンヌは答えなかった。もはや打ちひしがれ、苦しみで胸がいっぱいになり、疲れ果てており、怒ったり恨んだりする気力も残っていなかったのだ。緊張の糸がゆるみ、いつのまにか切れてしまったようで、息をするのもやっとという状態だった。およそ人を恨むということができず、何かを思いつめるという心をもたない男爵夫人が、娘に囁きかける。「さあ、ジャンヌ」

神父はジュリアンの手をとり、ベッドまで連れてくると、彼の手をジャンヌの手に重ねた。永遠に結び合わせるかのように、重ねた二人の手をぽんと叩く。そして、これまでの司祭らしい厳かな口調から、世間話でもしているような口調になり、いかにも満足げに「さあ、これでよし。もう大丈夫ですよ」と言った。

一瞬、重ね合わせられた手は、すぐにまた離れていった。さすがのジュリアンもジャンヌにキスをしようとはせず、男爵夫人の額にお義理のキスをすると、踵を返した。そのまま男爵の腕をとる。ことが丸くおさまり、内心ほっとしていた男爵は、ジュリアンの促すままに従った。二人はそのまま外に葉巻を吸いに行った。疲れきり、うとうとしはじめたジャンヌの横で、ピコ神父と男爵夫人が小さな声で話をしていた。

神父は、これから先のことをあれこれと考えては、順序だてて男爵夫人に説明する。夫人は何度もうなずいては、神父の言葉に同意した。最後に神父が話をまとめる。

「つまり、ご夫妻は、ロザリにバーヴィルの農場をお与えになる。私は、ロザリの夫になる若者を見つける、というわけですな。まじめで、きちんとした若者を探してきましょう。二万フランの持参金がつくとなれば、結婚したがる男はいくらでもいますよ。たくさんいすぎて選ぶのに困るぐらいです」

男爵夫人の顔に微笑が戻っていた。安堵していたのだ。頬のなかほどには、まだふた雫《しずく》の涙が残っていたが、流れ落ちた涙の筋はすでに乾いていた。

夫人は念を押す。「いいですね、バーヴィルは、どう見積もっても二万フランにはなります。資産は子どもの名義にしてください。ロザリたちは、生涯その収益で暮らせるようにしてね」

神父は立ち上がり、男爵夫人の手を握った。「どうぞ、そのままで。見送りは不要です。ほんの少し歩くだけでも、どんなにしんどいか、よくわかっておりますからな」

部屋を出た神父は、廊下で、ジャンヌの様子を見に来たリゾン叔母とすれ違った。リゾンは何があったかまるで気づいていなかった。誰も彼女には何も言わない。彼女は、こうしてまたいつもどおり何も知らずにいるのだった。

8

ロザリはレ・プープルの屋敷を去り、ジャンヌは苦しい妊娠期を過ごしていた。母になる喜びはちっとも感じなかった。心痛に打ちひしがれていたのだ。漠とした不幸を案ずる気持ちばかりがつのり、誕生後の生活をあれこれ想像して楽しむこともない。

徐々に春が訪れつつあった。まだひんやりとした風が裸木を揺らしていたが、秋に落葉が朽ちていた側溝のあたりでは、湿った草のなかにプリムラが今年最初の黄色い花を咲かせはじめていた。野原にも、農家の庭にも、やわらかくなった畑の土からも、あたり一面、発酵するような湿った匂いがたちこめている。黒土のあちらこちらに小さな緑色の芽が顔を出し、太陽の光を浴びている。

城砦のように大柄で頑丈そうな女性が、ロザリの代わりに雇い入れられた。この女に支えられ、男爵夫人は何の変化もなくただひたすら並木道を往復する。その重たい身体の刻んだ足跡は、湿った泥のなかにいつまでもくっきりと残るのだった。

臨月が近づき身体が重くなったジャンヌは、相変わらず体調がすぐれなかった。男爵がその腕をとり、もう片方の腕はリゾン叔母が支える。リゾンは、出産を目前にしたジャンヌをあれこれと忙しく気遣っていた。自分が一度も体験しないであろう出産という神秘を前に、リゾンは心を震わせていた。

ジャンヌたちは無言のまま、何時間も並木道を散歩していた。いっぽう、その間、ジュリアンは馬に乗り地元を駆け回っている。このところ、彼は急に乗馬が好きになったのだ。

彼らの単調な生活を乱すものはもはや何もなかった。ジュリアンは、男爵夫妻とともにフルヴィル家を訪問した。どこで知り合ったのかはわからないが、ジュリアンは、しばらく前からフルヴィル家と親しくなっていた。相も変わらず、眠るような屋敷に引きこもりがちなブリズヴィル家とも、再度互いの家を訪問し合った。

ある日の午後四時ごろ、馬に乗った男女が屋敷の前庭に速足で入ってきた。ジュリアンが興奮した様子でジャンヌの部屋にやってくる。「はやく降りてこい。フルヴィル夫妻が来ている。おまえの容態を聞いたので、近所づきあいと思って寄ったらしい。私は留守ということにしてくれ。でも、すぐ戻る予定だと言うんだ。ちょっと身支度してくる」

驚いたジャンヌは玄関に降りた。青白い顔の若く美しい女性が、緊張した面持ちで立っていた。熱を帯びた目、一度も太陽を浴びたことのないような落ち着きのあるブロンドの髪。この女性が静かな物腰で自分の夫を紹介するのだが、夫のほうはといえば巨人のように大柄で赤褐色の口髭をはやした化け物のような男なのだ。夫人は続ける。「ラマール様には何度かお目にかかっておりまして。ラマール様から、奥様の体調がすぐれないと聞いております。これ以上、ご挨拶が遅くなるのもなんですし、大げさにならないように、ちょっとご挨拶に寄らせていただきましたの。そんなわけで、乗馬がてらやってきたわけです。ご両親様には、拙宅にいらしていただいたおり、ご挨拶させていただきました」

彼女は実に自然に、親しみをこめ、上品な調子で話した。ジャンヌは彼女が気に入り、すぐに好きになった。ああ、いいお友だちになれそうだわ。

だが、フルヴィル伯爵のほうはといえば、サロンに連れてこられた熊のように落ち着きがない。椅子に腰を下ろし、隣の椅子に帽子を置いたかと思うと、すぐに手持ち無沙汰になった。まずは椅子の肘掛けに手を置き、さらに膝に手を移し、最後はお祈りでもするかのように手を組んだ。

ジュリアンがとつぜん部屋に入ってきた。ジャンヌは一瞬、夫だとはわからなかった。ジュリアンは髭をそっていた。婚約していたころのように、美しく優美な姿に戻っていたのだ。フルヴィル伯爵もジュリアンの登場ではっとした。ジュリアンはフルヴィル伯爵に歩み寄ると、その分厚い、前足と呼んだほうが似合いそうな手を握った。次に夫人の象牙のような頰にキスをする。夫人はほんのり頰を紅潮させ、まぶたを震わせながら、挨拶の接吻を受けた。

ジュリアンは喋りだす。かつてのように愛想よくふるまう。愛を映す鏡のような大きな目は、愛撫するようなやさしい眼差しを取り戻し、さっきまで艶を失い硬くなっていた髪も、ブラシをかけ香油をつけた甲斐があって、光り輝く柔らかな巻き毛に戻っていた。

帰り際、フルヴィル伯爵夫人がジュリアンを振り返り、「子爵様、木曜日に馬で散策に行きませんこと?」と声をかけた。

ジュリアンはお辞儀をしながら、「ええ、もちろんですとも」と控えめな声で答えた。夫人はその間にもジャンヌの手をとり、温かな笑みを浮かべながら、やさしく心にしみる声で告げた。「お元気になられたら、三人でこのあたりを馬で散歩しましょうね。きっとすてきですわ、ねえ」

夫人は、いかにも慣れた手つきで乗馬服の裾をもちあげ、小鳥のような軽やかさで鞍に乗った。夫のほうも、まごまごしながら挨拶をすませると、大きなノルマンディ馬に跨った。まるでケンタウルス［ギリシア神話の半人半馬の種族］のようにどっしりと馬上におさまっている。

二人の姿が柵を曲がり見えなくなると、ジュリアンは嬉しそうに声をあげた。「いい方たちだろう。ようやく役に立ちそうな隣人を見つけたよ」

ジャンヌ自身、なんだかわけもなく嬉しくなって言った。「奥様はすてきな方ね。

仲良くなれそうな気がするわ。でも、ご主人のほうは無骨な感じね。あなた、どこで知り合ったの？」

ジュリアンは陽気な調子で手をすり合わせながら言った。「ブリズヴィル家で偶然知り合ったんだ。確かに旦那のほうは少々がさつな印象だな。とにかく狩猟好きらしい。でも、彼は本物の貴族さ」

夕食の席も、どちらかといえば明るい雰囲気で過ぎた。まるで、これまで隠れていた幸福がようやく家のなかに入ってきたかのようだった。

その後は七月の終わりまで、特別なことはなく過ぎた。

ある火曜日の夕方、ジャンヌたちはプラタナスの樹の下に座っていた。目の前のテーブルには、ブランデーの小瓶と小ぶりのグラスがふたつ置かれている。いきなりジャンヌが叫ぶように声をあげたかと思うと、顔色が真っ青になった。両手で腹を押さえている。鋭い痛みがとつぜん彼女の身体を素早く駆け抜け、気づいたときには消えていた。

だが、十分もすると別の痛みがやってきた。さきほどのような激痛ではないものの、すぐには消えない。ジャンヌは父と夫に支えられ、やっとの思いで家に戻った。プラタナスの樹から自分の部屋までがやけに遠く、いつまでたってもたどり着けない。ジャンヌは自分でも気づかぬうちに、うめき声をあげていた。途中何度も、腹に何ともいえない重たさを感じ、座らせてちょうだい、ちょっとだけ立ち止まらせてほしい、と懇願したほどだった。

まだ臨月ではなかった。出産予定は九月だった。だが、もしやと案じた家族は馬車を用意させ、シモン爺さんに医者を呼びに行かせた。

夜中になって医者が到着した。一目見るなり、医者は早産と診断した。

ベッドに横になると、いくぶん痛みは和らいだような気がした。だが、狂おしい恐怖感がジャンヌを締めつけた。命そのものが、はかなく消え去ろうとしているような感覚、死の前触れ、予感といったものさえ感じられるのだ。死が自分のすぐそばまで来ている。死が吹きかける吐息で、心臓が凍りつくのではないかと怖くなる。

ジャンヌの部屋には皆が集まっていた。息が苦しくなった男爵夫人はぐったりして長椅子に座り込んでいる。男爵の手も震えていた。男爵は部屋のなかをあちこち早足で動き回り、ものを運んだり、医者に話しかけたり、落ち着かなかった。ジュリアンも考え込むような顔で部屋を歩き回っていたが、取り乱している様子はなかった。後家のダンチュが、ベッドの足元に厳かな顔で陣取っている。いかにも多くの経験を積み、何ごとにも動じない女という表情だ。ダンチュは、病人の看護からお産の手伝い、さらには死者を看取《みと》る役目までこなしてきた。この世に生まれてきた者を受け入れ、産声を聞き、産湯をつかわせ、産着でくるむこともある。そして、同じように落ち着いた態度で死者の最期の言葉や、うめき声、慄きに聞き入り、死化粧をほどこしたり、ぼろぼろになった身体を酢で拭いてやったり、死装束を整えてやることもある。かくして、彼女は生や死にともない、どんな事故が起きても、なんら動じることなく平然としていられるようになったのだ。

料理女のリュディヴィーヌとリゾン叔母は、廊下の扉の陰から遠慮がちに部屋をうかがっていた。

ジャンヌはときおり、弱々しいうめき声をあげた。

はじめの二時間ほどは、すぐに出産ということにはなるまいと誰もが思っていた。だが夜明けごろ、とつぜん強い陣痛が再開し、あっというまに耐え難いほどの激痛に変わった。

歯を食いしばっても、我知らず叫び声がもれてしまう。叫びながらもジャンヌは、ロザリのことをずっと考えていた。ロザリはまったく苦しまなかった。うめき声さえ、ほとんどあげなかった。あの赤ん坊、あの不義の子は、何の苦しみも痛みもなく、胎《はら》から出てきたのだ。

辛苦に乱れた心で、ジャンヌは絶えず自分とロザリを比べていた。ジャンヌは、修道院にいたころ、あれほど信奉していた神を恨んだ。運、不運で決まってしまう人生の不公平に怒り、正義や善を説く人たちの大嘘に腹を立てていた。

ときに激痛のあまり気を失いそうになることもあった。もう体力も、命も、意識も消えかけ、ただ苦痛しか感じない。

痛みの合間にひと息つくと、ジャンヌの目はジュリアンを追っていた。あの日のことを思い出し、肉体の苦痛とは別の痛み、魂の痛みがジャンヌを苦しめていた。あの日、ロザリはまさにこのベッドの足元に赤子とともに座り込んでいた。今、残酷なまでに腸《はらわた》を引き裂くような苦痛を自分に与えているこの子は、あのときの赤子の弟なのだ。ジュリアンがロザリの前でどんな態度をとり、どんな目つきで何を言ったか、ジャンヌは克明に思い出すことができた。今まさに、ジャンヌはまるで書物を読み解くかのように、いらいらと歩き回るジュリアンの動きにあの日と同じ迷惑そうな表情、ロザリに対するのと同じ無関心ぶり、父性など面倒だと思っている利己的な男の横柄さを読み取っていた。

恐ろしい痙攣がジャンヌを襲った。激しい引きつけを起こしながら、ジャンヌは思った。「死んでしまうのかもしれない。もうだめだわ」その瞬間、ここで死んでなるものかという反抗心、運命に抗議してやりたいという思いがジャンヌの心にあふれた。自分を貶《おとし》めたこの男、自分を殺そうとしているこの子どもへの激しい憎しみがわいてきた。

ジャンヌは、この重荷から解放されようと全身全霊で力んだ。とつぜん腹が空っぽになったような気がした。痛みも静まっていた。

ダンチュと医者がジャンヌに駆け寄り、手を動かしている。そして、何かをもちあげた。やがて押し殺したような泣き声が響き、ジャンヌははっとした。あのときと同じ声だ。生まれたばかりの赤子が放つ苦しそうなその声、猫の鳴き声のようなかぼそい声が、ジャンヌの魂に、心に、そして疲れ果てて空っぽになった身体に染みこんでいく。ジャンヌは自分でも気づかぬうちに赤ん坊のほうへ手を伸ばしていた。

喜びがジャンヌの身体を駆け抜けた。生まれたばかりの幸福、新たな幸福がほとばしったのだ。ほんの一瞬でジャンヌは苦しみから解放され、落ち着きを取り戻し、幸せを感じた。これまでにない幸福感だった。心も身体も弾んでいた。母になったのだ。

我が子の姿をよく見ようとした。早産だったので、まだ髪も爪も生えていない。幼虫のような赤ん坊が動くのが見えた。ジャンヌは、口を開け泣き声をあげる姿を見つめた。皺だらけでしかめ面をした、それでも生きている未熟児にふれてみた。そのとき、何ともいえない幸福感が満ちあふれてきた。もう大丈夫だ。どんなに絶望感に襲われても、この子がいれば大丈夫だとジャンヌは思った。ほかのことは何もできなくなるほど、ひたすらに愛情をそそぐべきものを手にしたのだから。

それ以来、彼女の頭には子どものことしかなかった。ジャンヌは突如、異常なまでに息子を溺愛するようになった。夫との愛に幻滅し、夢破れる経験をしてきただけに、彼女は子どもに夢中になった。揺りかごを自分のベッドのすぐ横に置かせる。起き上がれるようになると、日がな一日窓辺に座り、重みを感じさせない揺りかごを揺らしながら過ごすのだった。

ジャンヌは乳母にまでやきもちを焼いた。赤ん坊が乳を欲しがり、青く血管の浮いた大きな乳房へと手を伸ばし、その貪欲な唇で皺の寄ったこげ茶色の乳首にかぶりつくさまを目にすると、ジャンヌは青ざめ震えだした。ジャンヌは、落ち着きはらった体格のいい農家の女をじっと見つめた。女の腕から自分の息子を奪い返したい衝動にかられていた。この女をひっぱたき、赤ん坊が飽きることなく吸い続けているあの乳房を爪で引き裂いてやりたいとさえ思った。

やがて、ジャンヌは自分でも刺繍をするようになった。上質な薄布に繊細な刺繍模様をほどこし、子どもを少しでもきれいに見せたかったのだ。赤ん坊は霞のようにひらひらとしたレースに包まれ、見事な帽子をかぶらされていた。ジャンヌは産着やレース飾りのことばかり話した。話の途中でも、肌着やよだれかけや、凝った刺繍のリボンを見せびらかそうとする。まわりの話も聞いていない。布切れを何度もひっくり返しながら見とれていたり、もちあげて間近に眺めたりすることが、今のジャンヌにとっては最高の喜びだった。ときに、とつぜん声をあげ周囲に同意を求める。「ねえ、この子に似合いそうだと思わない？」

子どもに度を超えた愛情を示すジャンヌのことを、男爵夫妻は微笑ましく思っていた。だがジュリアンは違った。やかましく泣き続け、何もかも思い通りにさせる赤ん坊という暴君が出現したことで、これまでの習慣を乱され、最高権力者の地位を奪われたような気がしていたのだ。ジュリアンは無意識のうちに、このまだ人間にもなりきらぬ、赤ん坊という存在に嫉妬していた。赤ん坊は彼からこの家の主人の座を奪ったのだ。ジュリアンは苛立ち、怒り、日に何度も「ジャンヌといい、あのガキといい、もううんざりだ」と口にするのだった。

子どもを溺愛するあまり、ジャンヌは夜も眠らず、揺りかごの横に座り込んで息子の寝顔を眺めて過ごすようになった。病的なまでの熱心さで子どもを見つめて過ごすうちに、ジャンヌは疲れてしまった。休もうともせず、衰弱し、痩せていった。ついには、咳まで出るようになった。見かねた医者は、ジャンヌと息子を引き離すよう言い渡した。

ジャンヌは怒り、泣き、懇願した。だが、誰も彼女の声には耳を傾けようとしなかった。ジャンヌの息子は、夜になると乳母に預けられた。するとジャンヌは毎晩、裸足のまま廊下で、息子と乳母がいる部屋の鍵穴に耳を押しつけ、息子が静かに眠っているか、目を覚ましていないか、おなかをすかせてはいないかと物音に聞き入るのだった。

ある晩、フルヴィル家の晩餐に招かれ夜遅く帰宅したジュリアンに、廊下で扉に耳を押しつけているのが見つかってしまった。以来、ジャンヌの寝室には外から鍵がかけられ、部屋でおとなしく寝るよう言いつけられた。

八月末に洗礼式が行われた。男爵が代父、リゾン叔母が代母役を務める。子どもの名は、ピエール＝シモン＝ポールとなった。呼び名はポールだ。

九月の初め、気がつくと、リゾン叔母は修道院に帰っていた。彼女がいなくなっても、来たときと同様、誰も気にも留めなかった。

ある晩、夕食を終えたころにピコ神父がやってきた。彼は何か秘密を抱えているかのように、そわそわしていた。当たり障りのない言葉をしばし交わした後、神父は男爵夫妻と三人だけで少し話がしたいともちかけた。

三人はゆっくりとした足取りで、なにやら熱心に話しながら、並木道の反対側の端まで歩いていった。いっぽう、ジャンヌと二人きりで家に残されたジュリアンは、司祭のこそこそした態度をいぶかり、不安になり、苛立ちを感じていた。

三人が家に戻り、ピコ神父が暇乞いの挨拶をすると、ジュリアンは神父を途中まで送ると言い出し、教会に続く道へ司祭とともに姿を消した。教会から夕方のミサを告げる鐘が鳴り響いていた。

その晩は涼しく、肌寒いほどだったので、男爵夫妻も早々にサロンに戻ってきた。ジャンヌたちがなんとなく眠くなりはじめたところに、ジュリアンが真っ赤になり、怒りをあらわにして帰ってきた。

ジャンヌがそこにいることなど眼中になく、ジュリアンは戸口から男爵夫妻に向かって怒鳴った。「あんな女中に二万フランもやるなんて、馬鹿じゃないですか」

驚きのあまり、誰もすぐには返答できなかった。ジュリアンは、さらに怒声で続ける。「そこまで馬鹿とは知らなかった。私たちには、びた一文残さないつもりなんですね」

ようやく落ち着きを取り戻した男爵が言葉をさえぎる。「やめなさい。ジャンヌの前でそんな話をするもんじゃない!」

だが、ジュリアンは興奮のあまり足を踏み鳴らして続けた。

「ジャンヌが聞いていようとかまわないじゃないですか。彼女だって何の話かぐらいわかっているでしょう。そもそも、金をばらまかれて損するのは彼女なんだ」

驚いたジャンヌは意味がわからないまま、小さな声で聞き返した。

「いったい、どういうこと?」

ジュリアンは、ジャンヌを味方につけようとするかのように、彼女のほうを振り返った。妻も自分と同様、将来受け取るはずの資産が減れば不満に思うはずだと言わんばかりだ。ロザリを結婚させ、少なくとも二万フランの価値があるはずのバーヴィルの農場を与えるという男爵夫妻の「陰謀」について、ジュリアンは、堰を切ったように話しはじめた。ジュリアンは何度も同じ言葉を口にした。「おまえの両親はどうかしているよ。好き勝手にさせておいちゃいけない。二万フランだよ、二万フラン。普通じゃ考えられない。あんなガキに二万フランとは」

ジャンヌは何の感情も怒りもなく、その言葉を聞いていた。自分でも意外なほど落ち着いていた。ジャンヌはもはや、わが子のこと以外には興味がないのだ。

男爵は息をつまらせ、返す言葉がなかった。だが、やがて感情が爆発したかのように床を蹴り、怒鳴り声をあげる。「本気で言ってるのか。聞いているうちに気分が悪くなってくる。だいたい、ロザリに持参金をつけねばならなくなったのは誰のせいだね。あの赤ん坊は誰の子だと思っているんだ。あの子を見捨てる気か」

男爵の剣幕に驚き、ジュリアンは舅の顔をじっと見つめ返した。さきほどより落ち着いた声で、再び口を開く。「でも、最初に渡した千五百フランで充分じゃないですか。結婚前に子どもが生まれるなんてよくあることでしょう。それが誰の子だろうと関係ないですよ。二万フランもの価値がある農場を女中にやったりしたら、世間だって何か裏に事情があることをかぎつけますよ。僕たちの受け継ぐ資産が減ることだけが問題じゃないんです。家名や評判に傷がつくことも少しは考えてみたんですか」

ジュリアンは、厳しい声で自分の正当な論理や権利を強く主張した。思いがけず、論理的な意見に男爵は動揺し呆然としていた。自分が優位にあることを感じ、ジュリアンは結論を言い渡した。「まだ何の手続きもしていないのが幸いです。ロザリの夫にちょうどいい男がいます。真面目なやつですよ。あいつとなら、うまくいくでしょう。私が何とかしますよ」

きっと話が蒸し返されるのを恐れたのだろう、皆が沈黙したのをいいことに、ジュリアンはそれを同意の証《あかし》と見なし、さっさと部屋を出ていった。

ジュリアンが姿を消したとたん、あまりの驚きに身体を震わせながら男爵が叫んだ。

「ひどいじゃないか。あんまりだよ」

だが、ジャンヌは興奮した父の顔を見上げ、とつぜん笑い出した。少女時代、何か面白いものを見たときもこんな笑い方をした。あのころと同じ明るい笑い声だった。

「ねえ、ねえ、お父様、聞いたでしょう？　ジュリアンったら、いったい何回、二万フラン！って言ったかしら」

泣き上戸であると同時に笑い上戸でもある男爵夫人は、ジュリアンの憤慨した顔や、その怒声、そして自分のものでもない金を自分が手をつけた娘に渡すのを頑なに拒んだそのさまを思い出し、くっくっと息をつまらせ、身を震わせるように笑い出した。ジャンヌが明るさを取り戻したこともうれしかった。ついには目に涙が浮かんでくるほどの大笑いになった。つられて男爵も笑いがこらえきれなくなった。かくして親子三人、昔のように大笑いし、腹が痛くなるまで笑い続ける。

少し気持ちが落ち着くと、ジャンヌが驚いたように口を開いた。「不思議ね。もうなんとも思わないの。ジュリアンがまったくの他人のように見えるのよ。自分があの男の妻だなんて信じられないほど。ねえ、最近ではおかしくてしょうがないのよ。あの人のそういう無神経なところが」

三人はこれといった理由もないまま、笑顔で愛情たっぷりの抱擁を交わし合った。

だが、その二日後、昼食を終え、ジュリアンが馬に乗って出かけた留守に、大柄な男が現れた。年のころは、二十二から二十五のあいだぐらいだろうか。きっちり折り目が入った真新しい青の作業着。袖はたっぷりと広がり、袖口はボタンで留められている。男は、まるで朝からそこで待ち構えていたかのように、こっそりと柵を越え、クイヤール家の側溝に沿って静かに歩き、屋敷をぐるりとまわってきた。そして、いつものようにプラタナスの下に座っていたジャンヌと男爵夫妻に、そろりそろりと近づいてきたのである。

ジャンヌたちの姿が目に入ると、男は帽子を取り挨拶をしながら近寄ってきたが、その顔はどこか気まずそうだ。

声が届く距離まで近づいてくると、男は言いにくそうに話しはじめた。「はじめまして、男爵様、奥様、ご同席のお方」

だが誰も答えないので、さらに続ける。「あの、デジレ・ルコックでございます」

名前を聞いても何の心当たりもないので、男爵が尋ねた。「で、何の用だね」

話が伝わってないことに気づき、ルコックは大いにあわてた。上を見たり下を見たり、握り締めた帽子を見たり、屋根を見上げたり、視線をさまよわせながら、なんとか言葉を絞り出す。「あの、その、神父様から、あの件につきまして、声をかけられたものですから」うっかり余計なことを言って損をすることにならないかと不安になったのか、男はそこで黙り込んだ。

男爵はまだ意味がわからず、聞き返した。「あの件とは何のことかな。私は知らんぞ」すると男は声をひそめ、覚悟を決めたように切り出した。「おたくの女中、ロザリさんとやらのことで」

話の内容を察したジャンヌは立ち上がると、子どもを抱きあげ席をはずした。男爵は男に「こっちへ来てくれ」と促し、さきほどまでジャンヌが座っていた席に男を座らせた。

男はすぐに腰を下ろし、小さな声で言った。「ご親切にどうも」そのまま、これ以上言うべきことはないとでもいうように、黙って男爵の言葉を待つ。だが、やがて長引く沈黙に耐えかね、心を決めたようだ。青い空を見上げながら喋りだした。「この時期にしちゃあ、いい天気ですな。種まきも終わっとりますから、地面にとってもいいことですわ」

男は再び沈黙した。

男爵はいらいらしてきた。そこで、つっけんどんな口調でいきなり本題に入った。

「で、おまえはロザリと結婚してもいい、と言うんだね」

ノルマンディ地方特有ののらりくらりとした交渉術が通じず、男は不安になったようだ。さきほどよりは明瞭な声で話し出したものの、依然として疑心暗鬼の表情は消えない。「いいとも悪いとも言えませんな。まあ、条件によりますよ、あれ次第ってことです」

もってまわった言い方に男爵は苛立ちを隠せない。「おい、はっきりしろ。そのために来たんじゃないのか。あの娘と結婚するのか、しないのか。どっちだ」

男は当惑し、もはや足元から目をあげようとしない。「神父様のおっしゃるとおりなら、します。ジュリアン様の言うとおりなら、しません」

「ジュリアンが君に何と言ったんだね？」

「ジュリアン様は、千五百って言いました。神父様は二万だって。二万ならいいです。でも、千五百なら嫌です」

すると、長椅子にうずもれるようにして座っていた男爵夫人が、身を小さく震わせながら笑い出した。この田舎青年のおどおどした様子がおかしくてたまらなかったのだ。男は夫人の様子をちらりと見て、不満げな表情を浮かべた。何がそんなにおかしいのか理解できない、という顔だ。男はじっと男爵の言葉を待っていた。

男と金銭でもめることが面倒になった男爵は、さっさと話を切り上げようとした。

「ロザリの相手にはバーヴィルの農場をやると神父様にも申し上げた。生きている限り、あの農場は君のものだ。その後は子に継承させる。あの農場には二万フランの価値がある。私は嘘はつかない。さあ、どうだ。結婚するのか、しないのか」

男は満足げに卑屈な笑みを浮かべ、急に饒舌になった。

「そんなら、結婚します。気になってたのはそんだけですから。神父様に言われたときに、その場で決めるつもりだったんですから。男爵様のお役に立てるなら、こちらとしてもうれしいことです。男爵様は義理堅いお方ですからね。お役に立っておけば、これっきりってこともないでしょう。いつかかならず報われる日がくるって、そういうものですからね。ところが、ジュリアン様があとから来て、千五百フランしか出せないと言う。こりゃ、確かめておかねばと思って、こうしてやってきた次第でして。いやいや、文句を言いに来たわけじゃございません。男爵様のことは信用しております。でも、念のためにね。金勘定のことをうやむやにすると人間関係こじれるって言いますからね。そうでしょう、男爵様」

さっさと男を黙らせようと男爵は言った。「さあ、婚礼はいつにしようか」そのとたん、男は困惑し、再びもじもじしはじめた。さんざん迷った挙句、男は言った。「その前に、一筆書いていただけませんかね?」

これには男爵も怒った。「ばかもの、式を挙げれば夫婦財産契約ができるではないか。それが立派な証文になる」

だが男はしつこかった。「とりあえず何か書いていただけませんかね。別に、ご迷惑をかけるつもりはありませんよ」

男爵は話を打ち切り、立ち上がった。「結婚するのか、しないのか、さっさと答えろ。その気がないなら、はっきりそう言え。心当たりはほかにもあるからな」

ずる賢い男も、ライバルの登場で急にあわてだした。即座に心を決め、牛でも買ったかのように手を出した。「これで手打ちにしましょう。決まりだ。男に二言《にごん》はねえ」

男爵はその手をぴしゃりと叩き、叫んだ。「リュディヴィーヌ!」料理番の女が窓から顔を出した。「ワインを一本もってきてくれ!」話が決まったことを祝して三人は乾杯した。やがて、男は来たときよりも軽い足取りで帰っていった。

この男の来訪について、ジュリアンには何も言わずにおいた。夫婦財産契約の書類は内密に用意された。やがて結婚の次第が教会に張り出され、月曜日の朝には式が挙げられた。

財産を約束する証文のように、近所の女が赤ん坊を抱き、新郎新婦のあとに続いて教会に入った。地元の人たちは誰一人驚きはしなかった。ただデジレ・ルコックを羨んだだけだ。運のいいやつだ、と狡猾な笑みを浮かべる者はいたが、特に憤慨している様子もないのだった。

ジュリアンは激しく怒り、男爵夫妻はレ・プープル滞在を早めに切り上げることになった。両親がいなくなっても、ジャンヌはさして悲しむわけでもなかった。今や、息子のポールこそが、彼女にとって幸福の尽きざる源泉となっていたのである。

9

ジャンヌは産後の衰弱からすっかり回復した。そこで、フルヴィル伯爵家を訪問し、クートリエ侯爵家にも挨拶しておこうということになった。

ジュリアンはつい最近、競売で新しい馬車を買ったばかりだった。軽装仕様の無蓋馬車で、これなら馬一頭で引けるため、月に二回出かけることができる。

十二月の晴れた日、馬車に馬がつけられた。いかにもノルマンディらしい草原を二時間ほど抜けると、渓谷へ下る道に入る。渓谷の中腹には森が広がり、谷底には耕地が広がっていた。

ところどころに見えていた耕地が草原にとってかわり、やがて葦の茂る沼がそれにかわる。冬の沼には、黄色いリボンのような細長い葦の枯葉が風にざわめいていた。谷沿いの急カーブを曲がると、とつぜんフルヴィル伯爵の住むラ・ヴリエット城が見えてきた。その後ろ、片側には緑の茂った傾斜地が広がり、もう片方には大きな沼が広がっている。城の石垣の片側半分はこの沼のなかにある。城の正面、沼の果てるあたりには、谷の反対側の斜面へと続く森がある。背の高い樅の木が連なる森だ。

中世のような跳ね橋を渡り、ルイ十三世様式の大きな門をくぐると、ようやく中庭に着く。正面に鎮座する優美な屋敷もルイ十三世様式のもので、レンガが外側を縁取り、側面には、スレート葺きの小塔がいくつもついている。

ジュリアンは、何度も訪れ知り尽くしたこの屋敷をジャンヌにひとつひとつ説明する。そして、その美しさを讃え、うっとりするのだった。「ほら、あの城門を見てごらん。なんて立派な屋敷だろう。建物の片側はぜんぶ沼に面していて、古風な石段が水際まで続いているんだ。石段の下にはボートが四艘あるんだよ。伯爵の分が二艘、夫人の分が二艘だとさ。ほら、あの右側、ポプラの並木があるだろう。あそこまで沼が続いている。そこから川が始まっていて、フェカンの海に流れ込んでいる。このあたりは水鳥が多い。伯爵は狩りをするのが趣味なんだ。いかにも貴族らしい生活だろう」

玄関の扉は開いていた。そこから、あの青白い顔の伯爵夫人が出てきた。中世の城の女主人のように長い裾を引きずるドレス姿で、微笑みながら訪問客を迎え入れる。湖の似合う美女。まるでこの伯爵家の屋敷のために生まれてきたような人だ。

サロンには窓が八つある。そのうちの四つは沼に面しており、沼の向こうの斜面に広がる暗い松林がよく見える。

暗い色調の木々のせいで、沼はますます深く、荘厳に、重苦しく見えた。風が吹き、木々がざわめくと、沼の声が聞こえてくるかのようだ。

伯爵夫人はまるで幼馴染のようにジャンヌの両手をとって椅子に座らせると、自分もそのすぐ横の低い椅子に座り込んだ。一時は身だしなみのことなど忘れていたジュリアンだが、五カ月ほど前から優雅な外貌を取り戻し、この日もやさしげに親しみをこめた様子で、お喋りに興じ、微笑を絶やさなかった。

ジュリアンと伯爵夫人は、ともに馬で遠出したときのことを話していた。夫人はジュリアンの乗り方がちょっとおかしいと言い、彼を「よたよたの騎士」と呼んだ。ジュリアンは笑って受け止め、お返しに「横ずわりの女王」という称号を提案した。その瞬間、窓のすぐ下で銃声が響き、ジャンヌは思わず悲鳴をあげた。伯爵が小鴨を撃ち落としたのだ。

伯爵夫人はさっそく夫に声をかけた。やがてオールを動かす音が聞こえ、ボートが石段にぶつかる音がしたかと思うと、伯爵がサロンに入ってきた。ブーツを履いた大男、あとにはびしょぬれの犬が二匹ついてくる。二匹とも主人と同じ赤毛の犬だ。犬たちは入り口に敷かれた絨毯の上におとなしく伏せた。

自邸での伯爵は、先日の来訪時よりも落ち着いた様子で、ジャンヌたちを歓迎した。暖炉に薪をくべ、マディラ・ワイン〔ポルトガル、マディラ島名産のワイン〕とビスケットをもってくる。そして、いきなり大声で話し出す。「夕食までゆっくりしていってくださいよ。ねえ、いいでしょう」ジャンヌは家においてきた子どもが気になり、誘いを断ろうとした。それでも伯爵は引き下がらない。さらにもういちどジャンヌが固辞したところで、ジュリアンが急に苛立ったような態度を見せた。ジャンヌは、ジュリアンがまた喧嘩ごしの意地悪な態度に出るのではないかと不安になった。明日までポールに会えないと思うとつらかったが、ジャンヌは仕方なく伯爵の誘いを受けることにした。

午後は楽しく過ぎた。まずは、泉を見に行った。水は苔むした岩の下から流れ出てくる。石の窪みにたまった水は澄み渡り、その水面はまるで沸騰しているかのように、常にぶくぶくと揺れているのだった。次に、ボートで枯れた葦のなかをひとまわりする。生い茂った葦のあいだには水路のような通り道ができていた。伯爵は両側に犬を従え、オールを動かしていた。犬たちは常に鼻先を上に向け、鳥の匂いを追っていた。伯爵のオールの動きにあわせて大きなボートが浮き上がり、ぐいと前進する。ジャンヌはときおり手を伸ばし、冷たい水に手をつけてみた。指先から心臓まで届くような水の冷たさが彼女には心地よかった。ボートの後部席では、ジュリアンとショールにくるまった伯爵夫人が並んで座り、微笑み合っていた。幸せのあまり、これ以上はもう何も望まない人が常に口元に浮かべているあの微笑だ。

ぞくりとあとを引くような寒さと、枯れたイグサの上を吹き抜ける北風を従え、夜が近づいてきた。太陽はすでに樅の森の向こうに沈んでいる。紅く染まった空に、不思議な形の紅色の小さな雲が散らばるさまは、見るからに寒々しいものだった。

サロンに戻ると勢いよく火が燃えていた。部屋に一歩踏み入れただけで、温かな喜びが感じられ、気分が明るくなる。上機嫌になった伯爵は、まるで子どもを抱っこするときのように、筋肉質の腕で妻を自分の顔の高さまで抱きあげ、その両頰にいかにも満足げに派手なキスをするのだった。

一見、怪物のような髭面の大男がそんな顔を見せるのを、ジャンヌは微笑ましく思った。「人は見かけによらないものだわ」。そのまま、ほとんど無意識のうちにジュリアンに目をやる。するとジュリアンはひどく青ざめた顔で、サロンの戸口からじっと伯爵のことを見つめていた。いぶかしく思ったジャンヌは夫に歩みより小声で尋ねた。「気分でも悪いの？ どうしたの？」ジュリアンは無愛想に答えた。「いや、別に。放っておいてくれ。ちょっと寒いだけだ」

食堂で皆が席に着くと、伯爵は犬たちを食堂に入れてもいいかと尋ねた。犬たちは食堂に入ると、主人の右と左に行儀よく座った。伯爵は食事の途中でも肉の端切れを犬たちにやったり、長く柔らかい耳をなでてやったりするのだった。犬たちはそのたびに、なでてもらおうと頭を差し出し、尻尾を振り、嬉しそうに身を震わせる。

夕食が終わり、ジャンヌたちが帰ろうとすると、伯爵は夜釣りを見せたいと言い出し、さらに二人を引きとめた。

伯爵は、夫人やジャンヌたちを沼に面したテラスに座らせると、供の使用人に投網《とあみ》と松明《たいまつ》をもたせ、ボートに乗り込んだ。金粉を散らしたような星空が広がり、肌を刺すような寒さだったが明るい夜だった。

松明の火が進むにつれ、なんとも不思議なゆらめきを見せながら炎の帯が水面を這う。葦の上にも光が舞い、立ち並ぶ樅の木も光に浮かび上がる。とつぜんボートが向きを変えた。すると怪物を思わせる大きな影が、光に照らされた森の端に浮かび上がった。いや、松明に照らし出された伯爵のシルエットだ。影は大きく引き伸ばされ、その頭部は木よりも高く、空に消えている。足は沼のなかだ。やがて、シルエットしか見えない大男は星を取ろうとしているかのように腕を伸ばした。そのまま大きな腕を振り上げ、勢いよく下ろす。次の瞬間、水を打つかすかな音が響いてきた。

そこでボートは再びゆっくりと向きを変えた。その拍子に森が照らし出され、大きな幽霊のような影が森に沿って走り抜けたように見えた。大きな影はそのまま見えない水平線に向かって突き進んでいく。しばらくすると伯爵のシルエットが再び現れた。さきほどのような巨大な影ではなく、屋敷の壁に映る輪郭もはっきりし、細かな動きまで見えてくる。

やがて伯爵が大きな声で夫人に呼びかける。「ジルベルト！　八匹とれたぞ！」オールが水を打つ。壁に映る大きな影はじっと立ったまま動かないように見える。だが、縦幅も横幅も徐々に小さく縮まっていく。頭の位置がどんどん低くなり、身体もほっそりしてきた。出発したときと同じように、松明をかかげる使用人を従え、フルヴィル伯爵がテラスに上がってくると、彼の影も等身大に戻り、主人の動きを忠実に模すのであった。

網のなかでは、大きな魚が八匹跳ねていた。

ジャンヌとジュリアンは、伯爵夫妻から借りたコートや毛布にくるまり、馬車に乗り込んだ。車中、ジャンヌは何気なく言った。「あの大男さん、良い方《かた》ね」ジュリアンは馬を御しながら答えた。「ああ、でも、ときどき人目を気にせず無礼な行動をすることがあるね」

一週間後、今度はこの地方の貴族では一番の家柄とされるクートリエ家を訪ねた。ルミニルにあるクートリエの領地は、キャニの大きな村まで続いている。ルイ十四世時代に建てられた新館は、城壁に囲まれた見事な庭園のなかにあった。丘の上には、もはや廃墟と化した城の旧館が見える。制服を着た使用人が先に立ち、ジャンヌたちを荘厳な様式の広い部屋に案内した。部屋の中央には円柱のような台があり、セーブル焼の立派な盃が置かれていた。台座のクリスタルの部分には、ルイ十四世の手紙がはめこまれていた。この盃を受納されたし、というレオポール＝エルヴェ＝ジョゼフ＝ジェルメール・ド・ヴァルヌヴィル・ド・ロールボスク・ド・クートリエ侯爵にあてた国王直筆の手紙だ。

ジャンヌとジュリアンがこの王家ゆかりの品を眺めていると、侯爵夫妻がサロンに降りてきた。侯爵夫人は白塗りの顔で、お役目とばかりに愛想よくしているが、丁重にふるまおうとするあまり、どこかわざとらしい。でっぷりした侯爵はといえば、白髪をまっすぐ上になでつけ、そのしぐさにも、声にも、態度の端々にも、自分がひとかどの人物であることを誇示しようとしているのが感じられた。

いわゆる慇懃無礼な人たちとでも言おうか、その精神も感情も言葉遣いまでもが匆体ぶっているのである。

彼らは、うわべだけの笑みを浮かべ、相手の反応などおかまいなしに一方的に喋る。周辺の下級貴族たちを礼儀正しく迎えなければならないという任務を生まれたときから背負わされ、常にその任務を遂行しているかのように見える。

ジャンヌとジュリアンは呆然としたまま、なんとか侯爵夫妻のご機嫌をそこねまいとした。これ以上長居するのも落ち着かないし、かといって暇乞いの口実をさっと見つけるほど器用なまねもできない。すると侯爵夫人自らが、ある程度のところで会話を切りあげ、まるで女王陛下が謁見の終わりを礼儀正しく告げるかのように、実に単純かつ自然なやり方で二人を帰してくれた。

帰途、ジュリアンは言った。「ご挨拶まわりは、この辺でよしとしないか。おつきあいは、フルヴィル家だけでいいと思うんだが」ジャンヌも同意見だった。

十二月は、一年の底にあいた穴のように暗い。しかも、ゆっくりと過ぎる。去年と同じように、家にひきこもる日々が始まる。だが、ジャンヌはちっとも退屈には思わなかった。いつもポールのことばかり考えていたからだ。ところがジュリアンは、いらいらと不満げな顔で息子を横から見ているだけだ。

ジャンヌは子どもを腕に抱き、母親なら誰もがそうするように、狂おしいまでの優しさをこめて愛撫する。そして、父であるジュリアンに子どもを差し出す。「ねえ、キスくらいしてあげて。あなただって、この子が嫌いじゃないでしょう?」するとジュリアンは、いやいやながら唇の先だけで子どものすべすべした額にキスをする。それも、赤ん坊が振り回す小さな拳にふれるのが不快でたまらないとばかりに、大きく身を折り曲げてキスをするのだ。そして早々に退散する。まるで嫌なものから逃げるかのように部屋を出ていくのだ。

ときおり、村長や医者、司祭が夕食にやってくることがあった。また、フルヴィル家とのつきあいも親密さを増し、彼らがレ・プープルの屋敷を訪れることもあった。フルヴィル伯爵はポールをとても可愛がっていた。ジャンヌたちの屋敷にやってくると、帰るまで片時も離さずポールを膝に抱いている。お昼から夕方までずっとそうしていることさえあった。伯爵は巨人のようなごつい手で、ポールをそっと大事に扱った。長い口髭の先でポールの鼻先をくすぐったかと思うと、勢いをつけてぐいっと抱きしめる。まるで母親のような愛情表現だ。伯爵は、自分たちが子宝に恵まれないことを常々残念に思っていた。

三月はよく晴れ、雨も降らず、それなりに暖かい日々が続いた。伯爵夫人のジルベルトが再度、馬乗りを提案し、四人で出かけることになった。長い夕《ゆうべ》、長い夜、毎日同じように単調な長い一日にうんざりしていたジャンヌは、喜んでこの提案に賛成した。それから一週間、ジャンヌは楽しそうに自分の乗馬服を縫っていた。

遠乗りが始まった。二人ずつ列になって進む。前を行くのがジュリアンと伯爵夫人、少し距離をおいて伯爵とジャンヌが続く。伯爵とジャンヌは昔からの友人のように、穏やかに話しながら進む。二人は、その善良で素朴な心を重ね合い、仲の良い友人同士になっていた。いっぽうジュリアンと伯爵夫人は、ひそひそと話し合い、ときに大きな笑い声を響かせる。また、口に出しては言えないことを伝え合うように、互いの目を見つめ合うこともあった。先を行く二人は、とつぜん馬を速足に駆り立てた。ここから逃げたい、遠くへ、もっと遠くへ行きたいという思いにつき動かされたかのようだった。

やがて、ジルベルトは機嫌が悪くなってきた。甲高い声が風に乗り、あとを行く二人の耳にも届く。伯爵は微笑み、「このごろときどき、あんなふうに機嫌が悪いときがあるんですよ」と言うのだった。

ある日の夕、馬乗りから帰ってきたときのことだ。伯爵夫人は横腹に拍車を入れ、乱暴に手綱を引くので、馬が興奮してしまい、言うことをきかない。ジュリアンが何度も声をかけている。「気をつけて、ほら、気をつけないと、手綱をもっていかれちゃいますよ」「放っておいてちょうだい。私の勝手でしょう」はっきりと強く言い切る声は、野原一面に明瞭に響きわたる。宙に浮いた言葉がいつまでもそこに残っているかのようだ。

馬は後足で立ち上がり、地を蹴ると、口から泡を吹いた。心配そうに見ていた伯爵が、とつぜん胸の奥から響くような声で叫んだ。「ジルベルト！　あぶない！」女性はときに、何ものにも止められないような激しい癇癪を起こす。このときの彼女がそうだった。伯爵夫人は挑むように馬の頭部に乱暴な鞭の一振りをくらわせたのだ。馬は立ち上がり、怒りをあらわにして前足で宙を掻いた。そして次の瞬間、前足を下ろしたかと思うと、大きくひと跳ねし、すさまじい勢いで野原を走り出した。

馬はまず牧草地を横切り、畑に突っ込んでいった。湿って粘り気のある土を砂埃のように掻き散らし、まるで矢のように走っていく姿は、もはや馬と乗り手の区別がつかないほどだった。

ジュリアンは呆然としたままその場に立ち尽くし、「マダム！　マダム！」と必死な声で繰り返すばかりだった。

いっぽう、伯爵はうなり声をあげたかと思うと、自分の乗ってきた大きな馬に飛び乗り、身体全体で押し出すようにして馬を走らせた。全速力で馬を駆り、煽り、操り、あらゆる声と動き、さらには拍車を使って追い立てる。まるで巨人がその股のあいだに馬をはさみ、高くもちあげて、空に飛び立とうとしているかのようにさえ見えた。二頭の馬は、とんでもない速度で、ただひたすらに突き進んでいく。ジャンヌが目をこらす先で、伯爵夫人と伯爵の馬の追いかけっこが始まり、その姿はやがて小さくなっていく。ついには、まったく見えなくなり、視界から姿を消した。まるで二羽の鳥が追いつ追われつしながら、地平線に消えていくかのようだった。

ジュリアンが並足のままジャンヌに近づいてきた。怒った声で言う。「今日の彼女はどうかしてるよ、まったく」

ジャンヌとジュリアンは草原の奥に消えた友人たちを追って、馬を進めた。

十五分ほど行くと、向こうから伯爵夫妻が戻ってくる姿が目に入った。やがて夫妻は、ジャンヌたちのもとに合流した。

赤ら顔の伯爵は汗を浮かべ、微笑んでいた。いかにも満足そうで、勝ち誇った顔だ。その腕は、ぶるぶると身を震わせる夫人の馬をがっしりと押さえ込んでいる。夫人は真っ青な顔を苦しそうにゆがめていた。今にも倒れそうな様子で夫の肩にすがり、こちらに歩いてくる。

ああ、伯爵は奥様を狂おしいまでに愛しているのだ、とその日ジャンヌは思った。その後一カ月、伯爵夫人はこれまでになく陽気だった。今までよりも頻繁にレ・プープルを訪れ、絶えず笑みを浮かべ、親しみをこめてジャンヌに抱きついてくる。彼女の人生に何か素晴らしいことがあったかのようだった。夫である伯爵も、実に嬉しそうにしており、片時も妻から目を離そうとはしなかった。ますます愛情をつのらせ、何かといえば妻の手をとり、妻のドレスに手を伸ばすのだった。

ある晩、伯爵はジャンヌに言った。「今、とても幸せなんですよ。ジルベルトがこんなにやさしくしてくれるのは、初めてなんです。以前のように不機嫌になったり、怒ったりしないし。彼女は僕を愛していると、今なら思える。これまでは、自信がなかったんですけれどね」

ジュリアンも変わった。以前より陽気になり、むやみに苛立つこともなくなった。

両家の友情が、それぞれの夫婦に平和と歓びをもたらしたかのようだった。

その年はやけに春の訪れが早く、暖かかった。

ほんわりと暖かい朝から、穏やかで生暖かく感じられる夕暮れまで、日の光をたっぷり浴びた大地には、草がびっしりと芽を出していた。あらゆる植物がとつぜん勢いよく、同時に芽吹くのだ。勢いよく木々からあふれ出さんばかりの樹液。再び生を得た命の息吹。同じ春でも、ときに世界全体が若返ったかのように感じられる特別な年がある。そんなとき、大自然はこんな光景を見せてくれるのだ。

こうして命が沸き立つさまを前に、ジャンヌは妙な胸騒ぎを感じていた。草むらに小さな花が咲いているのを見て、急に苦しくなったかと思えば、どこか甘美な憂いを感じたり、何時間もぼんやりと夢想にふけったりもした。

さらに、恋を知ったばかりのころの他愛ない思い出に浸ることもあった。だからといって、ジュリアンを思う気持ちがよみがえったわけではない。彼への愛はもう終わった。あのころのような気持ちで愛することはできない。だが、そよ風のやさしい愛撫を受け、春の香りに包まれていると、何か目に見えない、やさしい声に呼びかけられたかのように、全身がゆさぶられるのだ。

ジャンヌは一人、陽光のなかに身を投げ出して過ごす時間が好きになった。難しいことを考えたりせずに、感覚をとぎすませ、言葉にならない清廉な歓びに身を浸すのだ。

その日の朝も、ジャンヌはぼんやりしていた。ふと、ある光景が彼女の頭をよぎった。エトルタの近くの小さな森、暗い葉陰のなかに、ぽっかり穴があいたかのように、陽光が差し込んでいたあの場所。彼女が初めて、若き日のジュリアン、あのときはあれほど愛していた相手に身を寄せ、震えるような衝撃が走るのを感じたあの場所。彼はそこで、おずおずと彼女への思いを打ち明けたのだった。その瞬間、自分は希望に満ちた明るい未来が始まると思ったのだ。

ジャンヌはあの森をもういちど見てみたいと思った。感傷的で、縁起担ぎのようだが、そこに戻れば、彼女の人生の流れが変わるとでもいうように、思い出の場所に巡礼してみたくなったのだ。

ジュリアンは早朝から外出していた。どこへ行ったのか、ジャンヌにはわからない。そこで、ジャンヌはマルタン家から借りた白い小さな馬に鞍をつけさせた。この馬には最近何度か乗っている。ジャンヌは出発した。

草も木の葉も、どこにも何も動くものがない穏やかな日がある。この日もそんな日だった。風がなくなってしまったかのように、すべてが静止したままだ。もしや、このままこの世の終わりまで何も動かないのではないかと思うほどの静けさ。虫さえも消えてしまったかのようだ。

太陽の光とともに、厳粛で熱を帯びた静けさが金の靄となって降り注いでいた。ジャンヌは並足で歩く小ぶりの馬の背に揺られ、幸せを感じていた。ときおり目をあげ、小さな白い雲を眺める。ひとつまみの綿のようにふっくらと、湯気のかたまりのような雲がひとつだけ、澄み渡る青空の真ん中に置き去りにされたかのように浮かんでいるのだ。

ジャンヌは海に続く渓谷を下りていった。エトルタの門と呼ばれる断崖の巨大アーチに続く谷間だ。そのままゆっくりと森を抜ける。まだ芽吹いたばかりの枝から木漏れ日が雨のように降り注ぐ。小道をさまよい、「あの場所」を探したが、なかなか見つからない。

長い小道を横切ろうとして、ふと道の先に鞍をつけた二頭の馬がいるのが目に入った。木につながれている。どちらも見覚えがある馬だ。ジルベルト伯爵夫人の馬と、ジュリアンの馬に違いない。ちょうど人恋しくなってきたところだったので、ジャンヌは思いがけない再会を嬉しく思い、自分の馬の歩を速めた。

ジャンヌは二頭の馬のところまできた。二頭とも待たされるのに慣れた様子でおとなしくしている。ジュリアンたちの名を呼んでみる。だが答えは返ってこない。

草むらに女性用の乗馬手袋と鞭が二本置いてあった。ということは、二人は、まずここで腰を下ろしていたのだ。それから馬を置いたまま、どこかへ行ったことになる。

ジャンヌは何があったのか理解できないまま、ただ呆然としていた。十五分、二十分とジャンヌは待ち続けた。馬から下り、木の幹にもたれてじっと待つ。すぐそばの草むらで二羽の小鳥が羽をばたつかせている。人の気配に気づく様子もない。やがて、そのうちの一羽が激しく動き出したかと思うと、翼を大きく広げて震わせ、お辞儀をするように頭を動かしたり、歌うようにさえずったりしながら、もう一羽のまわりを跳ね回りはじめた。そして次の瞬間、交尾が始まった。

ジャンヌは、まるでこうした行為を知らずにきたかのように、驚きを感じた。思わず、つぶやきが漏れる。「そうね、春ですものね」やがて、別の考えが彼女の頭をよぎる。ジャンヌはある疑念を抱いた。あらためて、手袋と鞭、置き去りにされた馬たちに目をやる。とつぜん、逃げ出したい衝動がつきあげてきて、彼女は自分の馬に飛び乗った。

ジャンヌはレ・プープルを目指し、駆け足で馬を走らせていた。頭を働かせて考え、事実をつなぎ合わせ、状況を探ろうとした。どうして、もっと早く気づかなかったのだろう。どうして、これまで何も目に入らなかったのだろう。ジュリアンが家を留守にする理由も、昔のようにおしゃれになった理由も、このところ機嫌がよくなった理由も、考えさえしなかった。そういえば、ジルベルトが急に癇癪を起こしたときのことも、ジャンヌに対する妙に親しげな態度も、伯爵が嬉しそうにしていた、ここしばらくの浮かれぶりも、皆そういうことだったのか。

ジャンヌは馬の歩を緩め、並足にした。ゆっくりものを考えたかったからだ。疾走しながらでは思考に集中できない。

最初は頭に血が上ったものの、今や、ほとんど冷静といっていいほど落ち着きを取り戻していた。嫉妬も憎悪も感じない。わきあがってくるのは軽蔑だ。ジュリアンのことはどうでもいい。今さら、夫については何があっても驚かない。ただ、女友だちとして信頼していた伯爵夫人の二重の裏切りが許せなかった。彼女でさえこうなのだから、この世のなか、誰もかもが不実で、嘘つきで、信用できない存在なのだ。そう思うと涙がこみあげてきた。自分の抱いた幻想が壊れてしまったとき、人はしばしば、死者を悼むのと同じような悲しみに襲われ、涙するのだ。

それでも、ジャンヌは知らぬふりで通そうと心に決めた。安っぽい感情に心乱されることなく、息子ポールと両親だけを愛して生きようと決めた。それ以外の人たちには、涼しい顔で耐えてみせよう。

家に帰り着くなり、ジャンヌは息子のもとに走った。抱き上げて自室に連れてゆき、一時間ほど、休みなく激しい抱擁とキスを繰り返した。

ジュリアンが夕食に帰ってきた。愛想よく微笑み、ちょっとした気遣いも欠かさない。「おまえの両親、今年はレ・プープルには来ないのかな」

ジュリアンのやさしい言葉が嬉しく、ジャンヌは森で見たことについてはほとんど許す気持ちになっていた。急に父母に会いたいという思いがあふれてきた。ポールの次に愛しているのは自分の父母だ。ジャンヌは、その晩さっそく遅くまでかかって手紙を書いた。少しでも早くレ・プープルに戻ってきてほしかったのだ。

男爵夫妻は、五月二十日にレ・プープルに来ることになった。今日はまだ、五月七日だ。

ジャンヌは日々気持ちをつのらせながら両親の到着を待った。親子の情とは別に、正直な心根の人と心を通わせたいという思いが生まれつつあった。純粋で、後ろめたい行為とは無縁の人たち、一生を通じ、その行為も、その思想も、その欲望すら、すべてが正しい人たちと心を開いて話がしたかった。

ジャンヌは、モラルを失った人たちのただなかにあって、自分の良心が孤立しているのを感じていた。最近ではそうした思いを表に出さずにいる術《すべ》も覚えたし、伯爵夫人のことも、会えば手を差し伸べ、唇に微笑みを浮かべながら受け入れていた。それでも、空しさや人間不信が徐々に大きくなっていき、自分をすっぽり包んでいるような気がしてならなかった。毎日のように地元での噂話が耳に入り、それがさらにジャンヌの人間に対する嫌悪感、軽蔑感をつのらせていくのだった。

クイヤール家の娘がみごもり、もうすぐ結婚することになっていた。マルタン家の女中は孤児だったが、この娘も妊娠している。十五歳になる近所の娘もおなかが大きい。足が悪く、見た目の冴えない、貧しい寡婦で、あまりの汚さに「不潔女」と呼ばれている女も孕《はら》んでいるのだ。

どこどこの女が腹ぼてだという話が毎日のように届き、村娘や、農婦、それも夫や子どものいる農家のおかみさんや、さらには名のある富農の娘たちまで、色恋沙汰の噂話はどこにでも転がっている。

例年になく暖かな春が来て、植物の樹液ばかりか、人間の性欲までもが活発になっているようだ。

だが、ジャンヌはもはや肉体の感覚を失い、何も感じなくなっていた。それでも肉体の感覚とは別に、傷ついた心、感傷的な魂だけは、温かく生命力あふれる息吹に揺り動かされることがあった。だからこそジャンヌは、性欲とは無縁の興奮を覚え、想像の世界にうっとりとし、肉体的な欲求を麻痺させたまま、ただ夢を見ていた。そして、あふれんばかりの嫌悪はやがて憎悪へと変わり、動物的な醜い行為には驚きを感じずにいられなかったのだ。

今やジャンヌは、男女の結びつきを自然に反することのように軽蔑していた。ジャンヌがジルベルト伯爵夫人を許せないのは、自分の夫を奪ったからではない。友と信じた彼女が、そうした汚い世界に身を窶《やつ》したのが許せないのだ。

動物的な本能に支配されている野卑な人間がいる。だが伯爵夫人は、こうした人たちとは生まれながらにして違っていたはずだ。それなのに、彼女はどうして粗野な者たちと同じような世界に身を落としてしまったのか。

両親が到着するというその日も、ジュリアンのちょっとした態度にジャンヌはますます嫌悪感を深めた。彼は、ごくあたりまえの面白い話として、実に明るい顔で、パン屋の女将の浮気話をしたのだ。いわく、昨日、パンを焼く日ではないのに、竈《かまど》から音がするので、パン屋の主人は猫でも入り込んだかと思い、竈のなかを覗いてみた。すると、そこにいたのは、「パンではないものを抱えこんだ」自分の妻だったというわけだ。

ジュリアンはさらに話を続ける。「パン屋の主人が竈の扉を閉めたので、なかの二人はあやうく窒息死するところだったそうだ。パン屋の息子が近所に知らせて助け出したらしい。小僧のやつ、自分の母親が鍛冶屋の親父と一緒に竈に入っていくのを見てたんだな」

ジュリアンは笑いながら、つけ加えた。「まったくお調子者どもめが、お客に色恋沙汰のパンを食わせようとするとはね。まったく、ラ・フォンテーヌの寓話にでもありそうな話さ」

ジャンヌはもうパンにふれるのも嫌になってしまった。

駅馬車が石段の前に停まり、男爵が窓から嬉しそうな顔を見せた瞬間、ジャンヌの心に、胸の奥に、これまで感じたことのない深い感動、心をかき乱すような愛情がわきあがってきた。

だが、母の姿を見るなり、ジャンヌはぎょっとして気を失いそうになった。この半年、冬のあいだに、男爵夫人は十歳は老け込んだように見えた。弛み垂れ下がった、だぶだぶの頬は、血でふくらんだかのように赤紫色になっている。目に力がない。両脇から誰かに支えてもらわないと動けない。苦しげな息遣いは、ひゅうひゅうと音が聞こえるほどで、あまりにも苦しげな様子に、そばにいる者までつらく、いたたまれなくなってしまう。

だが、毎日顔を合わせている男爵は、この衰弱ぶりに気がついていないらしい。夫人が朝から晩まで息苦しく、どんどん身体がしんどくなっていると嘆いても、男爵は「そんなことないよ、前からそんなふうだったよ」と答えるのだった。

ジャンヌは両親を寝室まで送り届けると、自室にひきこもり、当惑と衝撃のあまり泣き出してしまった。それから父のもとへ行き、目に涙を浮かべたまま、その胸に飛び込んだ。「お母様ったら、あんなに変わり果てたお姿になって。いったい何があったの、教えて」男爵はとても驚き、聞き返した。「そうかい、どうしてそんなこと言うんだい。そんなことないさ。私はずっとそばにいるが、そんなに具合が悪いようには見えないぞ。前からああだったじゃないか」

その晩、ジュリアンはジャンヌに言った。「おまえのお母さんは、ずいぶん悪いようだね。相当ひどいんじゃないか」ジャンヌが泣き出すと、苛立ったように続ける。「別に、手の施しようがないと言ったわけじゃないよ。まったく、すぐ大騒ぎするんだから。見た目がずいぶん変わった、それだけのことさ。年齢のせいだろう」

一週間もすると、ジャンヌも特に母のことを気にかけなくなった。母の変わり果てた姿を見慣れてしまったせいもあり、自らの不安を押し殺してしまったのだ。人はしばしば自己中心的な本能や、心の平穏を乱されたくないという当然の欲求から、不安や迫りくる恐怖を認めようとせず、無意識に打ち消そうとしてしまう。

歩くことも難しくなった男爵夫人は、一日に半時間ほどしか外出しない。一度だけ例の並木道の散歩に出てみたが、それ以上は動けなくなり、やっとのことであの道端のベンチに座らせてもらった。並木道の向こうの端まで行き着くことすらできないと悟り、男爵夫人は言った。「もうやめましょう。今日は心臓肥大のせいで、歩くこともできないわ」

去年なら身体を揺すって大笑いしたようなことでも、もはや声をあげて笑うことさえできず、微笑むのがやっとだった。それでも、視力だけは衰えておらず、『コリンヌ』やラマルティーヌの『瞑想詩集』を読み返して日々を過ごしていた。そして、「思い出の品」の引き出しをもってきてくれと頼むのだ。男爵夫人は甘美な思い出の詰まった古い手紙を膝の上に広げると、空になった引き出しを傍らの椅子に置き、一通ずつ時間をかけて読み返しては、引き出しに納めてゆく。そして、まわりに誰もいないとき、本当に一人きりのときは、古い手紙を手に取り、まるで愛した人の遺髪に密やかな口づけをするかのように、そっと唇を寄せることもあった。

いきなり部屋に入ってきたジャンヌが、泣いている母、悲しみの涙に暮れる母の姿を目にすることもあった。「どうしたの、お母様」ジャンヌは思わず大きな声をあげる。すると男爵夫人は長いため息をつき、こう答えるのだ。「『思い出の品』を見ていたら、涙が出てきてね。今はもう戻れない昔の幸せが思い出されてね。それに、すっかり忘れていたはずの人のことをとつぜん思い出したりしてね。その人の姿がはっきりと目に浮かび、声まで聞こえてくるような気がする……。たまらないものだよ。おまえもいつかはわかるだろうけどね」

こうした愁嘆場に出くわすと、男爵はジャンヌに言うのだ。「ジャンヌ、悪いことは言わない。昔の手紙はぜんぶ燃やしてしまいなさい。私やお母様からの手紙もぜんぶだ。年をとってから若き日のことをあれこれ思うほど、厄介なことはないからな」

だが、ジャンヌも昔の手紙を大事にとってあり、将来「思い出の品」になりそうなものを保管してあった。母にはまったく似ていないように見えるジャンヌも、母の夢見がちで感傷的な部分を引き継いでいたのだ。

到着から数日後、男爵は用事で留守にすることになり、出かけていった。

実に気持ちのいい季節だった。きらめく朝焼けから、輝くばかりの一日が始まる。輝くばかりの一日が終わると、静かな夕暮れがやってきて、やがて星の瞬く暖かな夜が訪れる。男爵夫人の体調も少しはよくなったかのように見えた。ジャンヌは、ジュリアンと不実なジルベルト伯爵夫人が愛人関係にあることも忘れかけ、幸福と言ってもいいほど上機嫌だった。野原には一面花が咲き乱れ、芳香が漂う。海は凪ぎ、朝から晩まで太陽の光に輝いていた。

ある日の午後、ジャンヌは息子のポールを抱き、野原に出た。息子に目をやったり、道沿いの草花に目をやったりしながら、無限の幸福感に浸っていた。息子に何度もキスをし、ぎゅっと抱きしめる。ふと野原に漂う甘い香りを感じ、うっとりする。あまりの気持ちよさに気が遠くなりそうだ。それから、ポールの将来を想像してみる。いったいどんな大人になるのだろう。強い、立派な名士になってほしいと思うこともあるし、地味な人間でいいから、やさしく思いやりにあふれ、母親思いで、いつまでもそばにいてほしいとも思う。母の自分勝手な思いとしては、息子はいつまでも自分の子どもであってほしく、いつまでもこの子を独り占めしていたいと思う。だが、彼女なりの野心を抱き、理性でものを考えるときは、息子が世間から一目おかれる人物になってほしいと期待してしまうのだ。

ジャンヌは側溝の脇に腰を下ろし、子どもの顔を眺めた。まるで初めて眺めるかのように新鮮だった。この子がいつかは大人になる。しっかりとした足取りで歩み、頬にも髭をはやし、明瞭な声で喋る日が来るのだと想像しただけで、自分でも驚いてしまうのだ。

遠くで誰かが呼んでいる。ジャンヌは顔をあげた。マリウスが走ってくる。きっと誰か来訪者があって、呼びに来たのだろう。ジャンヌは、邪魔が入ったことにがっかりしながらも立ち上がった。マリウスは全速力で走ってくる。近くまで来ると大声で叫んだ。「奥様！　大奥様がお倒れに……」

ジャンヌは、背筋にそって冷たい水滴が流れ落ちたような気がした。気が動転したまま、大急ぎで家を目指す。

遠くからでも、プラタナスの樹の下にたくさんの人が集まっているのが見えた。ジャンヌがかけつけると、人々が前をあけた。男爵夫人が地面に横たわっている。頭の下には枕がふたつあてがわれている。顔は土気色。目は閉じており、二十年間ぜいぜいと上下し続けていた胸は、もう動いていなかった。乳母がジャンヌの腕から赤ん坊を抱きとり、一足先に屋敷へ戻っていった。

ジャンヌは取り乱し、声をあげた。「何があったの？　どんなふうに倒れたの？　お医者様を呼んで！」ジャンヌが振り返ると、そこには誰が知らせたのかピコ神父が立っていた。神父は歩み出ると、袖をまくりあげ、大急ぎで手を尽くした。だが、酢やオーデコロンを嗅がせても、なでさすっても、効果はなかった。「服を脱がせて、寝かせたほうがいい」と司祭が言った。

農夫のジョゼフ・クイヤールや、シモン爺さん、料理女のリュディヴィーヌも様子を見に来ていた。三人は、ピコ神父の手も借り、男爵夫人をもちあげようとした。だが、男爵夫人の身体はあまりにも重く、動かすのは難しかった。もちあげてみると、男爵夫人の頭部は後ろにがっくりと垂れ、手でつかんだ部分の服が破れてしまった。ジャンヌは思わず悲鳴をあげた。人々は、ぐったりした巨体を再び地面に下ろした。

まず、サロンの長椅子をもってくる。男爵夫人の身体を長椅子にのせ、やっとのことで椅子ごと運ぶことになった。ゆっくりと石段を昇り、屋内の階段を上がる。そして二階にある男爵夫人の寝室に運び、ベッドに寝かせる。

リュディヴィーヌが次々と服を脱がせていると、後家のダンチュ婆さんが、神父同様、とつぜん見事なまでのタイミングで姿を現した。まるで、《死の匂い》を嗅ぎつけたかのようだと使用人たちも囁きあっていた。

ジャック・クイヤールが馬を全速力で飛ばし、医者を呼びに行った。神父が聖油を取りに行こうとすると、ダンチュがその耳に囁いた。「それには及びませんよ、神父様。私にはわかります。もう死んでますよ」

ジャンヌは取り乱し、懇願した。どうしたらいいの。何をすればいいの。どんな治療が必要なの。ピコ神父はとりあえず赦罪の文句を唱えだした。

人々は、紫色になった命なき肉体を前に、二時間待った。ジャンヌは崩れるように膝をつき、恐怖と苦しみに声を出して泣いていた。

扉が開き、医者が入ってきたとき、ジャンヌはその姿に救いと慰めと希望を求めた。ジャンヌは医者に駆け寄り、たどたどしい口調で自分が知っている限りのことを説明した。「いつものように散歩をしていたんです。あの、元気そうにしていたんですけれど……。昼食にはスープと卵をふたつ食べまして……、とつぜん倒れたんです。見てください、あんなに土気色になってしまって。動かないんです。意識が戻るように、できるだけのことはしたんです。できるだけのことは……」そのとき、ダンチュが医者に身振りで、もうだめだと伝えているのが目に入り、ジャンヌは言葉を切った。「ひどいのですか。それでも母の死が受け入れられず、ジャンヌは心配そうに繰り返した。「ひどいのでしょうか。かなり悪いとお思いですか」

ついに医者は言った。「大変申し上げにくいのですが、手遅れのようです。気をしっかりもってくださいね」

ジャンヌは腕を広げ、母の遺体に抱きついた。

そこへジュリアンが帰ってきた。戸口に突っ立ったまま呆然としている。明らかに当惑した顔だ。悲痛な声をあげることもなければ、絶望の表情を浮かべるでもない。なにしろ急なことなので、すぐにはその場にふさわしい表情を浮かべ、適切な態度をとることができないのだ。ジュリアンはつぶやく。「まあ覚悟はしていた。もうだめだろうなとは思っていたんだ」。それからハンカチを取り出し、目のあたりをぬぐうと、跪いて十字を切り、口のなかでなにやらつぶやいた。ジュリアンは自分が立ち上がるついでに、ジャンヌも立たせようとした。だが、ジャンヌは両腕で遺体にかじりつき、身を重ねるようにして口づけを繰り返していた。誰かが引き剝がしてやらねば無理だった。ジャンヌは正気を失っていた。

一時間後、ようやくジャンヌは遺体のある部屋に戻ることが許された。もう息を吹き返す望みはなかった。男爵夫人の部屋では葬儀に向けた準備が始まっていた。ジュリアンとピコ神父は窓のそばで声をひそめて話をしている。ダンチュは肘掛け椅子にゆったりと腰かけ、すでにうとうとしはじめている。彼女は通夜にも慣れているし、死者が出た家なら、どこでも我が家のように落ち着くことができるのだ。

夜になった。ピコ神父がジャンヌに歩み寄り、その手をとると、言葉では癒されようのないほど悲しみに沈む心に、いかにも聖職者らしい慰めの言葉をかけ、彼女を力づけようとした。しみじみと打ち寄せる波のように何度も同じ言葉を繰り返す。さらに故人のことを語り、聖職者らしい言葉で故人を讃えあげた。なにしろ、彼らにとって遺体は大事な収入源なのだ。そして、いかにも聖職者らしい悲しみを装い、一晩じゅう遺体のそばでお祈りしましょう、ともちかけた。

だが、ジャンヌは泣きじゃくりながらも、神父の申し出を断った。彼女は一人になりたかった。母と二人だけで最後の夜を過ごしたかったのだ。しかし、ジュリアンが歩み出て口を挟んだ。「そんなわけにはいかない。私も一緒に夜明かしをするよ」ジャンヌは、とても喋れる状態ではなかったので、ただ首を振ってジュリアンの申し出を拒絶した。やがて、ようやく息が整うと口を開いた。「私のお母様だから、私が。一人で送らせてちょうだい」医者がジュリアンに囁く。「好きなようにさせてやりなさい。ダンチュが隣室に控えていれば大丈夫でしょう」

ピコ神父とジュリアンも医者の言葉に同意し、自分のベッドで休むことにした。やがて、神父は跪いて祈りを捧げ、立ち上がった。去り際に彼は、「主汝らとともに」と言うときと同じ口調で「聖女のようなお方でしたね」と言った。

神父たちが去ると、ジュリアンがいつもと同じ口調で言った。「何か食べるかい？」ジャンヌは答えない。その言葉が自分に向けられたものだということにさえ気づいていなかった。ジュリアンはもういちど言った。「身体のためには何か食べたほうがいいんじゃないか」ジャンヌは心ここにあらずのまま言った。「すぐに迎えの馬車を出して。お父様を呼びにやらせて」ジュリアンは、ルーアンに早馬を出すために、部屋を出ていった。

ジャンヌは、いかんともしがたい心の痛みに身を窶《やつ》していた。母と二人で最後の時を過ごし、絶望的なままでの惜別に身をまかせてしまおうと思っているかのようだった。

夜の訪れとともに、部屋に暗がりが広がり、闇のヴェールが死者を包む。ダンチュが足音をひそめて歩き回っていたかと思うと、病人を看護するときのように、密やかな動きで暗がりのなかから物を探してきたり、何かを片付けたりしている。やがて二本の蠟燭に火をつけ、臨終の床《とこ》の枕元にある、白い布をかけられたテーブルにそっと置いた。

ジャンヌは何も見えておらず、何も感じず、何もわからないままでいるようだった。彼女は一人になれるのをじっと待っていた。ジュリアンが戻ってきた。先に食事をすませたらしい。「何か食べる気にはならないかい?」ジュリアンは再度尋ねたが、ジャンヌは首を振った。

ジュリアンは、悲しいというより、諦めたような顔で腰を下ろした。そのまま何も喋らない。

ジャンヌ、ジュリアン、ダンチュの三人は距離をおいたまま、それぞれの椅子で動かなかった。

やがて、眠り込んだダンチュが小さくいびきをかきはじめたかと思うと、急に目を覚ました。

ついにジュリアンが立ち上がった。ジャンヌに歩み寄り、尋ねる。「ほんとうに、一人でいいんだね」ジャンヌは思わず嬉しそうに夫の腕に手をやり、「ええ、ええ、そうしてちょうだい」と答えた。

ジュリアンはジャンヌの額にキスをし、囁いた。「ときどき様子を見に来るからね」そして、ジュリアンはダンチュとともに部屋を出た。ダンチュは自分で椅子を運び、隣の部屋に引っ込んだ。

ジャンヌは扉を閉めると、大きなふたつの窓を開けた。草刈の季節の暖かな夜風が顔をなでる。昨日刈ったばかりの干草が月明かりの下に転がっている。

やわらかな風がかえってジャンヌを苦しめ、悲しみを深めた。

ジャンヌはベッドの脇に戻ると、生気のない冷たい母の手をとり、その顔をじっと見つめた。

倒れた直後のむくみは引いていた。これまでにないような安らかな顔で、眠っているかのようだ。蠟燭の白っぽい光が風に揺れるので、男爵夫人の顔にできた陰影も絶え間なく移り変わり、まだ生きているかのような表情をつくる。

ジャンヌは母の顔にじっと見入っていた。やがて、今は遠い幼いころの記憶の奥底から、いくつもの思い出が押し寄せてきた。

修道院の面会室に会いに来てくれたとき、お菓子のたくさん入った紙袋を差し出してくれたときの母の様子など、細々した記憶、ちょっとしたことや、母の見せたやさしさ、かけてくれた言葉、喋り方の癖、見慣れていたしぐさ、笑ったときの目元の皺や、ようやく腰を下ろしたときにあげるため息のような息遣い。

ジャンヌは枕元でじっとしていた。ただ母の顔を見つめ、呆然としたまま、つぶやき続ける。「死んじゃった、死んじゃったのね」死という言葉のもつ恐ろしさがジャンヌにのしかかってくる。

ここに横たわっている母、ママン、お母様、アデライド男爵夫人は、もうこの世の人ではないなんて。母はもう動かない。喋らない。笑うこともない。父と向き合って食事をすることもない。もう、「おはよう、ジャンヌ」と言ってくれることもない。死んでしまったのだ。

棺に釘を打ち、土に埋めてしまったら、もう終わり。もうその姿を見ることもできなくなる。そんなのありえない。そんなこと、あるはずがない。もう母がいないなんて。生まれて初めて目を開けたその瞬間からずっと見続けてきた、愛しい母の姿。生まれた直後から大人になるまで、ずっと私のことを抱きしめてくれてきた母。あふれるほどの愛情をそそいでくれた母。この世にただ一人の母。自分にとって、ほかの誰よりも大事な存在がなくなってしまった。もう動かない、何の表情もない顔とはいえ、こうして顔を見ていられるのもあと数時間、そのあとはもう何も残らない。何もない。思い出だけになってしまう。

絶望的な恐怖感に襲われ、ジャンヌは膝から床に崩れ落ちた。ベッドカバーを握り締めた手が震える。ベッドに口を押し当て、シーツや毛布で声がもれないようにして悲痛な叫び声をあげる。「お母様、かわいそうなお母様」

やがて、これではまるで雪のなかを逃げ回ったあの夜のようだ、自分は気がおかしくなっていると感じたジャンヌは、立ち上がり窓辺に行って頭を冷やそうとした。寝室の空気、死の匂いのする空気とはまったく違う新鮮な空気を深く吸い込む。刈られた芝生も、木々も野原も遠くに見える海も、やさしい月明かりに照らされ、穏やかな静寂のなかで眠り込み、休息している。静かでやわらかな空気が、わずかながらジャンヌのなかにも染みこんできた。ジャンヌはいつのまにか泣いていた。

ジャンヌはベッドの横に戻って腰を下ろすと、病人を看るときのように、再び母の手をとった。

蠟燭の火に惹かれ、大きな虫が部屋に入ってきた。弾丸のように壁を撃ちながら、部屋の端から端へと飛び回っている。大きな羽音が気になり、ジャンヌは目をあげた。だが目に映るのは、白い天井を揺れ動く虫の影ばかりだ。

やがてそれも聞こえなくなった。聞こえるのは、振り子時計の針が動く音、それから実に微細な音、いや、耳にはほとんど聞こえない振動のようなものだけだ。その音は、男爵夫人の懐中時計から聞こえてきた。ベッドの足元、椅子にかけられた服に埋もう動かぬ母と、時計はまだ動いていた。もう動かぬ母と、まだ動き続けている時計とのあいだまだ動き続けている時計とのあいだに、ふと何か因縁めいたものを感じ、ジャンヌの心に再び鋭い痛みが走った。時計に目をやる。まだ十時半だ。夜が明けるまでにはまだ当分時間があると思うと、怖くなってきた。

また、いろいろなことを思い出す。今度は自分のことだ。ロザリ、ジルベルト、裏切られた失望感。人生には、みじめなこと、つらいこと、悲しいこと、そして死しかないのだろうか。誰もが裏切り、嘘をつき、他人を苦しめ、悲しませることばかりする。では、心の安らぎや喜びはどこに求めればいいのだろう。きっとこの世では無理なのだ。魂がこの世の試練から解放されたときにこそ、安らぎや喜びが訪れるのだろう。魂！ ジャンヌは、魂という計り知れない神秘について考えてみた。だが、叙情的な解釈に納得したかと思えば、次の瞬間には、漠然とした考えとはいえ別の仮説が浮かんで、それを覆す。今、母の魂はどこにいるだろう。この冷たく動かない身体に宿っていた魂は今どこに？ たぶん、とても遠いところにあるのだ。宇宙のかなた？ いったいどこに？ まるで、目に見えない鳥が鳥かごを抜け出し空に消えるようになくなってしまったとでもいうのだろうか。

神のみもとに呼ばれたということ？　それとも、新たな創造の過程でばらばらになり、今まさにほころびようとしている新しい命のなかに組み入れられていくのか。いや、もっと近いところにあるのかもしれない。まだこの部屋に、離脱したばかりのこの身体のそばにいるのかもしれない。とつぜん、ジャンヌはまるで霊がふれたかのように、風のようなものが自分をかすめて吹き抜けるのを感じた。ジャンヌは怖くなった。あまりの恐怖の激しさ、おぞましさに動けない。息を止め、自分の後ろを振り返ることさえできないのだ。驚愕したときのように心臓が早鐘を打っている。姿が見えない虫が再び舞いはじめ、旋回しては壁にぶつかりだした。ジャンヌは全身に戦慄が走るほど、びくりとした。だが、それが虫の羽音だとわかると急に安堵し、立ち上がって後ろを振り返ってみた。ふと、スフィンクスの頭がついた文机に目がとまった。机の引き出しには、あの「思い出の品」が入っている。

母への慈しみから、突拍子もないことが頭に浮かんだ。母と過ごす最後の晩、祈禱書を読むような気持ちで、母の大切にしていた手紙を読んでみようと思いついたのだ。手紙を読むことで、細やかな心遣いと神聖さが求められる大事な使命を果たし、母とのつながりを深めることができるような気がした。母もあの世で喜んでくれるだろう。

ずだ。ジャンヌ自身は会ったこともないが、母が祖父母から受け取った古い手紙もあるはずだ。ジャンヌは、目の前に横たわる母の身体を通して、祖父母に手を差し伸べてみたかった。この弔いの夜、今は亡き祖父母もこの死をともに悼んでいるような気がするからこそ、祖父母に思いを馳せてみたかった。ずいぶん昔にこの世を去った祖父母と、ついさっきこの世の生を終えた母、そして、この世に残された自分が、やさしい気持ちで繋がり合い、神秘的な関係にあることを感じておきたかった。

ジャンヌは立ち上がり、文机の天板を開けると、下の引き出しから黄ばんだ手紙の束を十個ほど取り出した。手紙はきちんと順番どおりに並べ、紐がかけられている。感傷的な思いで、手紙の束をベッドの上、男爵夫人の腕のあいだに置くと、ジャンヌはひとつずつ読みはじめた。

由緒ある家の古い机からは、こうした手紙が見つかることが少なくない。前世紀の匂いがする古い書簡だ。

最初の手紙は、「かわいいアデライドちゃんへ」で始まっている。別の一通は「小さな可愛いアデライドちゃんへ」「良い子のアデライドちゃんへ」「かわいいアデライドへ」「愛するアデライドへ」「愛しいわが子へ」「わが親愛なる娘アデライドへ」「愛しい娘へ』、その呼びかけは、幼女から、少女、若い女性へと娘の成長に応じて変化していく。

そこにあるのは、愛情をこめた、いかにも子ども向けのやさしげな言葉や、家族のあいだの細々としたこと、家庭内のありきたりの行事に関することなど、興味がない他人にはどうでもいいことばかりが綴られている。「パパが風邪をひきました。女中のオルタンスが指をやけどしました。猫のクロックラが死にました。柵の右側にあった樅の木を切りました。教会から帰ってきたら、お母様の祈禱書がなくなっていました。盗まれたと言っています」

手紙のなかにはジャンヌが知らない人の名前もたくさん出てくる。だが、どの名前も、おぼろげながら子どものころにどこかで聞いたことがあるような気がするのだ。ジャンヌはそこに書かれた細々としたことを啓示のように思い、心惹かれるものを感じた。とつぜん、自分の知らない過去の生活、母の心の世界に入り込んだような感動を覚えたのだ。ジャンヌは母の遺体に目をやった。そして、ふと思い立ち、母に聞かせるように手紙を声に出して読みはじめた。母を喜ばせたい、慰めたいと思ったのだ。

死んだ母も嬉しそうに聞いているような気がしてきた。

ジャンヌは、一通ずつベッドの足元に置いていった。棺に花を入れるように、この手紙も入れてあげよう。

ジャンヌは別の包みを解いた。今度は今までとは違う筆跡だった。読みはじめる。

「あなたと肌をふれあうことができなければ、僕は生きてゆけません。どうにかなってしまいそうなほど愛しています」

それだけだった。名前も書いていない。

ジャンヌはいぶかり、宛名を確かめた。確かに、「ル・ペルテュイ・デ・ヴォー男爵夫人」となっている。

次の手紙を開いてみる。「今夜、彼が出かけたら、すぐに来てください。一時間は一緒にいられます。愛しています」

別の手紙にもこうある。「あなたが欲しくて、一晩もだえ苦しみました。この腕にあなたを抱き、その唇に唇を重ね、見つめ合ったあの日。今、この時間、あなたが彼の隣で寝ており、彼のなすがままになっているかと思うと、憤りのあまり窓から身を投げたい衝動にかられます」

ジャンヌはあっけにとられ、理解できずにいた。

いったいこれは何なのだろう。この甘い言葉は誰が、誰を思い、誰に書いたものなのか。

ジャンヌは読み進んだ。どの手紙も、心乱れる告白や、誰にも知られてはならない逢引の約束が綴られ、最後はいつも「この手紙は必ず焼き捨ててください」とある。

やがて、ようやくごく普通の手紙が出てきた。晩餐会の招待状への返答だ。さきほどまでの恋文と同じ筆跡だが、これにはポール・ダヌマールと署名が入っている。ポール・ダヌマールといえば、父、男爵がいつも「ポールのやつ」と親しげに呼んでいた男だ。しかもダヌマール夫人は母の親友だったはず。

とつぜんジャンヌの胸にとある疑念が浮かんだ。やがて、それは確信にかわる。ポール・ダヌマールは母の不倫相手だったのだ。

ふと頭に血が上り、まるで身体に這い上がってきた毒虫を払いのけるかのように、ジャンヌは忌まわしい手紙を投げ捨てた。窓辺に走ると、我を忘れ、喉が引き裂けるような大声で泣き出した。やがて、壊れてしまったかのように、壁際に崩れ落ちる。顔を手で覆い、泣き声が周囲に聞こえないようにしながら、救いようのない絶望に沈み、ジャンヌは泣き続けた。

泣いているうちにこのまま朝になるかと思われたが、隣の部屋から足音が聞こえ、ジャンヌは身を起こした。お父様かもしれない。ベッドの上、床の上に手紙が広がっている。そのうちの一通でも父が読んでしまったら大変だ。お父様に知られてしまう。ジャンヌは大急ぎで手紙の束を鷲づかみにした。祖父母からの手紙も、愛人からの手紙も、まだ読んでいない手紙も、まだ引き出しのなかに残っていた紐をかけられたままの手紙も、すべて一緒くたに暖炉へ投げ込んだ。そしてテーブルの上に点された蠟燭を一本手に取り、手紙の束に火をつけた。大きな炎があがり、部屋を、ベッドを、そこに横たわる遺体を照らした。炎は活き活きと踊るような光を放ち、ベッドの後ろの白いカーテンに、頑なな表情でぶるぶると震えるジャンヌの横顔と、白布の下に横たわる巨大な遺体のシルエットをくっきりと映し出す。

暖炉を覗き込み、もう灰の山だけしか残っていないことを確認すると、これ以上遺体のそばにはいられないとばかりに、ジャンヌは窓辺に戻って腰を下ろした。そして両手で顔を覆って泣き出した。悲痛な思いで、嘆きを訴えるようにつぶやく。「かわいそうなお母様、かわいそうに」

だが、ジャンヌはふと惨《むご》いことを想像した。母がもし死んでいなかったら？　仮死状態で眠っているだけだとしたら？　とつぜん目を覚まし話し出したら？　恐ろしい秘密を知ってしまったことで、母への愛情が薄れてしまったのではないだろうか。かつてのように敬愛の気持ちをこめて、母にキスすることができるだろうか。かつてのように、まっさらな心で母を愛せるだろうか。いや、それはできない。そう思うと、心が引き裂かれそうだった。

闇が薄らぎ、星たちが白んできた。日が昇る寸前のすがすがしい頃合だ。低くなった月が今しも海に沈もうとしている。月光に照らされた海は一面、真珠のようにきらきらとしている。

修道院からレ・プープルに帰ってきたばかりの日、同じようにこうして窓から日の出を眺めたことを思い出し、ジャンヌは胸が苦しくなった。ずいぶん昔のことみたいだ。何もかも変わってしまった。思い描く将来の生活も、まったく違うものになってしまった。

ほら、空がばら色に染まりはじめた。歓喜に満ちたばら色、恋を予感させるばら色、うっとりするようなばら色。ジャンヌは、まるで不可思議な現象を前にしたかのように、朝が花開いていくのを驚きをもって見つめていた。これほど美しい夜明けが存在するのに、この世には結局のところ喜びも幸福も存在しないなんて、本当にそうなのだろうか。

扉が開く音がして、ジャンヌはびくりとした。ジュリアンが入ってきて声をかけた。

「大丈夫かい。疲れているんじゃないか」

ジャンヌは、「いいえ」と小さな声で答えた。誰かがいてくれることが嬉しかった。

「そろそろ休みなさい」とジュリアンが言った。ジャンヌはゆっくりと母の額にキスをした。苦しみと痛みをこめた長いキスだった。そして自室に戻った。

その日は、死去に伴う物悲しい些事に明け暮れた。夕方、男爵が帰ってきた。男爵は号泣した。

その次の日に葬儀が行われた。

母の死化粧を整え、冷たい額に最後のキスをし、棺に遺体を納め、蓋に釘が打たれるのを見届けて、ジャンヌは母の部屋を出た。そろそろ弔問客が来るころだった。

最初にやってきたのはジルベルトだった。泣きながらジャンヌに抱きついてくる。

馬車が何台か柵をぐるりと迂回し、速足で近づいてくるのが窓から見えた。玄関ホールに声が響く。喪服姿の女性たちが一人、また一人と部屋に入ってくる。ジャンヌの知らない女性ばかりだ。クートリエ侯爵夫人とブリズヴィル子爵夫人も、ジャンヌの頰に口づけして哀悼の意を示した。ジャンヌは、ふと自分の後ろにいるリゾン叔母に気づいた。ジャンヌは叔母を抱きしめる。リゾンは思わず倒れそうになった。

喪服に着替えたジュリアンが部屋に入ってきた。優美な姿で、あれこれと気を配り、弔問客が多数訪れていることに満足している。ジュリアンは、ジャンヌに小声で話しかけ、何やかやと相談しているようだった。やがて妻だけに聞こえるように耳打ちする。「貴族の皆さんが勢揃いだ。すごいな」そして、ご婦人方に挨拶しながら、遠ざかっていった。

リゾン叔母とジルベルト伯爵夫人だけが、葬儀が終わるまでジャンヌのそばに残った。ジルベルトは何度もジャンヌに抱きつき、「ああ、かわいそうに。お気の毒だわ」と繰り返した。

ジルベルトを迎えに来たフルヴィル伯爵も泣いていた。まるで自分の母を失ったかのような泣きじゃくり方だった。

10

それから数日、物悲しい日々が続いた。親しい存在が永久にいなくなってしまい、家が空っぽに感じられるあの日々。故人が使っていたものが目に入るたびに、胸が苦しくなる日々。次々と思い出が浮かんでは、心が痛む日々。ほら、あのいつも座っていた長椅子。玄関に置きっぱなしの日傘。女中がしまい忘れたグラス。どの部屋にも何かしら置き去りになっているものがある。ハサミ、片方だけの手袋、気だるい指で何度もめくるうちに頁の擦り切れてしまった本。どんな些細なものにも幾多の小さな記憶が詰まっており、心の痛みを引き起こすのだ。

そして故人の声がつきまとう。声が聞こえるような気がしてならない。どこかへ逃げたい。つきまとう思いを振り払い、この家から逃げ出したいと思う。だが、そういうわけにもいかない。ほかの者たちもここに残り、悲しんでいるのだから。

さらにジャンヌは、自分が母の過去を暴いてしまったことで、打ちのめされていた。母の過ちを考えると心が押しつぶされそうだった。傷ついた心はいつまでも立ち直れない。恐ろしい秘密を背負ったことで、彼女はますます孤独を感じていた。この人だけはと信じていた母でさえも無垢な存在ではなかったことを知り、信仰心までなくしてしまった。

しばらくすると、男爵はレ・プープルを発ち、ルーアンに戻った。日々心痛をつのらせていただけに、動き出し、空気を変え、暗い悲しみの世界から抜け出す必要があったのだ。

レ・プープルの屋敷は、これまで何度も、館の主が死ぬのを見てきたのだろう。やがて穏やかで規則正しい生活が戻ってきた。

すると今度はポールが病気になった。ジャンヌは心配で気が気ではなく、十二日間、一睡もせず、食事もほとんどとらずに看病した。

ポールの病気は治った。だが、それでもジャンヌはある恐怖にとりつかれたままだった。ポールに万が一のことがあったらどうしよう。どうしたらいい？　そんなことがあったら、自分はどうなってしまうだろう。いつしか、ジャンヌは漠然とながらも、もう一人子どもが欲しいと思うようになった。ジャンヌは、かつて自分の横に二人の子ども、男の子と女の子がいる光景を思い描いたことを思い出し、夢を抱くようになった。やがて、ついにはそれしか考えられなくなってきた。ロザリの一件があって以来、ジュリアンとベッドを共にしたことはない。このままでは仲直りすることも難しい。ジュリアンは別の女性を愛している。ジャンヌもそれは知っていた。ジュリアンの愛撫を受けるなんて、想像しただけで身が震えるほど嫌だった。

だが、その嫌悪感さえジャンヌは我慢することにした。それほど母になりたいという思いが切羽詰まっていたのだ。とはいっても、どうしたら、かつてのような親密な接吻ができるようになるだろう。ジュリアンは、もう妻のことなど考えてもいない。自分が肉体関係を求めているなどとジュリアンに知られるくらいなら、汚辱にまみれて死ぬほうがましだ。

ジャンヌは諦めかけていた。ところが毎晩、娘の誕生を夢見るようになった。プラタナスの樹の下、ポールが妹と遊んでいる姿。ついには、床《とこ》から起き上がり、無言のまま、とにかく寝室にいる夫のもとに行ってしまいたい衝動にかられることもある。二度ばかり、実際にジュリアンの寝室の前まで行ったこともある。だが、恥ずかしさで胸が早鐘を打ち、大急ぎで自分の部屋に駆け戻ってきた。

父がレ・プープルを離れ、母が死んでしまった今、ジャンヌには相談できる人、秘めたる胸のうちを打ち明けられる相手がいなかった。

そこでジャンヌはピコ神父に会いに行くことにした。懺悔として聞いたことは他言しないという約束のもと、娘が欲しいという難題について相談するのだ。

ジャンヌが教会に着くと、神父は果樹が植えられた小さな庭で聖務日誌を読んでいた。しばらく当たり障りのない話をした後、ジャンヌは顔を真っ赤に染め、たどたどしい口調で言った。「神父様、あの、懺悔を聞いていただけますか」

神父は驚き、眼鏡をもちあげて、ジャンヌの顔をしげしげと見た。やがて笑い出す。

「あなたが良心の呵責を感じるような罪を犯したなんて、とても思えませんな」ジャンヌはすっかり取り乱し、言い直した。「いいえ、あの教えていただきたいことがあって。あの、本当に申し上げにくいことで、こんなふうにお話するのはとても……」

神父は一瞬にして好々爺《こうこうや》の顔から聖職者の顔に変わり、ジャンヌを促した。「それでは、懺悔室でうかがいましょう。さあ」

だが、ジャンヌは躊躇し、神父をひきとめた。こうしたなんとも恥ずかしいことを、誰もいない教会の小部屋で話すのが不安になり、足が止まってしまったのだ。

「いえ、あの神父様、あの、よろしければ、ここで、今日こうして来ましたわけをお話したいのですが。あの、あそこの東屋《あずまや》のあたりでいかがでしょう」

二人はゆっくりと東屋まで歩いた。ジャンヌは何と言おう、どう話を切り出そうと考えていた。二人は東屋で腰を下ろす。

そして、まるで懺悔のように、ジャンヌは話し出した。「神父様」だが、そこで躊躇し、言葉が続かない。あらためて口を開く。「神父様……」ジャンヌは当惑のあまり黙り込んでしまった。

神父は腹の上で両手を組み、じっと待っていた。ジャンヌが困惑しているのを見て、勇気づけようとする。「おやおや、言い出せなくて困っているんだね。ほら、勇気を出して言ってごらん」

ジャンヌは臆病者が危険に身を投じるときのように、覚悟を決めた。「神父様、私、もう一人子どもが欲しいんです」神父は答えない。ジャンヌが何を言いたいのかわからなかったのだ。そこでジャンヌは、おろおろと言葉につまりながら説明した。

「私は、今、一人ぼっちなんです。父と夫は仲が悪いし、母は亡くなりました。それで、あの、それで……」ジャンヌは声をひそめ、震えながら声をしぼりだす。「先日、息子まで失いそうになりました。もし、そんなことになったら、私はどうなってしまうでしょう」

ジャンヌは黙った。神父は話の先が見えぬまま、ジャンヌを見つめた。

「さあ、何が言いたいのか、はっきり言ってごらん」

ジャンヌは同じ言葉を繰り返した。「私、子どもが欲しいんです」

神父は微笑んだ。彼の前でも臆することなく、きわどい冗談を言う農民はいくらでもいる。神父はしたり顔でうなずきながら言った。

「それは、あなた方しだいでしょう」

ジャンヌは疑うことを知らぬ目で神父を見上げた。そして、たどたどしい口調で続ける。「でも、あの、でも、ご存じのとおり、あの女中との一件があって以来、夫と私のあいだには、距離ができてしまいまして」

田舎の猥雑さ、あけすけな風俗に慣れていた神父は、ジャンヌの告白に驚き、次の瞬間、彼女が何を求めているのか思い当たった。神父は、ジャンヌを緊張させぬよう、思いやりと親しみをこめ、横目で彼女を見やった。「ああ、わかりましたよ。もう寡婦のような生活は耐えられない、ということですね。あなたはまだ若いし、健康なのだから当然のこと、至極自然なことですよ」

田舎住まいの開けっぴろげな性格から、神父は再びにやにやしはじめた。それでも、ジャンヌの手をやさしく叩くようにして話しかける。「それは許されることですよ。神の掟でもちゃんと許されていることです。肉の行いは、婚姻があってこそ許されるもの。そして、あなたはすでに結婚している。そこらの大根を突っ込もうとしているわけじゃない」

ジャンヌは最初、大根が何を意味しているのかわからなかった。だが、それが男根を意味していると気がついたとたん、顔を赤くし、目に涙まで浮かべてむきになった。「神父様、何をおっしゃるんですか。そんなまさか。私、神に誓って、そんな」ついには声をつまらせ、泣き出してしまう。

神父は驚き、あわてて慰める。「いやいや、あなたを苛《いじ》めるつもりはなかったんですよ。冗談のつもりだったんだが。まあ、悪気のない冗談ですから、よしとしてください。でもね、このお話については力になりますよ。私に任せてください。ジュリアン様とお話してみましょう」

ジャンヌは言うべき言葉が見つからなかった。本当は断りたかった。神父に仲介してもらうなんて、あまりにも不自然で、危険なことのように思えたのだ。でも、ジャンヌはあえて何も言おうとはしなかった。ただ小さな声で「ありがとうございます、神父様」とだけ言うと、逃げるように立ち去った。

一週間が過ぎた。ジャンヌは、どうなることかと案じ、胸が苦しかった。

ある晩、夕食の席に着いたジュリアンは、何か言いたげな顔でジャンヌを見つめた。その唇には、人をからかうときのように、わずかな笑みが浮かんでいた。眼差しにも、どことなく皮肉めいた媚が感じられる。食後、二人は、男爵夫人がよく歩いていた並木道を散歩した。歩きながらジュリアンがジャンヌの耳元で囁いた。「どうやら、仲直りってことらしいね」

ジャンヌは何も答えなかった。ただ地面に残る一本のまっすぐな線を見つめていた。草が生え、消えかけている一筋の線。それは、母が足をひきずりながら歩いた跡だった。思い出が消えるように、母の足跡も消えようとしている。ジャンヌはあふれる悲しみに胸が苦しくなった。皆から切り離され、たった一人になってしまったような寂しさを感じたのだ。

ジュリアンが続ける。「ああよかった。おまえに嫌われるのが心配だったんだ」

日が沈む。やさしい風が吹いている。ジャンヌは急に泣きたくなった。親しい人に気持ちを打ち明けたい。抱きついて、苦しさを聞いてもらいたい。嗚咽がこみあげてきた。ジャンヌは両手を広げ、ジュリアンの胸に飛び込んだ。

ジャンヌは泣いていた。ジュリアンは驚いた。胸に顔をおしつけて泣いているので、ジャンヌの顔は見えない。ジュリアンは、ただ妻の髪を見つめていた。妻はまだ自分を愛しているのだ、と彼は思い、結い上げた妻の髪にやさしく口づけした。

それから二人は無言のまま家に帰った。ジュリアンは、ジャンヌとともに彼女の寝室に行き、そのまま朝まで一緒にいた。

かつてのような肉体関係が二人のあいだに戻ってきた。ジュリアンはその行為を義務のようにこなしていたが、満更でもないようだった。ジャンヌにとっては、気持ちの悪い苦痛な行為でしかなかったが、どうしても必要なことだからと我慢していた。妊娠の兆候を感じたら、すぐにでも床《とこ》を別にし、もう二度と関係はもたないつもりだった。

ところが、しばらくするとジャンヌは、夫の愛撫が昔とは違うことに気がついた。

以前より洗練されてきたとは言えるかもしれない。だが、前ほど本気ではないのだ。ジュリアンはジャンヌを抱くときでも、堂々と妻を抱く夫というより、用心深い愛人のような態度で通した。

ジャンヌは驚き、よく観察してみた。すると、夫はジャンヌを妊娠させる寸前で行為をやめていることがわかった。

ある晩、ジャンヌはジュリアンに口づけしながら聞いてみた。「どうして、前のように、最後までしてくださらないの？」

ジュリアンはにやにやと笑い出した。「おまえが腹ぼてにならないようにさ」

ジャンヌは震え上がった。「どうして？　子どもはもう欲しくないの？」

ジュリアンは驚きのあまり凍りついた。「なんだって？　おまえ、どうかしているよ。子どもをもう一人？　とんでもない。一人でも大変なんだから。ぴいぴいうるさいし、世話がやけるし、金もかかる。もう一人なんてごめんだね」

ジャンヌは夫を抱きしめ、口づけし、愛情を示そうとした。そして囁く。「ねえ、お願い。もういちど母になる瞬間を味わわせて」

すると、ジュリアンはまるで侮辱的なことを言われたかのように怒り出した。「正気とは思えないな。そんな馬鹿げたことを考えるなんて勘弁してくれ」

ジャンヌは黙り込んだ。だが、どんな手を使ってでも、自分の目指す幸福を手に入れようと心に誓った。

そこでジャンヌは、尋常ならぬ熱心さで芝居をうち、欲情に浮かされたふりをして、両腕を震わせながらジュリアンの身体にしがみつき、何度も口づけを繰り返した。ありとあらゆる手を試してみた。それでもジュリアンは常に自分を制し、我を忘れることはなかった。

子どもが欲しいという思いは狂おしいまでにつのり、痺れを切らしたジャンヌは、もうどんな手段も、どんな策も辞さない覚悟を決め、ピコ神父のもとを再び訪ねた。神父は昼食を終えたところだった。その顔は真っ赤だった。食事のあとはいつも動悸がするのだ。ジャンヌが入ってくるのを見るなり、神父は「どうなりましたか」と尋ねた。自分がジュリアンに話をしたことで、結果がどうなったのか気になっていたのだ。

今や覚悟を決めたジャンヌは、慎みも含羞も捨て即答した。「夫は、もう子どもは欲しくないと言っています」神父は興味津々の顔でジャンヌのほうを見た。ベッドの上での話を根掘り葉掘り聞いてやろうというわけだ。これこそが、他人の懺悔を聞く楽しみのひとつでもあった。神父は聞く。「つまり、どういうことですかな？」心を決めていたものの、いざ説明しようとするとジャンヌは口ごもった。「あの、夫が、私がおめでたになるようにはしてくれないんです」

神父には言わんとすることがわかった。彼はこうしたことには精通していた。神父は、腹をすかせた人間が目の前の食べ物にかぶりつくように、細々と正確なことを聞き出そうとした。

やがて、神父は少しだけ考え込んだ。そして今年の豊作を語るような穏やかな調子で、要点をひとつひとつ正しながら、狡猾な方策をジャンヌに伝授した。「こうなったらもう仕方がありませんな。いいですか、あなたは身ごもったふりをするんです。そうすれば、ご主人ももう警戒しないでしょう。やがて本当におめでたになるというわけです」

ジャンヌは目まで真っ赤になった。だが、すっかり覚悟を決めていたジャンヌは、さらに念を入れ、神父に質問する。「おめでたのふりをしても、夫が信じてくれなかったら、どうすれば……」

神父は、人の心を動かし、操る術《すべ》に長けていた。「そのときは、まわりの人間におめでただと話してまわる。あちこちで言いふらすんですよ。そうすれば、ご主人も最後には信じるようになるでしょう」

そして、この策略が罪にはならぬことを自分に言い聞かせるように、つけ加える。

「あなたには当然の権利があるのですよ。教会が許している男女の営みは、子孫の繁栄を目的とするものだけですからな」

ジャンヌはこの巧妙な助言に従った。二週間後、ジャンヌは夫に、どうやら妊娠したようだと告げた。ジュリアンは飛び上がって驚いた。「まさか、そんなはずない。嘘だろう」

ジャンヌは即座に、どうして妊娠したと思うのか、理由を話した。するとジュリアンは落ち着きを取り戻し、「まだ、わからないよ。もう少し様子を見よう」と言った。

以来、ジュリアンは毎朝、ジャンヌに尋ねるようになった。「どうだい」そのたびにジャンヌは答えた。「まだないの。やっぱり、きっとおめでただわ」

今度はジュリアンが心配しはじめた。ジュリアンは怒り、残念がり、驚いていた。

「わからん。まったく、わからん。どうしてそんなことになったんだか。こんなことが本当にありえるなら、喜んで縛り首になってやる」と繰り返す。

それから一カ月、ジャンヌはあちこちにおめでたを宣言してまわった。それでも、ジルベルト伯爵夫人にだけは、いろいろと思うこともあり、微妙な羞恥心もあって、この話はしなかった。

ジャンヌが妊娠をほのめかして以来、ジュリアンは彼女にふれようとしなかった。だが、そのうち怒りながらも現実を受け入れ、「ああ、欲しくもないガキができちまった」と公言するようになった。そして、再びジャンヌの寝室に来るようになったのである。

まさに神父の言ったとおりになった。やがてジャンヌは本当に妊娠したのだ。

ジャンヌは嬉しくてたまらず、敬愛する《神のようなもの》に感謝すると同時に、永遠の貞節を心に誓い、部屋の扉に鍵をかけて眠るようになった。

ジャンヌは再び、幸福に似た感情を抱くようになった。母の死の苦しみが、こんなにも簡単に癒されていくことに自分でも驚いていた。この苦しみだけは何があっても癒されることがないとさえ思っていたのだ。ところが、わずか二カ月で、生々しい傷口もふさがろうとしている。わずかにしんみりとした憂いが残っているが、これは人一生に投げかけられた心の痛みという薄布のようなものだ。もう事件や事故のようなことは起こらないだろう。子どもたちは成長し、自分を愛してくれる。自分はもう夫のことなど気にかけず、今の生活に満足して、年老いてゆく。

九月の終わり、ピコ神父が、まだ一週間分の汚れしかついていない新しい司祭服を着て、別れの挨拶にやってきた。そして、あとを引き継ぐことになったトルビアック神父を紹介する。トルビアックはまだ年若く、痩せている。とても小柄で、妙に大げさな喋り方をする。その窪んだ目は濃い隈に縁取られており、内に秘めた凶暴さを感じさせる。

ピコ老神父は、ゴデルヴィルの僧院長に任命された。

ジャンヌは彼がいなくなることを心の底から悲しんだ。人の良さそうなピコ神父の姿は、彼女にさまざまな思い出を呼び起こした。結婚式をしてくれたのもピコ神父であり、息子ポールの洗礼をしてくれたのも、母の葬儀をしてくれたのも彼だった。このエトゥヴァンの村から、太鼓腹を揺らし農場の中庭に沿って歩くピコ神父の姿が見られなくなるなんて、想像できなかった。ジャンヌは、朗らかで気取りのないピコ神父のことが好きだった。

昇進にもかかわらず、ピコ神父の顔は浮かなかった。「つらいですよ、奥様。なにしろここに十八年もいたんです。村からの収入はほとんどないし、あっても大したもんじゃない。男どもはしかるべき信心を失っているし、女たちだって、ご存じでしょう、品行方正とはほど遠い。娘たちは、おなかが目立ちはじめてから、ようやく教会にやってきて結婚するんですからね。処女を飾るオレンジの花も[6]、この村では価値がないらしい。まあ、それはしょうがない。それでも私は、この村が好きだったんですけどね」

トルビアックは、ピコ神父の話を聞いてるあいだもいら立ちを隠せず、顔を真っ赤にしている。そして急に口を開いた。「私が来たからには、ぜんぶ変えていきますよ」きれいに洗濯してあるものの、使い古された司祭服を着込み、痩せて貧相なトルビアック神父は、子どもが怒っているかのようだった。

ピコ神父は、そんなトルビアックを愉快そうに横目で見て言った。「それなら、教区民を鎖でつないでおくしかありませんな。でも、そんなことしたって、何にもなりゃしませんよ」

小柄な青年神父は乱暴な調子で応えた。「やってみなくちゃ、わかりません」ピコ神父は嗅ぎ煙草を鼻にやりながら微笑んだ。「年をとれば、あなたも落ち着くことでしょうよ。経験を積めばね。さもないと最後の信者まで教会から遠ざけることになってしまう。ここらの者も神様は信じている。ただ頭が足りん。そこを気をつけてやらねば。ちょっとばかり腹のふくらんだ娘がミサにやってくると、私はこう思うことにしている。『ははあ、この娘は、うちの教区民を一人増やしてくれそうだな』とね。そして、その娘に婿さんを探してやる。過ちを犯さないように止めようとしても無理だ。でも、相手の男を見つけ出し、その娘と結婚するよう諭すことはできる。さっさと結婚させてやればいいんですよ。結婚させればそれでいい。それだけでいいんです」

新任の神父は、つっけんどんに答えた。「どうも、意見が合わないようですな。もうよしとしましょう」ピコ神父は、また村への愛着を語りだした。自宅の窓から見える海や、遠くに船が過ぎるのを見ながら聖務日課を唱えた、すり鉢状の谷間など、彼には別れがたい風景なのだ。

6　キリスト教において、オレンジの花は処女性の象徴とされる。

やがて二人の神父は腰を上げた。老神父に抱き寄せられ、ジャンヌは思わず泣きそうになった。

一週間後、トルビアック神父が再びジャンヌのもとを訪れた。彼は、まるで王位を受け継いだばかりの皇太子のように、この教区の改革計画について語った。さらに、子爵夫人であるジャンヌに、日曜日のミサには必ず参列し、祝祭の際には聖体拝受を欠かさぬようにと頼み込んだ。「奥様と私こそが、この村の長でございます。この村を導き、常に皆の模範とならねばなりません。私たちは手を結び、力を合わせ、皆の尊敬を集めていかねばならないのです。教会と子爵家が手を結べば、農民たちは私たちを恐れ、従うに違いありません」

ジャンヌにとって信仰とは、感情がすべてだった。女性にありがちな、ふわふわとした信仰心なのだ。日々のお勤めを辛うじてこなしているのは、単に修道院で教え込まれた習慣に従っているだけであり、父である男爵の反宗教的な教育によって、神学的な理念などとうの昔に失っていたのだ。

ピコ神父は、ジャンヌが最小限の義務を果たせばそれで満足し、彼女を叱咤することはなかった。だが後任の神父は、前の週の日曜日にジャンヌがミサに顔を出さなかったので心配になり、厳しい顔で彼女のもとへと駆けつけたのだ。

教会と離別するつもりはなかったので、ジャンヌはミサに出ることを約束した。おつきあいだけでも、それから数週間ぐらいは熱心なふりをしておこうと思ったのだ。だが、やがてジャンヌは教会に行くのが習慣となり、この潔癖で支配欲の強い、痩身の神父に影響を受けるようになった。神秘主義に傾倒するトルビアックは、その勢いと情熱でジャンヌの心を動かしたのだ。女性の魂には、信仰へとつながる詩的な琴線があり、彼はまさにジャンヌの心の琴線を震わせたのだ。妥協のない厳格さ、俗世間や性風俗への軽蔑、人間的な悩みへの嫌悪、神への愛、まだ経験を積んでいない若さや未熟さ、堅苦しい言葉遣いや、たゆまぬ強い意志。彼のそんな部分が、ジャンヌには殉教者のようにさえ見えた。ジャンヌは彼に惹きつけられた。すでに諦めの境地に達していたものの、いまだ苦しんでいたジャンヌは、神の使徒である青年神父の頑なな狂信に惹かれたのである。

神父は、ジャンヌをキリストの慰めへと導き、神を信じる喜びがすべての辛苦を癒してゆく過程を示そうとした。わずか十五歳ぐらいにしか見えない青年神父を前に、ジャンヌは自分が子どものような、かよわい存在だと感じ、慎ましやかな気持ちになって、懺悔室で跪《ひざまず》いた。

だが、若き神父は、やがて村じゅうから嫌われるようになった。

常に自分に厳しい神父は、他人に対してもまったく容赦がなかった。特に、色恋沙汰は彼を怒らせ、ぞっとさせるものだった。説教のときには無遠慮な言葉、といっても聖職者ならではの言葉を使って、こうした肉欲への怒りを雷鳴のような声調で村の農民たちに向かってぶちまけるのだ。怒っているうちに、腹立たしく忘れられない光景が脳裏によみがえってくるのだろう、ついには身を震わせ、地団駄を踏みはじめる。そんな彼を前に、教会につどう若き男女は何か言いたげな視線を交わし合う。色恋沙汰を冗談の種にしている農民たちも、ミサが終わり帰る道すがら、青い作業着の息子や黒いマントを着た妻を相手に、若き神父の不寛容な態度を非難した。こうして、村じゅうが不満をつのらせていった。

懺悔室での厳しい態度や、神父が強要する贖罪《しょくざい》のための苦行について、人々は小声で文句を言い合っていた。神父が処女の純潔を失った娘への赦免を拒否すると、嘲笑の声が聞かれるようになった。祝祭の日のミサで、ほかの人たちが聖体拝受に席を立っても、若者たちが座ったままでいたときには、笑い声が起こった。

やがて神父は、森番が密猟者を取り締まるように、若い男女を監視し、逢引を邪魔するようになった。月の明るい晩には、側溝の端や納屋の陰、ハリエニシダの茂る小さな斜面から恋人たちを追い立ててまわった。

あるとき、神父が現れても、離れようとしない男女がいた。二人は互いの腰に腕をまわし、口づけを交わしながら石ころだらけの窪地を歩いていた。

神父は叫んだ。「いいかげんにしろ、この不良！」

すると男のほうが振り向き、叫び返した。「放っておいてくれ、神父さん。あんたにゃ、関係ねえだろ」

神父は石を拾い、犬を追い払うときのように、その男女に投げつけた。

二人は笑いながら逃げていった。次の日曜日、神父は、教会のミサでこの二人を名指しで非難した。

村の青年は誰一人、ミサに行かなくなった。

神父は、毎週木曜日にレ・プープルの屋敷で夕食をとり、そのほかの日にもジャンヌと話をするため、しばしば屋敷を訪れた。ジャンヌは神父と同じように夢中になって、神秘的な現象について語り合ったり、古《いにしえ》より宗教的な論争のもとになってきた複雑な事象について議論を楽しんだ。

かつて男爵夫人が散歩したあの並木道を連れ立って歩き、まるで実際に会ったことがあるかのように、キリストや使徒、聖母や聖職者たちのことを話した。ときには、難しい問題について立ち止まって議論することもあった。そうするうちに、二人とも神秘的な思いにすっかり夢中になってしまうのだ。ジャンヌは、詩的な発想に我を失い、花火のように空に向かって飛んでいきそうな勢いであった。若き神父はというと、彼女よりも正確さを重視し、円積問題[7]を数学的に証明しようとする偏執狂的な代訴人のように理詰めで議論に興じるのであった。

ジュリアンは、トルビアック神父のことを大いに尊敬し、何かといえば「あの人はいいね。妥協がなくていい」と言っていた。ジュリアンは懺悔を行い、聖体拝受にも進んで出かけ、模範的な態度を示していた。

ジュリアンは毎日のようにフルヴィル家に出かけていた。もはやジュリアンは、伯爵にとってなくてはならない存在となっていた。ジュリアンは伯爵と狩猟に出かけたり、雨が降ろうが、嵐になろうが、伯爵夫人と馬で遠乗りに出かけたりしていた。

「あの二人は、馬のことになると見境がなくなるんだ。でも、妻にはいいことのようだね」と伯爵は言っていた。

十一月半ばに、ジャンヌの父がレ・プープルの屋敷に戻ってきた。老け込み、元気をなくし、魂の奥底まで忍び込んだ暗い悲しみに沈み、男爵はもはや、これまでの男爵ではなかった。暗く孤独な数カ月を過ごしたせいで、家族愛や信頼、やさしさが恋しくなったのだろう。愛娘ジャンヌに対する男爵の愛情はさらに深まったかのようだった。

だが、ジャンヌは父に、最近考えるようになったこと、トルビアック神父と親しくなったこと、熱烈な信仰心をもつようになったことなどは打ち明けずにおいた。それでも男爵は、一目見るなり、トルビアックに敵意を抱いたようだった。

ある晩、ジャンヌは父に「あの方をどうお思いになる?」と聞いてみた。男爵は「あの男は異端糾問者だ。あれは、きっと危険人物だ」と答えた。

やがて、親しくしている農民たちから、神父の厳格さ、一方的な態度、そして人間本来の性質や自然界の法則に対して冒瀆《ぼうとく》するような言動を行っていることを聞き、つ

7 任意の円と同じ面積の正方形を作図する問題。成立不可能であることが十九世紀に証明された。

いには憎しみを抱くようになった。

男爵は古き良き啓蒙思想の信奉者で、自然を愛し、動物たちが番《つが》っているのを見れば目を細め、ある種、汎神論的な神こそ信じるものの、いわゆるカソリック的な教義には反抗心を燃やすタイプの人間であった。彼にとって、こうしたカソリックの信仰は、ブルジョワに媚び、偽善的な怒りを掲げ、暴君のように報復を与えるもの、つまり創造の妙を矮小化するものでしかない。本来、創造とは、人間にはわずかに垣間見ることしかできない、宿命的で際限なく大きな力をもつものであり、命、光、大地、思考、植物、岩石、人間、空気、動物、星、神、昆虫などありとあらゆるものに姿を変え、いつでもそこにあるものなのだ。神、つまり創造主とは創造するからこそ創造主なのであり、それは意志や理性を超えた力なのだ。限りなく広がる宇宙に、何かの目的や理由があるわけでもなく、あらゆる方向、あらゆる形で、数限りなく創造するということ。偶発的な必然性に従い、地球を照らす太陽などの恒星たちに引き寄せられるように、この世界が創造されたということ。それこそが、男爵の考える創造なのだ。

すべての萌芽は、創造のなかに内包されており、樹木に花が咲き、果実が実るように、思想や命が育つ。

つまり、男爵にとって、生殖は大いなる自然の法則であり、宇宙的な「大いなる存在」の漠とした、だが確固たる意志を実現するために必要な行為、尊く神聖な行為なのだ。かくして男爵は、農場から農場へと、不寛容で生命の冒瀆者であるこの神父への批判を熱心に説いてまわった。

困ったジャンヌは神に祈り、父をなだめようとした。だが、父の答えはいつも同じだった。「ああいう連中は野放しにしておいちゃいかん。ああいう連中と闘うことは、我々の権利であり、義務なんだ。あれは人道的に許せない」男爵は長く伸ばした白髪頭を揺さぶり、さらに繰り返す。「人間としておかしいじゃないか。あいつらは何もわかっていない。まったく何もわかっちゃいない。あいつらは、因果な夢の世界で暮らしてるだけなんだ。肉体を否定するなんて間違っている」そして呪いの言葉のように繰り返す。「肉体を否定するなんて許せん！」

神父は男爵の敵意を感じ取っていた。だが、あの屋敷と若き子爵夫人を意のままに操りたいという思いから、完全な勝利が確実になるまで時機を待っていたのだ。

さらにもうひとつ、彼には以前から気になっていることがあった。ふとしたことから、ジルベルト伯爵夫人とジュリアンの不倫関係を知り、なんとしてでも二人の仲を引き裂いてやろうと企んでいたのだ。

ある日、トルビアック神父がジャンヌに会いにやってきた。そして、神秘について長々と語りあった後、自分と手を組み、家族のなかにある悪と闘い、悪を打ち負かそうではないか、危機に瀕している二人の魂を救おうではないかともちかけた。ジャンヌはわけがわからず、どういうことかと尋ねた。神父は「時期尚早ですね。近いうちにまた来ます」と答え、そそくさと帰っていった。

冬が終わろうとしていた。農民たちは、その年の冬を「腐ったような冬」と言っていた。妙に生暖かく、湿った冬だった。

数日後、神父はまたやってきて、直截《ちょくせつ》的な言葉を避けながらも、人々の模範となるべき人たちが不名誉な関係をもっている、と語りはじめた。そして、周囲の人間はそれを知ってしまった以上、手を尽くして、その関係に終止符を打たせるべきなのだと説いた。さらに高尚な話をしばらく続け、最後にはジャンヌの手をとり、どうか目を開いてください、どうか私の考えを理解し、手を貸してくださいと懇願した。

今度ばかりはジャンヌも神父の言わんとすることを理解した。だが、ようやく穏やかになった家のなかに再び波風を立てるなんて、想像しただけでぞっとするものがあり、黙り込んでしまった。ジャンヌは、話がわからないふりをして通そうとした。そこで、神父も言葉を選んでいられなくなり、はっきりと切り出した。

「確かに、これからしようとしていることは、つらいことでしょう。でも、そうせざるをえないのです。子爵夫人、あなたは過ちを阻止することもできるのに、目の前で行われている過ちを見て見ぬふりで通そうとしている。私は神に仕える者として、そんなことを許すわけにはいかないんです。あなただって、ご主人がフルヴィル伯爵夫人と不埒《ふらち》な関係にあることは、ご存じでしょう」

もう逃れられないとジャンヌは諦め、無力な思いでうつむいた。

神父は続ける。「で、あなたはどうなさるおつもりなんですか」

ジャンヌは口ごもった。「では、神父様、私にどうしろとおっしゃるんですか」

神父は激しい口調で答えた。「罪深き情欲に溺れた二人の仲を引き裂くべきです」

ジャンヌは泣き出してしまった。悲痛な声で続ける。「夫は以前にも女中とそういう仲になったことがあるんです。そもそも夫は私の言うことを聞こうとしません。夫はもう私のことなど愛していないのです。自分に不都合なことを私がすると、すぐに邪険にするんです。私に何ができるというのですか」

神父は、ジャンヌの問いに直接答えようとはせず、声を荒《あら》げた。「だからといって、ひきさがるんですか。諦めるんですか。認めてしまうんですか。同じ屋根の下で不倫が行われている。それを許してしまうんですか。目の前で罪を犯している人がいるというのに！　そこから目をそらすんですか。あなたは妻なんでしょう？　信者なんでしょう？　母なのでしょう？」

ジャンヌはしゃくりあげた。「私にどうしろと言うんですか」

「何でもいいから行動しなさい。何をするにしろ、このまま罪悪を許しておくよりはましですよ。ご主人と別れなさい。この穢《けが》れた家を出ていくんです」

「でも神父様、私にはお金がないんです。それに、もはやそんな勇気もありません。何の証拠もないのに、どうしてこの家を出ていくことができるでしょう。そんなことできません」

神父は、身を震わせて立ち上がった。「何を弱気なことを言っているんですか。奥様、私はあなたを見損ないました。あなたは神の慈悲に値しない人ですね」

ジャンヌは床に崩れ落ちた。「お願いです。見捨てないでください。力を貸してください」

神父はぶっきらぼうな声で言った。「フルヴィル伯爵に教えてやりなさい。あの人なら、二人の関係を断ち切ることができるでしょう」

想像しただけで、ジャンヌはぞっとした。「そんなことをしたら、あの方は二人を殺すでしょう。神父様、私が告げ口をしたことになります。そんなの無理です。それだけはできません」

神父は怒りで我を失い、ジャンヌを呪うかのように片手をあげた。「それなら、恥辱にまみれ、罪人《つみびと》のままでいればいい。あなたは、ご主人たちよりも罪深いのだ。夫を咎めることもできないとは、やさしい奥様ですな。もう二度とここには参りません」

怒りのあまり全身をぶるぶる震わせながら、神父は帰っていった。

ジャンヌは呆然としてあとを追った。もはや、神父の言うとおりにしてもいい、約束してもいいと言うつもりだった。だが、神父は屈辱に身を震わせ、怒りにまかせて、背の高さほどもあろうかという青い傘を振り回しながら大股で歩み去っていく。

ジュリアンが柵の近くに立ち、木の剪定を指示しているのが目に入った。そこで神父は左に折れ、クイヤールの農場を横切ることにした。あとを追うジャンヌに「もういいかげんにしてください。これ以上、お話することはありません」と繰り返しながら、歩いて行く。

ちょうど神父の視線の先、中庭の中央に人だかりがしていた。子どもたちや使用人、近所の人たちが、ミルザの犬小屋を取り囲み、緊張した面持ちで無言のまま何かに見入っている。人垣の真ん中では、男爵が背中で手を組み、好奇心たっぷりの顔で何かを見ている。まるで学校の先生のようだ。だが、神父は遠目に男爵を見るなり、彼を避けようとした。会って挨拶をしたり、話をしたりするのが嫌だったのだ。

ジャンヌは必死に懇願した。「お願いです。何日か考えさせてください。数日後にまたいらしてください。自分に何ができるか、何が用意できるか、それまでにお話できるようにしますから。相談にのってくださいまし」

神父とジャンヌは、子どもたちが集まっているところまでやってきた。神父は、皆が何を見ているのか気になり、ふと目をやる。雌犬が子どもを産んでいる最中だった。犬小屋の前では、五匹ほどの子犬がうごめいている。母犬は苦しげに地面に横になり、先に生まれた子犬たちをやさしくなめてやっている。神父が覗き込んだまさにその瞬間、母犬は身体を強張らせて大きく伸び、六匹目の子犬をこの世に送り出した。取り囲んだ子どもたちは皆、大喜びで手を打ち、口々に叫んだ。「また生まれた。また出てきたよ！」子どもたちにとっては、これも娯楽なのだ。なんの不純もない、ごく自然な娯楽なのだ。リンゴが落ちるのを見るように、無邪気に見入っている。

トルビアック神父はあっけにとられて足を止め、次の瞬間、自分ではどうしようもないほど怒りがこみあげてきた。彼はもっていた傘を振り上げると、取り囲んでいた子どもたちの頭めがけて力いっぱい振り下ろした。驚いた子どもたちは、全速力で逃げていく。神父の目の前では、出産で疲れ果てた母犬がよろよろと立ち上がろうとしていた。だが、神父は母犬が立ち上がる前に行動に出た。無我夢中で腕をめいっぱいしならせ、傘で母犬を殴りだしたのだ。鎖につながれているので犬は逃げることもできず、攻撃から逃れようとのたうちまわり、身の毛もよだつような悲鳴をあげている。ついに傘が壊れた。神父は傘を捨て、犬の上に飛び乗り、必死の形相で犬を踏みつけ、踏み砕き、踏みつぶそうとした。踏みつけられた拍子に母犬の胎《はら》から最後の一匹が飛び出してきた。それでも神父は、血まみれでもがく母犬に踵で最後の一撃をくわえ、ついに息の根を止めた。母犬のまわりでは、まだ目も開かず、歩くことさえできない子犬たちがくんくんと鼻を鳴らし、母の乳房を求めている。

ジャンヌはとうに逃げ出している。だがそのとき、神父の襟首をつかむ者がいた。あまりの勢いに三角帽子が飛ぶ。憤怒にかられた男爵が、神父の襟首をつかんで柵のところまで引きずっていき、道路へと投げ出したのだ。

男爵が振り向くと、戻ってきたジャンヌが泣きながら地面に膝をつき、子犬たちをスカートに抱き上げようとしていた。男爵は大げさに手を振りながら、ずんずんとジャンヌに歩み寄り、大声で言った。「ほらほら、あれが僧衣の人間のやることだ。これでやつの正体がわかっただろう！」

農民たちが駆け寄ってきた。皆、雌犬の無残な姿に目をやる。クイヤールの妻が言った。「なんて、野蛮なやつだろうね！」

ジャンヌは七匹の子犬を拾い上げ、自分で育てると言い出した。

乳を飲ませようとしたが、七匹のうち三匹は翌日に死んだ。そこでシモン爺さんが周辺の村を訪ねまわり、乳の出る雌犬を探そうとした。犬は見つからない。だが爺さんは、これでも大丈夫だと言って雌猫を連れてきた。さらにもう三匹も死んでしまっていたので、残った最後の一匹が、この種族の異なる乳母役に託された。母猫は子犬を即座に受け入れ、すぐそばに横たわると乳房を差し出した。

養母となった猫も体力には限りがあるので、一週間後には子犬を母猫から引き離した。それ以降は、ジャンヌが哺乳瓶で子犬に乳をやることになった。ジャンヌは子犬をトトと名づけたが、男爵は有無を言わさず、これをマサックル［虐殺］と改名させた。

その後、神父が屋敷を訪れることはなかった。だが、彼は次の日曜日のミサで、説教用の壇上からジャンヌたち一家に対して呪詛とも脅迫ともとれる言葉を投げかけ、荒療治が必要だ、男爵を破門にすると宣言した。ところが、男爵は神父の怒りを楽しんでいるようだった。神父はさらに、新たに始まったジュリアンの色恋沙汰をほのめかしたが、それでも直截的な表現は避けていた。ジュリアンは憤慨していたが、ことを荒立てるのを恐れ、表立って抗議はしなかった。

すると神父は説教に立つたびに、神の審判が下される日は近い、自分に逆らう罪人《つみびと》たちにはやがて罰が下ると言い、一家への復讐を宣言するのだった。

ジュリアンは大司教にあて、恭《うやうや》しい言葉遣いながらも、トルビアック神父を強く糾弾する手紙を書き送った。神父は、大司教から左遷を迫られ、ようやく口をつぐんだ。

村人たちは、神父が興奮した様子で、何時間もすたすたと一人きりで歩き回っている姿を見かけるようになった。ジルベルト伯爵夫人とジュリアンも馬で遠乗りをするたびに、神父の姿を目にするようになった。あるときは野原のはるか向こう、またあるときは断崖の突端に黒い点のように佇む神父を見かけた。渓谷に下りていこうとすると、祈禱書を読む神父の姿に出くわすこともあった。こんなとき彼らは手綱を返し、神父に会うことを避けるのだった。

春が来ていた。春の訪れとともに、彼らの不実な恋は燃え盛り、馬乗りの最中に物陰を見つけては、今日はここ、明日は別のところと、毎日のように抱擁を重ねていた。木の葉はまだ視線を遮るほど茂っておらず、下草も湿っていたし、夏の盛りのように雑木林の奥まで入り込むこともできなかった。だが、ちょうどヴォーコットの丘のてっぺんに羊飼いの所有する移動小屋があり、昨秋より使わないままになっていた。ここで二人は密かに抱擁するようになったのだ。

その小屋は、断崖から五百メートルほど離れた、ちょうど谷間の急斜面が始まるあたりにあり、まわりには他に家もない。小屋には移動用の車輪がついている。ここなら、誰かが来てもすぐにわかる。というのも、この小屋は野原を見渡す位置にあるからだ。梶棒につながれた二頭の馬は、主人たちが愛撫に飽きるまでじっと待っている。

ところが、ある日、この小屋を出たところで、二人は、斜面のハリエニシダの茂みに身を隠すように座っているトルビアック神父の姿を見つけた。「馬は窪地に置いてきたほうがいいな。遠くからでも、ここにいるのがわかってしまう」とジュリアンが言った。以来、二人は茨の茂る谷間に馬をつないでおくようになった。

また別のある晩、ジュリアンと伯爵夫人は、ラ・ヴリエットにある伯爵家の屋敷に連れ立って帰ってきた。その日は、伯爵と一緒に夕食をとることになっていたのだ。二人が城に到着すると、ちょうどなかからトルビアック神父が出てきた。神父は身を寄せて二人に道を譲ったものの、目を合わせようとせず、そそくさと挨拶しただけだった。

二人は不安になったが、やがてその不安も忘れてしまった。

だが、そんなある日の午後（五月の初めのことだった）、風が強いのでジャンヌは暖炉のそばで本を読んでいた。ふと目をあげると、フルヴィル伯爵が徒歩でこちらに向かってくるのが見えた。急ぎ足の様子から、ジャンヌは何か悪いことが起こったのだと感じ取った。

そこで、ジャンヌも急いで階下に向かい、伯爵を出迎えた。ジャンヌの前に現れた伯爵は、尋常ではない形相をしていた。普段使いの大きな毛皮の帽子をかぶり、狩猟用の服を着ている。顔色は見たことがないほど青ざめ、いつもなら日に焼けた肌のせいでほとんど目立たない赤褐色の口髭が、まるで炎のように浮き上がって見える。目は血走り、もはや何も考えられないと言わんばかりに、落ち着きを失っている。

伯爵は声をつまらせながら尋ねた。「うちの妻がお邪魔しているはずですよね」ジャンヌは、呆然としたまま答えた。「いいえ、今日は一度もお目にかかっておりませんが」

すると伯爵は足が折れでもしたかのように、がっくりと膝をついた。帽子を脱ぎ、うわの空のまま、ハンカチで何度も額をぬぐう。やがて、とつぜん立ち上がると両腕を広げ、ジャンヌに歩み寄ってきた。口を開き、身の毛もよだつような苦しみを告白しようとしているようだった。だが伯爵は足を止め、ジャンヌをじっと見つめると、うわ言のようにつぶやいた。「ああ、でも、あなたの夫なのだった。そうだ、あなただって……」次の瞬間、彼は海の方向へと走り去った。

ジャンヌは彼を引きとめようと走った。名前を呼び、頼むからと懇願しながら走った。恐怖で心が張り裂けそうだった。そして思う。「あの方は何もかも知ってしまったのだ。どうするつもりなのかしら。どうか、二人があの方に見つかりませんように！」

走っても、ジャンヌは伯爵に追いつくことができなかった。伯爵の耳にジャンヌの声は届かない。伯爵は何の躊躇もなく、はっきりとした目標に向かって進んでいた。巨人のような足取りで溝を越え、ハリエニシダを跨ぎ、伯爵は断崖に到着した。ジャンヌは木々の茂る斜面に足を止め、長いあいだ伯爵の姿を目で追っていたが、ついにその姿が見えなくなると、苦しい不安を抱えたまま屋敷に戻った。

伯爵は断崖につきあたると、そこから右に折れ、ついに走り出した。荒れた海が断崖に押し寄せている。大きく真っ黒な雲がとんでもない速さでやってきては通り過ぎていくが、すぐに次の雲がくる。黒い雲のひとつひとつから、怒りをこめた激しい雨が海へと降り注ぐ。風は鋭い音を響かせたかと思うと、低いうなり声をあげ、草を寝かせ、若い作物をなぎ倒し、大きな白い鳥を泡のように吹き飛ばして遠い陸地へと運んでいく。

降り続く雨は伯爵の顔を打ち、頬や髭を濡らす。髭にも雨がしたたる。耳は雨音で何も聞こえず、心は乱れて何も考えられない。

伯爵の目の前、視線の先にヴォーコットの峡谷が深々と口を広げている。羊のいない放牧場が広がり、その脇には羊飼い用の移動小屋がぽつんとあるだけだ。小屋の梶棒には、二頭の馬がつながれていた。この悪天候なら人目をはばかる必要もないと、二人は考えたのだろう。

馬の姿を目にした伯爵は即座に地面に伏せ、四つんばいになって進んでいった。泥に汚れた巨体に、獣の毛皮をかぶったその姿は、なにやら怪物のようだった。伯爵は、ぽつりと置かれた移動小屋までたどりつくと、板の隙間から見られることのないよう小屋の下に潜りこんだ。

伯爵の姿を見つけ、馬たちが暴れだした。伯爵は開いたまま握っていた折り畳みナイフで、馬の手綱をそっと切断した。そこに突風が巻き起こり、木造の小屋の斜めになった屋根に雹《ひょう》が打ちつけ、車輪のついた小屋を揺らしたので、馬たちは驚いて走り出した。

伯爵は膝立ちになると、扉の下に目を押しつけるようにして、なかをそっと覗き込んだ。

伯爵はそのまま動かない。ただじっと待っているようだった。かなりの時間が過ぎた。とつぜん、伯爵が全身泥だらけのまま立ち上がった。そして、扉の外についている差し錠をぐっと押して締め、移動用の梶棒を握ったかと思うと、まるでこの小屋を粉砕しようとしているかのような激しさで揺さぶりはじめる。次に、二本の梶棒のあいだに入ると、息をはずませ、必死の思いで巨体をかがめながら牛のように小屋を引きはじめた。移動小屋は、なかに二人を閉じ込めたまま、急斜面へと運ばれていった。

なかの二人は何が起こったのかわからず、ひたすら悲鳴をあげ、必死になって拳で壁を叩いている。

斜面の上までくると、伯爵はこの粗末な小屋から手を放した。移動小屋は急斜面を転げ落ちていく。

小屋は動物のように跳ね上がり、蹴躓《けつまず》いたり、梶棒を地面にぶつけたりしながら、徐々に速度を増し、とんでもない勢いで転げ落ちていった。

穴のなかにうずくまって雨をしのいでいた年寄り乞食は、頭上を小屋がすっ飛んでいくのを目にし、小屋のなかから響く、この世のものとは思えない悲鳴を耳にした。

衝撃で片側の車輪がとつぜんはずれ、小屋は横倒しになった。それでもまだ、ボールのように転がり続ける。まるで地面から引き抜かれた家が、山のてっぺんから斜面を転がり落ちていくかのようだった。やがて、谷の縁《ふち》までくると、移動小屋は弧を描いて跳ね上がる。そのままはるか眼下の谷底へと落ち、割れた卵のように砕け散った。

さきほどから転げ落ちるさまを見ていた年寄り乞食は、岩だらけの谷底で小屋が砕け散るのを見届け、茨のあいだをよちよちと下っていった。だが、農民ならではの慎重さから、壊れた小屋には近寄ろうとはせず、そのまま近くの農場まで下りていって、ことのさまを知らせた。

人々は谷底に駆けつけた。小屋の残骸をどけると、死体がふたつ出てきた。どちらも損傷が激しく、血だらけだった。男の死体は額が割れ、顔がつぶれていた。女性の遺体も衝撃のあまり顎がはずれ、垂れ下がっていた。何カ所も骨折した足は、もはや骨がないかのように、ぐにゃりとしていた。

それでも、誰の死体かはすぐにわかった。人々は、どうしてこんな不幸が起こったのか、あれこれと口にしはじめた。

ある女が言った。「あの小屋で何をしてたのかねえ」さきほどの年寄り乞食が、たぶん嵐を避けて小屋に逃げこんだところ、突風にあおられて小屋ごとひっくり返り、斜面を転げ落ちたのだろうと説明した。実は彼自身、あの小屋で雨宿りしようと思ったのだが、馬がつながれているのを見て、先客の存在に気づいたというのだ。

「先に人がいなければ、わしがこうなっていたかもしれん」老人はほっとしたようにつけ加えた。「そのほうがよかったかもね」と誰かが言った。老人は激怒した。「なんで、そのほうがよかったんかね。わしが貧しいからか、こいつらが金持ちだからか」老人の粗末な服からは水が滴っていた。髭はもつれ、てっぺんの抜けた帽子からは長い髪が垂れ下がっていた。「でも、こいつらのこのざまを見てみろってんだ」老人は身を震わせ、曲がった杖の先でふたつの死体を指した。「死んだら誰でも同じこと。神の前では皆、平等なんだぞ」

やがて、ほかの農民たちもやってきた。皆、ちらりと死体を覗き込む。その眼差しには、不安や、ずるさ、怯え、利己的な思いや、臆病さが浮かんでいた。やがて、この死体をどうしようかということになった。人々は、死体をそれぞれの屋敷に運ぶことにした。多少はお礼がもらえるだろうと見込んだのだ。馬車が二台用意された。だが、そこで難題にぶつかった。馬車の床に藁を敷けば充分だと言う者と、死者への礼儀もあることだし、マットレスを使うほうがいいのではないかと言う者がいて、意見が分かれたのだ。

さきほどから喋っていた女がここでも口を挟んだ。「でも、こんだけ血だらけだったら、マットレスを塩で洗わなきゃならなくなるよ」

すると正面にいた男がうれしそうに応じた。「そしたら、マットレス代ももらえるだろうよ。手間かけるほど、お礼もがっぽりだ」こうして話がまとまった。

かくして、荷台が高い位置についた、スプリングのない馬車が二台、速足で出発した。一台は右に折れ、もう一台は左に行く。馬車が深い轍《わだち》に車輪をとられるたびに、荷台では遺体が上下左右に大きく揺れる。かつて抱擁しあっていたふたつの肉体は、もう二度と相見《あいまみ》えることもない。

伯爵は、移動小屋が急勾配を転げ落ちていくのを見るなり、暴風雨のなかを全速力で逃げ出した。道を渡り、崖を飛び越え、垣根を踏み抜きながら、何時間も走り続けた。そして、自分でも何が何だかわからないままに、夕方、家に帰り着いた。

怯えた顔の使用人たちが主人を出迎え、二頭の馬が空の鞍をつけたまま戻ってきたことを告げた。ジュリアンの馬も、もう一頭についてきたのだろう。

その言葉に、伯爵はよろめいた。そして、かすれた声で「何か事故があったのかもしれない。皆で探しに行ってくれ」と告げた。

伯爵自身も二人を探しに出た。だが、人目がなくなると、茨に隠れて道をじっと見つめた。死体か、瀕死の状態か、生涯不随の身となるのか、目も当てられないような醜い姿になっているのか、いずれにしろ、彼が獣のような激しさで愛する妻は、やがてこの道を運ばれてくるはずだった。

しばらくすると、妙な荷を積んだ馬車が彼の前を通り過ぎた。

馬車は城門の前に停まり、やがてなかに入っていった。あれだ。私の妻があそこに。だが苦悩のあまり、伯爵は動けなかった。おぞましい真実を知るのが、どうしても怖かった。伯爵は野ウサギのように、わずかな物音にもびくびくしながら身を縮め、動けずにいた。

一時間、いや二時間待っただろうか。馬車は出てこない。きっと妻は死んだのだ。だが、妻の姿を見ること、妻の目を見ることを想像すると怖くてたまらなくなった。だが、もし隠れているところを見つかれば、おぞましい対面の待つ屋敷に帰らざるをえなくなる。そこで、彼は森のさらに奥へと逃げ出した。やがて、ふと、もしかすると妻は助けを必要としているのかもしれない、手当てをしてくれる者がいなくて困っているのかもしれないという思いがよぎった。そのとたん、伯爵は屋敷への道を必死の思いで走り出していた。

城に入ったところで庭師に出くわし、伯爵は大声で尋ねた。「おい、どうだ」庭師は答えない。伯爵は、吠えるような声で尋ねた。「おい、死んだのか」庭師は小さな声で答えた。「はい、伯爵様」

伯爵は安堵した。その瞬間、血流にも、震える筋肉にも、落ち着きが戻ってきた。伯爵はしっかりとした足取りで、自邸へと続く大きな石段を昇っていった。

もう一台の馬車はレ・プープルに着いた。ジャンヌは遠くから馬車を目にし、荷台にマットレスがあるのを見るなり、遺体の存在に気づき、すべてを理解した。あまりの衝撃にジャンヌは気を失い、崩れ落ちた。

気がつくと、男爵が彼女の頭を支え、こめかみを酢で湿らせているところだった。男爵はためらいがちに尋ねた。「知っているんだね」ジャンヌはつぶやいた。「ええ、お父様」。だが立ち上がろうとしたジャンヌは、激痛を覚え、そのまま倒れてしまった。

その日の晩、ジャンヌは子を産んだ。死産だった。女の子だ。

ジャンヌはジュリアンの葬儀に出なかった。ジャンヌは何も知らない。ただ、翌日か翌々日あたりに、ふと気がつくと、リゾン叔母が来ていた。高熱による悪夢が続くなか、ジャンヌは、リゾン叔母がこの前レ・プープルからいなくなったのはいつだったか、何のとき、どんな事情だったのか、必死になって思い出そうとしていた。だが、どうしても思い出せない。熱のない平静なときでも、思い出せないのだ。それでも、母の死のあとにも、叔母がここに来たことがあるのだけは覚えていた。

11

ジャンヌは、三カ月のあいだ自室から出てこなかった。すっかり衰弱し、顔色も青白いことから、人々は彼女が危篤状態にあるのではないかと思い込み、口々に噂した。それでも、ジャンヌは少しずつ元気を取り戻していった。男爵とリゾン叔母は、レ・プープルに腰を落ち着け、つきっきりでジャンヌの世話をした。死産をして以来、ジャンヌは精神を病むようになった。わずかな物音にも気を失い、ちょっとしたことで昏睡状態に陥ってしまうのだ。

ジャンヌは、ジュリアンの死について詳しい話を聞こうとはしなかった。そんなことはどうでもいい。もうわかりすぎるぐらいわかっている。誰もが事故だと信じて疑わなかったが、ジャンヌにはわかっていた。ジャンヌは胸のうちに真実をしまいこみ、それゆえに苦しんでいた。伯爵夫人とジュリアンの関係を知り、激情にかられた伯爵が突然訪ねて来たあの日、悲劇は起こったのだ。

もはやジャンヌの心の奥深くにあるのは、かつて夫が与えてくれた、短い愛の歓びの無邪気で甘くせつない思い出ばかりであった。思いがけない記憶がよみがえり、不意を突かれて身震いする。思い出すのは、婚約していたころのジュリアンの姿。そして、わずかなあいだとはいえ、コルシカ島の照りつける太陽のもとで情熱が芽生えたあのころに、愛した夫の姿だった。ジュリアンの短所も今となっては大したことのないものに思われる。墓が閉ざされ、すべてが過去のことになった今となっては、つらい仕打ちや、浮気についても恨む気にはなれない。自分を抱きしめてくれた夫に対し、今さらながら感謝の気持ちすら抱くようになり、過去の苦しみは忘れ、楽しかったことだけ覚えていようと思うのだった。やがて時は流れ、月日を重ねるうちに、忘却という埃が思い出や苦しみのうえにうっすらと降り積もっていく。ジャンヌはいつしかすべてを忘れ、息子のポールだけが生き甲斐になっていた。

今や、ジャンヌ、男爵、リゾン叔母の三人は、ポールを信仰の対象のように崇め奉り、常に彼のことだけを考え、彼を中心に暮らしていた。ポールは暴君として屋敷を支配していたのだ。ポールに仕える三人のあいだには、嫉妬のような感情さえ生まれていた。男爵がポールを膝の上にのせて乗馬ごっこで遊んだあと、派手なキスをしているのを見ると、ジャンヌは心中穏やかではなかった。これまで皆から認めてもらえなかったリゾン叔母は、まだ言葉すら話せないポールからも相手にされず、ついには使用人と同じ扱いを受けるようになり、自室でこっそり涙していた。なにしろ、母であるジャンヌや、祖父の男爵にはしっかりと抱きつくのに、自分はわずかなふれあいを求め、ようやくさわらせてもらえるような状態なのだから。

ただただ子どものことだけを気遣い、何の事件もなく、穏やかな二年が過ぎた。三度目の冬、春がくるまでルーアンで暮らすことに決め、一家で引越した。だが、いざ暮らしはじめてみると、ルーアンの古びた屋敷は荒れ果て、じめじめしており、ポールが気管支炎を起こしてしまった。病状は重く、肋膜炎になるのではないかと心配されたほどだ。三人の保護者は、この子にはレ・プープルの空気が必要なのだと思うようになった。そして、気管支炎が治り次第、ポールを連れてレ・プープルに戻ってきたのだ。

こうして、単調で穏やかな年月が過ぎるようになった。

子ども部屋、サロン、庭と場所を変えながらも、三人はいつもポールを中心にして一緒にいた。そして、ポールのちょっとしたたわ言や、面白い表情やしぐさを見せるたびに大騒ぎするのが日課だった。

ジャンヌは愛情をこめ、息子をポーレと呼んでいたが、当の本人はこれがうまく発音できず、プーレ［鶏のこと］と言う。それだけで、大人たちは笑いが止まらない。こうして彼のあだ名はプーレになった。もう、ほかの名前ではしっくりこないのだ。

男爵は、自分たちについて「ポールには母親が三人いるようなものだ」と言っていた。ポールの成長は早く、三人の《母》たちは、その身長を計るのに夢中になった。サロンの扉の横にある羽目板の前にポールを立たせ、毎月、ナイフで印をつけるのだ。「プーレの身長計」と名づけられたこの板は、この屋敷で宝物のように大事にされていた。

もうひとつ、家庭のなかで重要な役割を担う存在が現れた。ポールに夢中になるあまり、ジャンヌが世話を怠るようになっていた犬、マサックルだ。マサックルは、料理番のリュディヴィーヌに餌をもらい、厩舎の前に置かれた樽を犬小屋がわりにして、さみしく鎖につながれたまま暮らしていた。

ある朝、ポールがこの犬に目をとめ、そばに行って抱っこしたいと言い出した。心配でたまらなかったが、ポールを連れて犬のそばまで行ってみると、犬はポールを大歓迎した。ポールは犬から引き離されそうになると大声で泣いたので、犬は鎖を解かれ、家のなかで飼われることになった。

犬はポールと切っても切れない仲良しになり、片時もそばを離れない友となった。転げまわってともに遊び、そのまま絨毯の上に並んで眠ってしまう。やがてマサックルは、ポールのベッドで一緒に寝るようになり、ベッドから出そうとしても出ようとしなくなった。ジャンヌは、しばしばノミのせいで文句を言っていた。リゾン叔母も、ポールの愛情の大部分をもっていってしまったこの犬に憤慨していた。自分がこれほどまでに望んでいるポールの愛情を、この犬に奪われたように思っていたのだ。

ブリズヴィル家やクートリエ家とは、わずかながらも行き来が続いていた。村長と医師が定期的にやってくる以外に、古い屋敷の孤独な生活を乱す訪問者はいなかった。あの雌犬を虐殺した一件や、ジュリアンと伯爵夫人が無残な死を迎えたときに神父が疑念を示したことから、ジャンヌは教会に行くことをやめており、神はなぜこのような人を聖職者にしたのだろうと、憤りを感じていた。

トルビアックは、たびたび誰にでもわかるような形でジャンヌたちの屋敷をほのめかし、「悪の権化」が住む呪われた家だと非難していた。「不治なる反抗心の権化」「過ちの権化」「嘘の権化」「不正の権化」が巣くっているというのだ。神父は男爵を侮辱し続けた。

だが、そもそも教会に通う者はいなくなっていた。農民たちが鋤を押している畑の横を神父が通りかかっても、作業を中断して彼に挨拶をする者はなく、土から顔をあげようとさえしない。そのいっぽう、彼を魔術師呼ばわりする者もいた。というのも、神父が悪魔に取りつかれた女をお祓いで救ってやったというのだ。人々の噂によると、あの男は呪いを解く不思議な言葉を知っているという。神父によると、呪いとはつまり悪魔の悪戯にすぎないのだそうだ。ほかにも、神父が手をふれただけで、青い乳を出す牝牛や、尾が丸くなっている牝牛が正常に戻ったという噂や、なにやら呪文を唱えただけで失せものを見つけだしたという噂まであった。

偏狭的かつ狂信的な性格により、彼は宗教関係の書物を非常に熱心に読んでいた。

しかも、悪魔が地上に出現した話やら、悪魔の力のさまざまな発現の仕方、多岐にわたるオカルト的な影響力、悪魔がもつあらゆる能力、悪魔が人を操るときに用いる常套手段などが書かれた本だ。どういうわけだか、彼は謎に満ちた不吉な悪の力と闘うことこそが自分の使命であると信じ込んでおり、聖職者のための書物に書かれた悪魔祓いの文句をすべて暗記しているのだった。

彼は絶えず、闇のなかにさまよう悪魔の存在を感じていた。そして、彼の唇には「Sicut leo rugiens circuit quoerens quem devoret」[8]というラテン語の文句が浮かんでくるのだった。

村人のあいだに不安が広がっていった。あの神父はなにやら不思議な能力を隠しもっているのではないか、という恐怖心だ。ほかの神父たちも、トルビアック神父のことを魔法使いだと思うようになっていた。もっとも、こうした無学な田舎の神父たちは、ベルゼブブ［新約聖書に登場する悪魔］まで信奉しているのだ。悪の力が発現し

8　悪魔が、吠えたける獅子のように、食い尽くすべきものを探し求めながら歩き回っています。（ペテロ書簡5章8節）

たおりに備え、細々とした儀式を学ぶうちに混乱をきたし、ついには宗教と魔術の区別もつかなくなってしまったような連中だった。そんなわけで、完璧なまでに清廉な生活をし、何か謎めいた能力をもっているという噂のあるトルビアック神父は、同僚たちから一目置かれるようになっていた。

神父はジャンヌの姿を見ても、挨拶さえしなくなっていた。

リゾン叔母は、こうした神父の態度を見て心を痛め、案じていた。心配性の老嬢からすれば、教会に行こうとしない人がいるなんて理解できないことなのだ。たぶん彼女は信心深い人間なのだ。懺悔をし、聖体拝受の儀式も受けていたのだろう。だが、誰もそのことを知らなかったし、特に知ろうともしなかった。

リゾン叔母は、ポールと二人きりになれたときだけ、小さな声でポールに神様について話をした。天地創造の奇跡を語って聞かせたときには、ポールもだいたい聞いていたようだった。だが、神を愛さねばならない、心より愛さなくてはいけない、と言い聞かせると、ポールは「でも、神様ってどこにいるの?」と尋ねてきた。リゾンは空を指差し、「あの高いところよ、でも誰にも言っちゃだめ」と答える。リゾンは男爵に叱られるのが怖かったのだ。

ところが、ある日、ポールはリゾンに向かってこう言った。「神様はどこにでもいるんだって、でも教会にはいないんだってさ」ポールは、リゾン叔母の宗教教育について、祖父である男爵に話してしまったのだ。

ポールは十歳になっていた。ジャンヌは四十歳に見えるほど老け込んでいた。ポールは丈夫で活発、木登りするほど大胆だったが、頭は無知なままだった。勉強させればすぐに退屈し、さっさとやめたがる。男爵がちょっとでも長く本を読ませていると、ジャンヌがとんできて「もういいから、遊んでおいで。疲れると身体に毒だわ。まだ幼いのだし」と言うのだった。ジャンヌにとって、ポールはいつまでも、六カ月か一歳の赤ん坊なのだった。子どもが歩き、走り、大人を真似ていっぱしの口をきくようになっても、母親は子どもの成長にほとんど気づいていないのだ。ただひたすら、転んだらどうしよう、寒くはないか、動いているうちに暑くなったのではないか、あんな小さな身体で食べすぎではないか、成長にくらべ食べる量が少なすぎるのではないかと、そればかり考えている。

ポールが十二歳になり、大きな問題が起こった。最初の聖体拝受をどうするかということだ。

ある朝、リゾン叔母がジャンヌのもとにやってきて、ポールにこのまま宗教的な教育を受けさせずにおくのは良くない、最初のお勤めを果たさずにいるのは良くない、と力説した。リゾン叔母は、あらゆる手段を用い、あらゆる理由を並べ立てたものの、結局は世間体を気にしていたのだ。ジャンヌはおろおろと心を決めかね、躊躇した挙句、結論を先延ばしにした。

だが、そのひと月後、ブリズヴィル子爵夫人のもとを訪問したおり、夫人が偶然この話題に触れた。「そういえば、お宅のポールちゃん、今年が最初の聖体拝受でしたわね」不意をつかれたジャンヌはつい、「ええ」と答えてしまった。この自ら発したひと言で、ジャンヌの心は決まった。ジャンヌは、父には内緒でポールをリゾン叔母に託し、教理問答に連れて行ってもらうことにした。

一カ月は何ごともなく過ぎた。だが、ある日、ポールが喉を嗄《か》らして帰ってきた。翌日には、咳が出るようになった。ジャンヌは取り乱し、息子を問いただした。すると、行儀が悪かったので司祭に叱られ、教理の授業が終わるまで、外からの風が吹き込む教会の戸口に立たされていたというではないか。

ジャンヌはポールを教会に行かせるのをやめた。そして自分で宗教の基本についてポールに教えることにした。だが、リゾン叔母の懇願にもかかわらず、トルビアック神父はポールに聖体拝受を許可しなかった。ポールが充分に宗教教育を受けていないというのが拒絶の理由だった。

翌年も、トルビアック神父は、ポールの聖体拝受を拒否した。憤慨した男爵は、パンとぶどう酒がキリストの肉と血だなどという幼稚な喩えを鵜呑みにし、愚かしい教えを信じなくても、立派な大人になることはできる、と言い出した。そして、ポールはキリスト教徒として育てるが、実践的なカソリック教徒にはしない、成人したら、あとは本人の好きにさせてやると決めたのだ。

だが、それから一カ月後、ブリズヴィル家を訪問したジャンヌに対して、返礼の訪問や礼状などは一切なかった。極端なまでに礼儀正しいブリズヴィル家のことだけに、ジャンヌも驚きを隠せなかった。だがやがて、彼らが冷淡になった理由を、クートリエ侯爵夫人が傲然とした態度で明らかにしてくれた。

夫の階級や、確固とした地位、莫大な財産をもとに、クートリエ侯爵夫人は自分をノルマンディ貴族の女王のように思っており、実際、女王のようにふるまっていた。好き勝手なことを喋り、やさしい心遣いを見せたり、無愛想になったり、気分次第で態度を変える。さらには、誰かが何か言うごとに、忠告したり、説教をしたり、誉めそやしたりと口を挟む。ジャンヌが侯爵家を訪ねると、夫人は冷ややかな言葉を二言、三言返した後、厳しい口調で宣言した。「この世には二種類の人間がおります。神を信じる者と信じない者です。どんなに身分が卑しくても、神を信じる者は私どもの友です。でも、神を信じない者とは一切おつきあいできません」

敵意をあらわにする侯爵夫人を前に、ジャンヌは言った。「でも、教会に行かないからといって、神を信じていないわけではありませんわ」

侯爵夫人は答える。「いいえ、信者たるもの、教会で神に祈るべきです。教会は神様の家ですから、お宅にお訪ねするのと同じことです」

夫人の言葉に傷つき、ジャンヌは言い返した。「奥様、神はどこにでも存在するのです。私は神のお慈悲を心から信じております。むしろ、神様と自分とのあいだに神父様が入ってくることで、神様が遠くなってしまうように思います」

侯爵夫人は立ち上がった。「神父様は、教会の旗印です。その旗印に背くことは、つまり神に背くこと、私たちに歯向かうことです」

ジャンヌも身を震わせ、立ち上がっていた。「あなたは、ひとつの宗派のなかだけで神様を信じていらっしゃるのですね。私が信じる神様は、善良な人々、皆のために在る神様です」

ジャンヌは一礼し、立ち去った。

農民たちまでもが、面と向かって言わないまでも、ポールに最初の聖体拝受をさせなかったジャンヌを非難していた。そういう彼らだって、ミサには行かないし、聖体に近寄ろうとさえしない。復活祭のときだけは教会の慣わしに逆らえず聖体を受けるが、せいぜいその程度なのだ。だが、子どものことになると話は別だった。宗教という社会的な通念からはずれたところで子どもを育てるなどという蛮行に出る者はいない。なにしろ宗教とは絶対だったのである。

ジャンヌは周囲の非難を感じていた。そして、なあなあでことをすませ、良心を適当に納得させ、臆病風に吹かれてしまう人たちに対し、心ひそかに憤慨していた。多くの人々の心に潜む卑怯さ、しかも表面に現れるときには、もっともらしい仮面をかぶる卑怯さが、ジャンヌを憤慨させていたのだ。

ポールの教育は、男爵が取り仕切り、まずはラテン語を教えはじめた。ジャンヌはただひたすら「あまり疲れさせないでくださいね」と言うばかりだった。ジャンヌが心配そうな顔で勉強部屋のそばをうろうろ歩き回るので、ついに男爵は扉を閉め、ジャンヌが部屋を覗けないようにしてしまった。というのも、日に何度も「足は冷たくないかい」「頭は痛くないかい」などと口を挟み、しまいには「そんなに喋らせると、喉を痛めるからやめてください」などと言い出すので、まるで授業にならないのだ。

勉強が終わると、ポールはジャンヌやリゾン叔母と庭仕事に興じる。ポールは、畑仕事が大好きだった。三人は、春になると苗木を植え、種をまき、「花が咲いた」「大きく育った」と言っては喜んだ。枝を剪定し、花を摘んで花束をつくることもあった。葉ものの成長具合こそが、ポールの目下最大の関心事であった。彼は畑の四区画を管理しており、そこで細心の注意を払いながらレタス、ロメイン・レタス、チシャ、チコリ、ロワイヤルなど、あらゆる葉もの野菜を栽培していた。土を起こし、水をやり、草を取り、植え替える作業は、ジャンヌとリゾン叔母も手伝った。ポールはこの二人の《母》を日雇い農夫のようにこき使うのだった。ジャンヌとリゾン叔母は何時間も花壇に這いつくばり、服や手を真っ黒にしながら、指を土に突っ込んで穴をあけ、そこに苗を植えていった。

プーレと呼ばれていたポールも成長し、今や十五歳になっていた。サロンにつけられた身長計の傷も、百五十八センチに達していた。だが、中身は子どものままだ。ジャンヌとリゾン叔母、さらには好人物だが時代遅れの男爵にちやほやされ、知識も知恵もないままに大きくなっていたのだ。

ある晩、ついに男爵が進学について切り出した。ジャンヌはすぐに泣き出してしまった。リゾン叔母も呆然として部屋の隅で立ち尽くしている。

ジャンヌは言った。「そんなに知識が必要でしょうか。畑仕事をして、田舎で暮らす人間で充分じゃないですか。自分の土地を耕せばいいんです。ほかの貴族の方だって、そうしている方がたくさんいるでしょう。この家で幸せに暮らし、年を重ねていけばいいでしょう。私たちだって、この家で暮らし、きっとこの家で死ぬんです。ねえ、それ以上のことを望んだって何になるんです？」

だが、男爵は首を横に振った。「だがね、この子が二十五歳になって、自分は何もできない、おまえのせいで、自分勝手な母性愛のせいで、無知のままだったのだと責められたら、おまえは何と答えるんだね？　自分は働くこともできそうにないし、大成することもできそうにない。おまえが先のことも考えずに甘やかしたせいで、こんな暗く、惨めで、死ぬほど陰気な人生を送ることになったんだと言われたら、どう答える？」

ジャンヌはなおも泣きじゃくりながら、ポールに懇願した。「プーレ、私がおまえを大事にしすぎたって、それで私を恨んだりしないわよね」

図体だけは大きくなった少年、ポールは驚いて答える。「しないよ、ママ」

「心に誓って？」

「うん、ママ」

「おまえは、ここにいたいんだよね」

「うん、ママ」

そこで男爵は断固とした有無を言わさぬ口調で言った。「ジャンヌ、子どもの人生を勝手に決めちゃいけないよ。それは卑劣な行為だ。犯罪に等しい。自分の幸福のために、子どもを犠牲にしようとしているんだからね」

ジャンヌは両手で顔を覆い、さらに激しくしゃくりあげはじめた。涙に声を嗄らしながらも反論する。「でも、私、ずっと不幸つづきで。ずっとずっとつらいことばかり。今、ようやくこの子と穏やかに暮らせるようになったのに、私からこの子を取り上げるなんて。一人ぼっちになってしまったら、私、どうすればいいと言うの？」

男爵は立ち上がり、娘に歩み寄ると、その腕に抱きしめた。「ジャンヌ、私がいるじゃないか」ジャンヌはとつぜん父の首にかじりつくと、激しく口づけをした。そして、依然としてしゃくりあげながらも、息を切らしながらこう告げた。「そう、ね。お父様の言うとおり、かもね。私がどうかしていたわ。でも、私、本当につらいのよ。ええ、この子は寄宿学校《コレージュ》に行かせましょう」

自分がこの先どうなるのかもよくわからないまま、ポールまでもが泣き出してしまった。

男爵、ジャンヌ、リゾン叔母は、泣き出したポールを抱きしめ、なだめ、励まそうとする。寝る時間になっても皆、胸をつまらせており、それぞれが床《とこ》の中で涙に暮れていた。さきほどまで涙をこらえていた男爵までもが自室では泣いていたのだ。

秋の新学期からポールをル・アーヴルの寄宿学校《コレージュ》に行かせることになった。夏のあいだ、ポールはこれまで以上に甘やかされて過ごした。

ジャンヌは別れの日を想像しただけでため息が出た。ポールの旅支度は、十年分はありそうな大荷物となった。そして、十月のある日、眠れないままに夜が明け、ジャンヌたち三人はポールとともに二頭引きの馬車に乗り込んだ。馬車は速足で進みはじめる。

すでに下見もすませてあり、寄宿舎も学校も決めてあった。ジャンヌは、リゾン叔母の助けを借りながら、まる一日かかって小さなタンスにポールの衣服を片付けた。四分の一も片付かないうちにタンスがいっぱいになってしまったので、もうひとつ戸棚を都合してもらおうと、ジャンヌは校長に会いにいった。宿舎の管理人が呼ばれた。だが管理人は、こんなにリネンや衣類があっても何の役にも立たず、邪魔になるだけだと取り合わない。挙句に、規則は規則だと主張し、もうひとつ戸棚を用意することを拒否した。ジャンヌはどうしても気がすまず、宿舎の横の小さなホテルに部屋を確保すると、ホテルの主人に、ポールから頼まれたら、すぐに必要なものを宿舎まで届けてくれるように頼んだ。

それから四人はル・アーヴルの港を散歩し、船の出入りを眺めた。

ル・アーヴルの町に物悲しい夕暮れが訪れ、あちこちに灯りが点《とも》りだした。四人は食事をしようとレストランに入った。だが、四人とも食事が喉を通らない。目の前に皿が運ばれ、ほとんど手付かずのまま下げられていくなか、四人は目をうるませ、視線を交わし合うのがやっとだった。

店を出ると、四人はゆっくりと歩いて寄宿学校《コレージュ》に向かった。さまざまな体格の子どもたちが、家族や使用人に手をひかれて、同じ寄宿舎にやってきていた。泣いている子も多い。薄明かりの校庭に、子どもたちの泣き声が響いていた。

ジャンヌとポールは長いあいだ抱き合っていた。その存在すら忘れられたリゾン叔母は、一歩下がったところでハンカチに顔をうずめていた。だが、思わずほろりとした男爵は娘を促し、さっさと愁嘆場を切り上げようとした。馬車は門の前に待たせてあった。三人は馬車に乗り込み、夜の道をレ・プープルへと帰っていった。

暗い道を行く馬車のなかでも、ときおり大きくしゃくりあげる声が聞こえていた。

翌日も、ジャンヌは夕方まで泣いて過ごした。そしてその次の日には無蓋馬車に馬をつけさせ、ル・アーヴルへと向かった。だが、ポールはすでに母と離れての生活を受け入れているようだった。ポールは初めて同い年の仲間と出会ったのだ。面会室で座っていても、友人たちと遊びたくてうずうずしているほどだった。

ジャンヌは二日に一度はル・アーヴルにやってきて、日曜日ともなればポールを外に連れ出した。休み時間と休み時間のあいだ、つまりポールと会えない授業のあいだ、ジャンヌは何もすることがなく、かといって学校を離れてどこかに行く体力も気力もないまま、ぼんやりと面会室に座っていた。校長はそんなジャンヌを校長室に呼び、そんなにしょっちゅう来ないでくれと言い渡した。だがジャンヌは、その言葉に従おうとはしなかった。

そこで校長は、息子さんが休み時間に友だちと遊ぶのを邪魔し、絶えず息子さんの心を乱して勉強を妨げるような行為を今後も続けるのなら、息子さんを退学にせざるをえなくなりますよ、と宣言した。校長は男爵にも手紙を書いた。そんなわけで、ジャンヌはレ・プープルを離れることができなくなり、囚人のように見張りがつけられた。

ジャンヌは学校が休みになるのを心待ちにしていたが、ポールのほうはさほどでもなかった。

ジャンヌは常に不安でたまらなかった。ジャンヌは一人、犬のマサックルを連れ、来る日も来る日も、日がな一日ぼんやりと物思いに沈みつつ、村の周囲をさまよい歩くようになった。昼から夕方までずっと断崖の高みに腰を下ろし、海を眺めることもあった。森を横切りイポールの村まで行くこともあったが、昔と同じ散歩道を行くと、否応なく思い出がよみがえってくるのだった。夢にあふれ、この辺りを歩き回った少女の日々が、はるか昔のことのように思える。

息子と再会するたび、十年ぶりのような気がした。毎月毎月、ポールは男らしくなっていった。毎月毎月、ジャンヌは老女のようになっていった。今や、父である男爵が兄に見えるほどで、二十五歳のときから老け込んで見えた分その後ほとんど外貌が変わっていないリゾン叔母は、まるでジャンヌの姉のようであった。

ポールはまったく勉強熱心ではなかった。中学二年生を二度やり、三年生にはなんとかなったものの、高校一年生はまた落第。高校二年生になったときはもう二十歳だった。

ポールは背の高いブロンドの青年となった。すでに頬髯は濃く、口髭もさまになってきた。今は、ポールのほうが日曜ごとに、レ・プープルにやってくるようになっていた。かなり前から乗馬を習うようになったため、馬を借り、二時間ほどでル・アーヴルからレ・プープルまでやってくるのだ。

朝早くから、ジャンヌはリゾン叔母や男爵とともにポールを迎えに出た。男爵は徐々に腰が曲がり、いかにも老人らしく、前につんのめらないように後ろで手を組んで歩くようになっていた。

三人は、ときおり側溝の端に腰を下ろしたり、馬に乗ったポールの姿が見えないかと遠くに目をこらしたりしながら、道に沿ってゆっくりと歩いた。白い道の先に黒い点が浮かぶように、ポールの姿が小さく見えはじめると、三人はハンカチを振った。それを見るとポールは、馬を速足から駆け足に変え、突風のように近づいてくるのだった。その勢いの激しさに、ジャンヌとリゾンは心臓が縮み上がりそうになり、男爵はといえば、老体を奮い立たせるほどに興奮し「ブラボー!」と叫ぶのだった。

もはや自分の身長より頭ひとつ大きくなったというのに、ジャンヌは今もポールを子ども扱いし、「プーレや、足が冷たくないかい」と聞く。昼食後、ポールが玄関の石段のあたりを煙草を吸いながら歩いているときでも、窓から「帽子をかぶらなくちゃだめじゃないの。鼻かぜをひきますよ」と叫ばずにはいられない。

ポールが夜道を馬で帰ろうとすると、ジャンヌは心配で身を震わせんばかりだ。

「急ぎすぎちゃだめよ。プーレ。おまえにもしものことがあったら、お母さんがどんなにつらい思いをするか、少しは考えてちょうだいね」

だが、ある土曜日の朝、ジャンヌはポールから手紙を受け取った。そこには、友人からパーティーに招かれたので翌日曜にはレ・プープルに来られない、と書いてあった。

ポールのいない日曜日、ジャンヌは不幸の予感におののき、一日じゅう重苦しい気分で過ごした。そして、ついに我慢できなくなり、木曜日にル・アーヴルに向かった。ポールは変わってしまった、とジャンヌは思った。何が変わったかはわからない。そして、ポールは快活になり、以前より男らしい声で話すようになっていた。そして、ポールはとつぜん、ごく自然な調子でこう言ったのだ。「お母さんのほうからこうして来てくれたんだから、今度の日曜日もレ・プープルには行かなくていいね。またパーティーがあるんだ」

ジャンヌは、まるでアメリカに行くとでも言われたかのように驚き、息をのんだ。それから、ようやく言葉を返した。「プーレ、どうしたというの。何があったの」ポールは笑い出し、母を抱きしめた。「何でもないよ、お母さん。友だちと遊ぶだけだってば。僕の年齢なら、あたりまえのことだろう」

ジャンヌは返す言葉が見つからなかった。馬車に乗り一人になると、これまでにない思いが浮かんできた。もう可愛いプーレはいないのだ。昔の幼いプーレはもういない。その日初めてジャンヌは、息子がもう大人であること、自分の手を離れてしまったこと、老親たちのことなどどうでもよく、自らの人生を歩みはじめたことを実感したのだ。たった一日で息子が変わってしまったような気がした。ああ、なんということだろう。あの息子が、自分に葉もの野菜の植え替えをやらせたあの可愛い息子が、今や髭を蓄えた大男になり、自分の意志で行動するようになったのだ。

それから三カ月、ポールはたまにしか会いにこなかった。たまに姿を現したかと思えば、見るからにさっさと町に戻りたそうにしており、夕方ともなれば一時間でも早くレ・プープルを離れようとやきもきしているのだった。ジャンヌは、そんなポールの変化を怖がっていた。男爵はジャンヌを慰めるように、「好きなようにさせてやりなさい、あいつももう大人なんだ」と繰り返すのだった。

だが、ある朝、小ぎれいとは言えない服装のユダヤ人の老人がやってきて、ドイツ語訛りのフランス語で言った。「子爵夫人にお目にかかりたい」そして、散々美辞麗句の挨拶を並べた挙句、男はポケットから薄汚い財布を出した。そこから手垢のついた紙切れを出し、ジャンヌの前に広げて見せた。「この書類を、奥様に」ジャンヌは書類に目を通し、もういちど読み直し、男の顔に目をやり、もういちど読み直した。

「これがどうしたと言うのです？」

男は愛想笑いを浮かべ、説明する。「つまりですね。お宅のお坊ちゃまが、ちょっとばかり金を必要としていましてね。まあ、立派なお母様がいらっしゃることは存じておりましたので、私がちょっとばかり御用立てしたんですわ」

ジャンヌは身が震える思いだった。「どうして、私に言わなかったのかしら」その後、男が長々と説明したところによると、ポールは賭けに負けて借金をつくり、翌日の正午までに支払わなければならなかったが、彼が未成年[9]である以上、誰もポールに金を貸そうとしない。自分が「ちょっとばかり御用立て」してやらなければ、ポールは「不名誉なことになっていた」に違いないというのだ。

ジャンヌは男爵を呼ぼうとしたが、気が動転して立ち上がることすらできない。そこでジャンヌは、この高利貸の男に呼び鈴の紐を引いてくれるよう頼んだ。

だが、男は何かの罠ではないかと疑い、すぐには引こうとしない。男は小声で言った。「なんでしたら、出直しましょうか」ジャンヌは首を横に振った。ジャンヌはやっとのことで呼び鈴を鳴らした。二人は向き合ったまま無言で男爵の到着を待った。

男爵はやってくると、すぐに状況を理解した。男の要求した額は千五百フランだっ

9 当時、フランスでは二十一歳からが成人と見なされていた。

た。男爵は男に千フラン渡し、じっと睨みつけて「もう二度と来るなよ」と言い含めた。男は礼を言い、頭を下げると姿を消した。

ジャンヌは父とともに、すぐさまル・アーヴルに向かった。だが、学校に着いてみると、ポールは一カ月前から学校に来ていないことがわかった。校長によると、体調不良のため授業を休むと、ジャンヌの署名の入った手紙が来て、その後の経過報告も含めて全部で四通の手紙を受け取っているという。四通とも、医者の診断書が同封されていたというが、当然どれも偽物である。ジャンヌも男爵も頭を殴られたように驚き、呆然としたまま見つめ合っていた。

気の毒に思った校長が、二人を警察に連れていった。その晩、二人はル・アーヴルのホテルに泊まった。

翌朝、ポールは町の女の家にいるのが見つかった。ジャンヌと男爵は、ポールを連れてレ・プープルに戻ったが、道中、馬車のなかでは会話らしい会話もなかった。ジャンヌはハンカチに顔をうずめて泣いていたし、当のポールはといえば、窓の外をぼんやり眺めていた。

それから一週間もすると、ポールがこの三カ月で一万五千フランの借金をしていたことがわかった。債権者たちは、ポールがもうすぐ成年になるのを知っていて、取立てを先延ばしにしていたのだ。

ポールからは何の弁明もなかった。ジャンヌたちは、ポールにやさしくすることで、荒れた生活から立ち直らせようとした。手の込んだ料理を食べさせ、誉めそやし、甘えさせた。季節は春。ジャンヌは怖がって反対したが、ポールが好きなときに船遊びに出られるよう、イポールの港に船も借りた。

だが、ル・アーヴルに戻ってはいけないという思いから、ポールが馬を使うのは禁じていた。

暇をもてあましたポールは苛立ち、ときに乱暴なふるまいをした。男爵は、学業が中途半端になることを心配していた。ジャンヌは、また息子と離れて暮らすことを思うと悲しくてたまらなかったが、この先、息子をどうしたらいいのかわからないままでいた。

ある晩、ついにポールは帰ってこなかった。どうやら漁師を二人連れ、船で出かけたらしい。心配で気が動転し、ジャンヌは夜だというのに防寒用の帽子もかぶらず、イポールの港に向かった。

浜辺では、男たちが数人、船が戻るのを待っていた。

やがて沖に灯りが見えはじめた。ゆらゆらと浜に近づいてくる。だが、その船にポールは乗っていなかった。戻ってきた漁師によると、ポールはル・アーヴルで船を下りたという。

警察に捜させたが、ポールは見つからなかった。以前、ポールを匿っていた女も姿を消していた。しかも、家具を売り、家賃も清算し、跡形もなく消えていたのだ。この女から受け取ったとみられる手紙が一通、レ・プープルのポールの部屋から見つかった。二人は熱烈に愛し合っているようだった。手紙には、お金ができたからイギリスに旅立とう、と書いてあった。

ジャンヌと男爵、リゾン叔母は、拷問を受けているような苦痛を心に感じながら地獄のような日々を何の変化もなく、ただ暗く静かに過ごしていた。すでに灰色だったジャンヌの髪は、真っ白になってしまった。運命はなぜこうも自分につらくあたるのだろうと、ジャンヌは誰彼を恨むでもなく思うのであった。

ある日、トルビアック神父からジャンヌに手紙が来た。「神はついに、あなたに手を下しました。あなたはご子息を神に差し出すことを拒みました。そこで、神はあなたの手からご子息を取り上げ、娼婦のもとに渡したのです。これは天からあなたへのお導きなのです。目を見開いて、ご覧なさい。神の慈悲は限りないものです。あなたが神の前に戻り跪けば、神はあなたを赦すかもしれません。私は神に仕える僕《しもべ》です。あなたが神のもとを訪れるなら、いつでもその扉を開きましょう」

ジャンヌは手紙を膝の上に広げたまま、しばらく動けなかった。確かに、神父の言うとおりかもしれない。すると信仰にまつわるさまざまな不安がわきあがり、ジャンヌを苛むのだった。神様も人間のように復讐や嫉妬という感情をもつのだろうか。だが、もし神様が嫉妬のような感情をお示しにならなかったら、人々は神を恐れたり、愛したりしなくなってしまうだろう。きっと我々民にもわかりやすいようにと、神は人間のような感情を示し、人間のようなことをなさるのだろう。一歩を踏み出せずにいる者、心に悩みを抱える者は、不安で臆病な気持ちに背中を押され、教会へと向かう。そんな不安で臆病な気持ちに取りつかれたジャンヌは、ある日の夕方、日没を待って、こっそりと走るようにして神父のもとを訪れた。そして、トルビアック神父の足元に跪き、罪の赦しを乞うた。

トルビアックは半分しか赦そうとはしなかった。男爵のような人間とひとつ屋根の下に暮らしている以上、神もすべてを赦すわけにはいかない、というのがその理由だった。「近々、あなたにも神の御慈悲を感じるときがくるでしょう」と神父は言った。

すると、本当にその二日後、ジャンヌはポールから手紙を受け取ったのである。不安のあまり理性を失っていたジャンヌは、これこそ、神父の言っていた神の御慈悲が自分に向けられるようになった証拠だと思い込んだ。

「親愛なるお母様、心配しないでください。僕は今、ロンドンにおり、元気です。でも、お金がなくて非常に困っています。僕たちは本当に一文無しで、日々の食事にも事欠いています。現在、ある女性と一緒に暮らしています。僕が心から愛する女性です。彼女は、僕と離れまいとして、全財産を使ってしまいました。ぜんぶで五千フランです。お母様、僕は人間として恥ずかしくないよう、まずは彼女にこの金を償わなければなりません。そんなわけで、父上の遺産から一万五千フランほど都合していただけませんか。僕ももうすぐ成年ですから、父上の遺産を受け取る権利があるはずです。お母様、僕を助けると思ってお願いします。

では、お母様、さようなら。心より接吻を送ります。お祖父様、リゾン大叔母様にもよろしくお伝えください。近いうちにお目にかかれれば、と思います。

あなたの息子ポールより」

ポールが手紙をくれた！　母のことを忘れていたわけではないのだ。お金の無心のことなど、ジャンヌにはどうでもよかった。もうお金がないというのなら、送ってやればいい。お金のことなどどうでもいい。手紙が来たことがただ嬉しかったのだ。ジャンヌは泣きながら、この手紙をもって父のもとに走った。リゾン叔母も呼びにやった。三人はポールからの手紙を一語一語たどりながら、何度も読み返した。それぞれの言葉の意味をあれこれと話し合いもした。

すっかり絶望していたジャンヌは、手紙によってもたらされた希望にたちまち陶然とし、ポールのことを弁護した。

「きっと帰ってくるつもりだわ。手紙が来たということは、帰るつもりなのよ」

だが、男爵はジャンヌより冷静だった。「それがどうした。あいつは、私らを捨てて女のもとに行ったんだ。すっ飛んで行ったところを見ると、私らよりその女のほうがいいんだろう」

にわかに耐え難い苦痛がジャンヌの心を襲った。その瞬間から、ジャンヌの心に、息子を奪った女への憎悪が芽生えたのだ。静まることのない、獣のような憎悪。母ならではの嫉妬心からくる憎悪。これまで、ジャンヌの頭にはポールのことしかなかった。ポールが身を持ち崩したのはこの女のせいであるということさえ、ほとんど念頭になかった。だが、男爵のこのひと言で、ジャンヌはこの女の存在を意識し、この女のもつ魔物のような力に気づかされたのだ。ジャンヌはこの女と自分のあいだに執拗な争いの火蓋が切られたのを感じた。そして、別の女と分かち合うくらいなら、息子を完全に失ってしまうほうがましだとさえ考えた。

一万五千フランを送金すると、その後五カ月は何の便りもないままに過ぎた。

やがて、ポールが成年に達すると、ジュリアンの遺産についてポールの受け取る細目を決めるため、代理人がやってきた。ジャンヌと男爵は何の異を唱えることもなく遺産分配に同意した。本来ジャンヌに与えられるはずの用益物権まで放棄してしまった。ポールはロンドンからパリに戻り、十二万フランを受け取った。その後半年のあいだに四通の手紙が来たが、どれも近況を書いただけの素っ気ないもので、文末にはいつも、丁寧だが冷ややかな決まり文句が綴られていた。「仕事につきました。証券取引所で働いています。そのうちレ・プープルに行って、親愛なる皆様にお目にかかれれば、と思います」

女についてはひと言も触れていない。だが、こうして沈黙を守っていること自体が、便箋四枚に長々と書き綴るよりも、はるかに女の存在を感じさせた。ジャンヌはこうした淡々とした手紙の陰に、あの女がしぶとく潜んでいるのを感じていた。母親にとって、息子に言い寄る若い女は誰であれ永遠の敵なのだ。

レ・プープルで寂しい日々を送る三人は、どうすればポールを救うことができるかを話し合った。だが、良い方法は見つからない。パリに会いに行こうか。いや、行ったところでどうにもなるまい。

男爵は言った。「熱が冷めるまで放っておくさ。そのうち、自分から戻ってくるよ」

三人の暮らしは惨めなものだった。

ジャンヌとリゾン叔母は連れ立って教会に通っていた。男爵には内緒だ。

それからかなり長いあいだ、何の便りもなかった。だがある朝、ポールの危機を告げる手紙が届き、三人は震え上がった。

「お母様、僕はもう終わりです。お母様が助けてくださらなければ、僕は頭に弾《たま》を撃ち込み、自殺するしかありません。絶対に大丈夫だと思っていた投機がはずれてしまったのです。八万五千フランの負債を抱えてしまいました。これだけの金額を穴埋めできなければ実に不名誉なことになります。破産です。それこそ、もう何もできなくなります。もう終わりです。何度も書きますが、そんな恥ずかしい目にあうなら、死んだほうがましです。ある女の励ましがなければ、僕はとうに自分の頭を撃ち、死んでいたでしょう。彼女のことは、これまで話したことがありませんが、彼女こそが僕の命の恩人なのです。
お母様、心の底からキスを送ります。もしかすると、これが最後になるかもしれません。

ポールより」

手紙には、書類の束が同封されており、彼が陥った惨状の詳細がそこに記されていた。男爵は折り返し、なんとかするから早まるなと返信した。そして、対策を講じるためにル・アーヴルに向かった。男爵は土地を担保に金を工面し、ポールに送金した。ポールからは、熱い言葉、やさしい思いを書き綴った感謝の手紙が三通届き、すぐにもレ・プープルに行き、皆に接吻したいとあった。

だが、ポールは来なかった。

丸一年が過ぎた。

パリに行ってポールに会い、最後の説得を試みようと決め、ジャンヌと男爵が出発しようとしたところにようやく短い手紙が届き、ポールがまたロンドンにいること、蒸気船を使った船会社《ポール・ド・ラマール社》を設立したことがわかった。手紙にはこうあった。「これでもうお金の心配はありません。もしかすると富豪にだってなれるかもしれないのです。リスクは一切ありません。有利な条件ばかり揃っているのです。今度お会いするときには、僕も社会に認められる立派な人間になっているはずです。今や成功するには、企業設立しかないのです」

だが三カ月後、この船会社は倒産した。幹部は、帳簿に不正があったとして起訴された。ジャンヌは、何時間も続くような神経の発作を起こし、そのまま寝込んでしまった。

男爵は再びル・アーヴルに出向き、あれこれ調べ歩き、弁護士や商事代理人、代訴人、執行官に会った。ラマール社の負債は二十三万五千フランになることがわかった。男爵はまたしても私財を担保に金を都合した。レ・プープルの屋敷も、それに付属するふたつの農場も抵当に入れ、かなりの金額を集めることができた。

ある晩、代理人の事務所で最後の手続きをしているときに、男爵はとつぜん脳溢血を起こし、床に転がった。

早馬で危篤を知らされ、ジャンヌが駆けつけると、男爵はすでに息を引き取っていた。

ジャンヌは男爵の遺体をレ・プープルに運んだ。ジャンヌは呆然とするばかりだった。苦しいといえば苦しいのだが、もはや絶望というよりも、感情が麻痺してしまったかのようだった。

ジャンヌとリゾン叔母が必死に頼んでも、トルビアック神父は、男爵の遺体を教会に入れることを許さなかった。男爵の遺体は、葬儀も行われないまま、日暮れを待ってこっそりと埋葬された。

ポールは破産清算人の一人から男爵が死んだことを伝え聞いた。彼はまだイギリスに身を潜めていた。ポールは母に手紙を書き、訃報を受け取ったのが遅すぎて、埋葬に駆けつけられなかったことを詫びた。「お母様が助けてくださったので、ようやくフランスに帰ることができます。もうすぐお母様に会って、抱擁することができるでしょう」

ジャンヌはすっかり打ちひしがれており、ポールの手紙を読んでも何が何やらわからない状態にあった。

冬の終わり、六十八歳になっていたリゾン叔母は、気管支炎を起こし、さらにそれが悪化して肺炎になってしまった。リゾンは「ジャンヌや、神様がおまえを哀れんでくれるよう、お願いしておきますからね」とつぶやきながら、静かに息を引き取った。ジャンヌは叔母の棺とともに墓地へ行った。棺が墓穴に下ろされるのを見たとき、ジャンヌは思った。もう自分も死んでしまいたい、もうこれ以上苦しみたくない、もう何も考えたくない。崩れ落ちそうになったジャンヌを農家の女が両腕で抱きとめ、そのまま子どもを抱きあげるように運んでいった。

リゾン叔母を看取るため、ジャンヌはそれまで五日間ろくに眠っていなかった。屋敷に着くと、さきほどの見知らぬ農家の女が、やさしく、かつ毅然とした態度でジャンヌをベッドに運び、寝かしつけた。ジャンヌはされるがままになっていた。疲れと心痛が極限に達していたジャンヌは、そのまま眠りに落ちた。

ジャンヌは夜なかにふと目を覚ました。暖炉の上に小さな灯りが点されている。肘掛け椅子で女が眠っている。この女は誰だろう。知らない女だった。コップの油に布切れを浮かべ、そこに火を点したランプが部屋をぼんやり照らしている。揺れる灯りのなか、女の顔をもっとよく見ようと、ジャンヌはベッドの端から身を乗り出した。

その顔にはかすかに見覚えがあった。だが、いつ、どこでとなると思い出せない。女は片方の肩に顔を預け、床に帽子が落ちたのも気づかず、すやすやと眠っていた。年のころは四十代前半に違いない。頑丈そうで、日に焼けており、がっちりとした体格に力がみなぎっている。椅子の両側に投げ出された大きな手。髪には白髪が混じっている。ジャンヌは大きな不幸のあと、ようやく眠ったものの熱に浮かされ、まだ意識がはっきりとしないまま、女の顔をじっと見つめていた。

この顔は確かに見たことがある。昔のことかしら、最近だったかしら。何が何だかわからない。それでも気になってならず、心が騒いでいた。眠っている女の顔を間近で眺めようと、ジャンヌはそっと起き上がった。爪先立ちで近寄っていく。ああ、墓地で抱きかかえてくれた女、さきほど寝かしつけてくれた女だ。おぼろげながらも記憶がよみがえってきた。

だが、別の場所で会った覚えがある。もっと以前、ずっと昔のことだろうか。いや、ここ数日の混乱のなかでそう思い込んでしまっただけだろうか。でも、どうしてこの女がこの寝室にいるのだろう。いったいどうして？

まぶたを開いたかと思うと、女はジャンヌの顔を見た。女はとつぜん立ち上がった。二人は、胸と胸がぶつかりそうなほど間近に向き合っていた。女が大きな声をあげた。

「ああ、起きちゃだめです。こんな時間に起きていたら、風邪をひきますよ。さあ、早く床《とこ》に戻ってください！」

ジャンヌは尋ねた。「あなた、誰なの？」

だが、女は両手でジャンヌをつかむと、墓地でしたように彼女を抱き上げ、ベッドに運んだ。まるで男のような力強さだ。そして、ジャンヌの身体をそっとシーツの上におくと、身を重ねるようにして屈みこみ、ジャンヌの頬や髪や目に、狂おしいまでの接吻を繰り返した。女は泣いていた。ジャンヌの顔に涙がぽたりぽたりと落ちる。女は低い声でつぶやいていた。「奥様、ジャンヌお嬢様、ああかわいそうに。私がおわかりにならないのですか」

ジャンヌは思わず叫んでいた。「ロザリ！　ロザリなのね！」ジャンヌはロザリの首にかじりつくようにして抱きしめ、キスをした。二人は泣きながら、しかと抱き合い、互いの涙を重ね合うように、いつまでも離れずにいた。

最初に我に返ったのはロザリのほうだった。「さあ、おとなしく横になって。冷えるといけませんからね」ロザリは毛布をかけ、床を整え、ジャンヌの頭の下に枕を差し入れた。ジャンヌは次々と浮かんでくる昔の思い出に身を震わせ、横になってもまだ泣き続けていた。

ジャンヌはやっとのことで尋ねた。

「どうして戻ってきてくれたの」

「ジャンヌ様を一人で放っておくわけにはいかないじゃないですか！」

「蠟燭を点してちょうだい。おまえの顔が見えるように」

ロザリが枕元のテーブルに灯りを運ぶと、二人は無言のままじっと見つめあった。ジャンヌは年老いた元女中に手を伸ばし、言った。「わからないはずよね。おまえもすっかり変わってしまったんだもの。でも、私ほどじゃないわね」

ロザリは、目の前に横たわる痩せ衰えた白髪の女性をつくづくと見つめた。最後に会ったときはまだ若く美しく、初々しさもあったというのに。「確かに、お変わりになりましたね、ジャンヌ様、ずいぶんお変わりになりました。でも、なんせ二十四年ぶりですからね」

二人は再び物思いに沈み、黙り込んだ。やがて、ジャンヌが思い切って尋ねた。

「恨んでいるわけじゃないでしょうね？」

ロザリは、苦しい過去の出来事を思い起こすようなことは言うまいと、口ごもった。「いえいえ、あの、大して不満はございません。あの、ジャンヌ様に比べれば、私なんて幸せなほうかと。ただ唯一の心残りは、この家にいられなくなったことで……」思いがけず核心に触れてしまったことに自分でも驚き、ロザリは急に黙り込んだ。だが、ジャンヌは穏やかな顔で話を続けた。「仕方がなかったのよ。何もかも思い通りにいくわけではないもの。おまえも夫に先立たれたんだね」そして、苦悩に声を震わせながらジャンヌは尋ねた。

「ほかに子どもは？」

「いいえ、ジャンヌ様」

「じゃあ、あの子、おまえの息子はどうしているの？　息子とはうまくいっているの？」

「ええ、ええ、働き者の孝行息子です。半年前に結婚しまして、私がいただいたあの農場を継ぎました。だから私はここに戻ってきたんですよ」

ジャンヌは胸がいっぱいになり、震えながら尋ねた。

「じゃあ、ずっとここにいてくれるのね」

ロザリは力強く答えた。「ええ、もちろんですよ。そのために来たんですから」

ジャンヌは思わず、自分たちのこれまでの人生を考え合わせてみた。残酷なまでに不公平な運命に対しては、もはや諦めの境地に達しており、不平不満さえも浮かばない。

「おまえの旦那は、いい夫だったの？」

「ええ、実直な人でしたよ。怠け知らずによく働いて、財を増やす能力もありました。胸の病気で死んじゃいましたがね」

ジャンヌは、もっと詳しく知りたくなり、床《とこ》の上に座りなおした。「さあ、話してちょうだい。これまでのこと、ぜんぶ。聞いていると、元気になれそうだもの」

ロザリはベッドの横に椅子を近づけ腰を下ろすと、自分のことを話しはじめた。家のことや、まわりの様子。田舎の暮らしの細々としたことまで話し、庭がどんなふうか説明したり、昔話をするうちに過ぎ去った楽しい日々を思い出して笑ったりもした。あれこれ指示するのに慣れた農家のおかみさんらしく、徐々に声が大きくなっていく。最後はこう締めくくった。「なんせ土地がありますからね。何の心配もありませんよ」そして、再びもじもじと躊躇した挙句、声をひそめて続けた。「その土地も、こちらのお家からいただいたものです。ですからお金なんていりません。いえいえ、受け取れません。ジャンヌ様がお嫌なら、すぐにも出ていくつもりでおります」

ジャンヌが口を挟む「じゃあ、私のために無給で働いてくれるというの？」

「ええ、もちろんでございますよ。お金なんて、とんでもない。ジャンヌ様からお給料をいただくなんてとんでもないですよ。なにしろ、お金なら、私だってジャンヌ様と同じぐらいもってるんですよ。ジャンヌ様、ご自分にどのぐらい財があるかご存じですか。抵当だの借金だののごたごたや、支払わないまま年々たまっていく利子だの、全部含めてどのぐらいになるか、わかっていますか。わかっていらっしゃらないでしょう。せいぜい一万フランの収入にしかならないはず、きっとそのぐらいでしょうね。たった一万フランですよ。でも、それも私がなんとかしましょう。できるだけ早いうちにね」

ロザリは興奮し、利子が馬鹿にならないこと、このままでは破産してしまうことを嘆くうちに、声が大きくなってきた。やがて、ジャンヌの顔にやさしい微笑が浮かんでいるのに気づき、ロザリは憤慨してさらに声を荒げた。「笑いごとじゃありませんよ。お金がなかったら、地べたに這いつくばって生きるしかなくなるんですよ」

ジャンヌはロザリの手をとり、自分の手で包みこむように握り締めた。ジャンヌは、これまでずっとつきまとってきた思いを捨てきれぬまま、ゆっくりと話し出した。「ああ、私は運が悪かった。何もかも、うまくいかなかった。不幸な運命から逃れられなかった」

だが、ロザリは首を振った。「ジャンヌ様、そんなこと言っちゃいけません。いけませんったら。結婚相手がいけなかっただけです。相手のことをよく知らないまま結婚したって、うまくいく人もいれば、いかない人もいるんですからね」

二人は、古くからの友人のように、互いのことを話し続けた。

夜が明けても、二人はまだ話がつきなかった。

12

一週間もすると、ロザリはレ・プープルの屋敷の人や物をすべて掌握した。すっかり気力を失ったジャンヌは、おとなしくロザリに従っていた。衰弱し、足を引きずって歩くようになったジャンヌは、かつて自分の母がそうしていたように、ロザリの腕にすがって外出するようになった。ロザリは、ジャンヌをゆっくりと散歩させ、お説教したり、叱咤激励したり、まるで病気の子どものように扱っていた。

二人は昔話に興じた。ジャンヌは声をつまらせ、涙を浮かべ、ロザリはちょっとやそっとで動じない農婦の落ち着いた口調で応じた。ロザリは、幾度となく未決済のままになっている利子の問題について触れ、書類を見せてほしいと言った。金銭問題に疎いジャンヌは、これまで息子の愚行を恥じ、これらの書類を隠してきたのだ。

ジャンヌから書類を受け取ると、ロザリは一週間毎日、フェカンに住む知り合いの公証人のもとに通い、説明を聞いてきた。

そしてある晩、ジャンヌを床《とこ》に送り届けると、その枕元に座り込み、いきなり話し出した。「さて、横になっていただいたことだし、ゆっくりお話できますね」

ロザリは現在のジャンヌの財政状況について報告した。すべてを清算すると、およそ七、八千フランの年収になるという。ほかに収入のあてはない。

ジャンヌは言った。「それがどうしたというの。私はもう長くないと思うわ。それで充分よ」

「ジャンヌ様はそれでいいでしょう。でも、ポール様は？　ご子息には何も残さないつもりですか？」

ジャンヌは身を震わせた。「お願い。あの子のことは口にしないで。考えただけでつらくなるもの」

「いいえ、ジャンヌ様、あなたにはその勇気がないからこそ、私からお話しなくてはなりません。ポール様は愚かなことをなさいました。でも、いつまでも馬鹿なことばかりしているわけではないでしょう。そのうち結婚もする、子どももできる。子どもを育てるにはお金が必要です。いいですね、ジャンヌ様、レ・プープルのこの屋敷を売ればいいんですよ」

ジャンヌは飛び起きた。床《とこ》に座りなおし、声をあげる。「レ・プープルを売る？本気なの？　そんなの絶対にだめ」

だが、ロザリは動じない。「レ・プープルを手放しなさいませ。本気ですよ。だって、そうすべきなんです」

ロザリは、勘定見積や今後の計画、自分の考えを話して聞かせた。

レ・プープルの屋敷とそれに付属するふたつの農場を、ロザリの見つけてきた買い手に売り渡し、サン・レオナールにある四つの農場だけは残す。サン・レオナールの農場は抵当に入っていないから、ここだけでも年間八千三百フランの収入になる。そのうち千三百フランは修繕や手入れなどの維持費に充てる。残った七千フランのうち、五千フランを生活費にし、二千フランは将来に備えて貯金する。

ロザリは言った。「それで仕舞いですよ。あとはもう使ってしまいました。それから、今後は私が金庫の鍵を預からせてもらいます。いいですね。ポール様には何のお金も渡しません。びた一文、渡しちゃだめですよ。さもないと、骨までしゃぶりつくされますからね」

黙って泣いていたジャンヌはようやく小さな声で言った。「でも、それでは、あの子も食べていけないでしょう？」

「食事なら、ジャンヌ様のところでとればいいじゃないですか。おなかがすけば帰ってきますよ。家に帰れば、いつだって寝るところも食事もある。最初にお金を渡したりしなければ、あんなことにはならなかったんですよ」

「でも、借金があったのよ。返せないと不名誉ですもの」

「では、ジャンヌ様が一文無しになったら、坊ちゃまはもう借金などしなくなるんですかね。そりゃ、ジャンヌ様が代わりに払えるうちはいいですよ。でも、もうこれ以上は払いようがないんです。いいですね。さあ、もうお休みください」

ロザリは部屋を出ていった。

レ・プープルを売る。ここを出ていく。これまでの人生が詰まった家、愛着のあるこの家を離れる。そう考えただけで心が乱れ、ジャンヌは眠れなかった。

翌朝、ロザリが部屋に来るとジャンヌは言った。「ねえ、ロザリ。この家を離れるなんて、どうしても無理だわ」

だが、ロザリは怒り出した。「でも、それしかないんです。もうすぐ、この家を買いたいという人を連れて公証人が来ますからね。この家を手放さない限り、あと四年ももちませんよ」

ジャンヌは、呆然としたまま繰り返した。「無理よ。絶対に無理だわ」

その一時間後、配達人がポールからの手紙をもってきた。手紙にはまたもや、一万フラン都合してほしいと書いてあった。どうしよう。困ったジャンヌが相談すると、ロザリは両手を振り上げ、大声を出した。「ほおら、言ったとおりでしょう、ジャンヌ様！　私が戻ってこなかったら、親子揃って一文無しになっていましたよ」

ロザリの説得に、ジャンヌも折れ、ポールに断りの返事を書き送った。

「愛しい息子へ、もうおまえにお金を送ることはできません。おまえのために、すべて使ってしまいました。レ・プープルの屋敷までも、手放さざるをえなくなりました。おまえにはずいぶん苦しめられたけれど、もし、おまえが助けを求めて私のもとにやってくるなら、最低限おまえを守るだけのことはしてやるつもりです。

母より」

公証人が、ジョフラン氏を連れてやってきた。ジョフラン氏は、昔、砂糖の精製所を経営していたらしい。ジャンヌは自ら二人を出迎え、屋敷の隅々まで案内してまわった。

一カ月後、ジャンヌは売却の契約書に署名し、同時にバットヴィル村、モンティヴィリエ街道に面したゴデルヴィルの近くにブルジョワ向けの家を購入した。

契約書に署名した日、ジャンヌは夕方まで一人で、かつて母が散歩したあの並木道を歩いて過ごした。心が痛み、沈んだ気持ちのまま、地平線や木々、プラタナスの下の苔むしたベンチ、目に焼きつき、心にすみ着いたあらゆるものたちを眺め、絶望と涙のなかで別れを告げる。森にも、何度も座りに行ったあの野原を見下ろす坂道にも別れを告げた。そう、ジュリアンがおぞましい死を迎えたあの日、フルヴィル伯爵が海に向かって駆け下りていくのを見送ったあの坂道ともお別れなのだ。そして、幾度となく寄りかかって過ごした、こずえの先端が折れた楡の木、見慣れた庭にも別れを告げた。

いつまでも名残を惜しんでいると、ロザリがやってきてジャンヌの腕をつかみ、家に連れ帰ろうとした。

家に戻る途中、ふと目をやると、二十五歳ぐらいの若い農夫が門の前で待っている。男は、まるで昔からの知り合いのように、親しげに話しかけてきた。「ジャンヌ奥様、こんにちは、体調はいかがですか。母に言われて、引越しを手伝いに参りました。どれを運べばいいのか、指図してください。畑仕事に支障がないように、暇を見つけては運んでおきますんで」

男は、ロザリの息子だった。つまり、ジュリアンの息子、ポールとは兄弟になる。ジャンヌは心臓が止まりそうなほど驚いた。だがそのいっぽうで、この青年を抱きしめてやりたくなった。

夫やポールに似ているのではないかと、つい、しげしげと青年の顔を見つめてしまう。青年は赤ら顔で、丈夫そうな体つき、ロザリと同じブロンドの髪に青い目をしていた。それなのに、どこかジュリアンに似ている。どこが？　何が似ているのだろう。はっきりとはわからない。それでも、全体の雰囲気がどこかジュリアンに似ているのだ。

青年は続ける。「今から見せてもらえるとありがたいのですが」

しかし、新居はかなり小さな家なので、ジャンヌはまだ何をもっていくのか決めていなかった。そこで、一週間ほどしてもういちど来るよう頼んだ。

さて、引越しの準備で忙しくなった。出ていくのは悲しいが、あれこれ引越しの手順を考えることは、陰気で毎日同じような日々の繰り返しだったジャンヌにとって、いい気分転換となった。

ジャンヌは部屋から部屋へと歩き、なつかしい家具を見てまわった。自分たちの生活の一部、いや存在そのものと言っていいほど、それぞれの家具に愛着がある。子どものときから親しみ、喜びも悲しみも共にし、いわば家族の歴史をつくってきた家具たち。やさしい時間も、暗く沈んだ日々も無言でそこにあり、共に年を重ね、使い古されてきた家具たちは、生地がすりきれ、裏地が裂け、ぎしぎしときしんだり、色がはげたりしたものもある。

ジャンヌはもっていく家具をひとつひとつ選んでいく。ときに迷い、一大決心をするときのように悩んだかと思えば、一度決めたことを思い直したり、ふたつの肘掛け椅子のどちらが価値があるかを考えてみたり、いくつかある年代物の文机と、大きな古い作業机を見比べたりしていた。

引き出しを開き、細々としたものを思い出そうとする。それから、ようやくつぶやく。「そうね。これはもっていきましょう」すると、その家具は食堂に運び込まれるのだ。

自室のものはすべてもっていきたいと思った。ベッドも、タピスリーも、置時計もすべて。

サロンの椅子もいくつかもっていくことにした。ラ・フォンテーヌの寓話『キツネとコウノトリ』『キツネとカラス』『アリとセミ』『サギ』の登場人物が刺繍された、子どものときから大好きなあの椅子だ。

ついに離れることになった屋敷を、ジャンヌは隅々まで見てまわっていた。ある日、彼女は屋根裏部屋に上がってみた。

ジャンヌは驚きのあまり息をのんだ。そこには、あらゆる種類のがらくたが転がっていた。壊れているもの。汚れているだけでまだ使えそうなもの。なかには、なぜ屋根裏に運ばれたのかわからないものもある。おおかた、気に入らなくなったとか、別のものを買ったからといった理由だったのだろうが。見覚えがあるものの、ふと気づくと姿を消し、思い出すことさえなくなっていたものがたくさんある。以前手にしていたはずのちっぽけなもの。長いあいだ、そばに転がっていて、見るともなしに目にしていたのに、ある日突然この屋根裏に運び込まれ、ほかのさらに古いがらくたと一緒に置かれたもの。なかには、初めてこの屋敷に来たとき、部屋のどこにどんなふうに置かれていたのか、思い出せるものもあった。そうした古いがらくたたちが突如、過去の証人として大切なものに思えてくる。まるで古い友人と再会したような気持ちになってくるのだ。そう、知り合ってから随分になるが、突っ込んだ話をすることなく過ぎてきた友人が、ある晩とつぜん、ちょっとした言葉がきっかけで、長々と話しはじめ、今まで想像してもみなかった胸のうちを打ち明けてくれたときのように。

胸を震わせながら、ジャンヌはひとつひとつ見てまわった。「あら、この陶磁器は、私が割ってしまったものね。そう、確か結婚式の数日前だったわ。ああ、これはお母様の使っていたランタン、これはお父様の杖。雨を吸って開かなくなってしまった木柵を無理にこじ開けようとして、杖を折ってしまったんだわ」

なかには、まったく見覚えのないもの、思い出せないものもあった。きっと、祖父母や曽祖父母の代のものだろう。もはや、自分たちの時代から遠く別世界へと追放され、埃まみれの物たち。見捨てられてどこか寂しそうな物たち。どんな物語やエピソードがあったのか、誰が選び、購入し、所有し、愛用したのかもわからない。どんな手が日々これらのものを使い、どんな目が嬉しそうにこれらのものを眺めたのかは知る由もないのだ。

ジャンヌはひとつひとつに触れ、ひっくり返して眺めたりもした。積もった埃の上に指の跡が残る。屋根に埋め込まれた小さなガラス窓からわずかに差し込む光をたよりに、ジャンヌは古いものに囲まれて、長い時間を過ごした。

三本脚の椅子をつくづくと見つめ、何か思い出せないかと考えてみる。次に見つけたのは、銅製の湯たんぽ。このへこんだ湯たんぽは、どうも見覚えがあるような気がする。もう使いようのない古い台所道具も、ひとつひとつ見ていく。

それから新居に運ぶものをまとめ、下の階に降りると、ロザリを呼んで運ばせる。ロザリは不服そうな顔で、こんな汚いものを新居にもっていくなんて、と怒った。だが、もうすべての気力を失ったかに見えたジャンヌがこればかりは自分を曲げようとしなかったので、ロザリも言われたとおりにした。

ある朝、まず第一便を運ぶべく、ロザリの息子、ドゥニ・ルコックが荷車を引いてやってきた。ロザリは、荷下ろしに立ち会い、家具の配置を指示するために息子と一緒に新居まで行く。

屋敷に一人残されたジャンヌは、部屋から部屋へとさまよいはじめた。絶望感に胸が締めつけられ、もっていくことができない物たちに狂おしいばかりの愛情をこめて別れのキスをする。サロンにある大きな白い鳥の描かれたタピスリー、古い燭台。目につくものすべてに別れのキスをする。何も考えられなくなり、ただただ涙を流しながら、すべての部屋をまわった。それから、ジャンヌは海に「お別れを言う」ために家を出た。

九月の終わり。灰色の空が低く、世界にのしかかるように広がっている。黄色みのかかった寂しげな波が目の届く限り続いている。ジャンヌはしばらくのあいだ、断崖の上で立ち尽くしていた。頭のなかではつらい思いがめぐり続ける。暗くなったのでようやく帰ることにしたものの、その日わずか一日で、これまで経験した激しい苦しみをすべて凝縮したくらい悲しかった。

ロザリはすでに屋敷に戻り、ジャンヌの帰りを待っていた。ロザリは新しい家がすっかり気に入ったらしく、大きな通りに面していない、こんな角ばった古い屋敷よりも明るくていいと言う。

ジャンヌはそのまま一晩じゅう、泣き続けていた。

屋敷が売りに出されると知り、農民たちはジャンヌに対し、最低限の礼儀しか示さなくなっていた。彼らはジャンヌを「気が変になった」と噂しあっていた。確たる理由があるわけではないが、ジャンヌがますます病的な精神傾向を強め、度を越した妄想にふけったり、不遇な人生に心を乱したりするさまを、農民たちは動物的な勘で感じ取っていたに違いない。

引越しの前日、ジャンヌは何気なく馬小屋に立ち寄った。うなり声が聞こえ、ジャンヌは身を縮めた。犬のマサックルだ。ジャンヌはここ数カ月、この犬の存在をすっかり忘れていたのである。目が見えなくなり、まともに歩くこともできなくなり、普通の犬の寿命を超えても、マサックルはまだ生きていた。リュディヴィーヌだけは犬の存在を忘れることなく、藁のベッドを用意してやっていたのだ。ジャンヌはマサックルを抱き上げ、キスをすると、家に連れて帰った。まるまると太り、硬直した脚をがに股に開いてよろよろと歩くのがやっとという状態で、吠えるときも、木製のおもちゃの犬が鳴いているかのようだ。

引越しの朝が来た。前の晩、ジャンヌはジュリアンが使っていた部屋で寝た。彼女の部屋はすでに家具が運び出され空っぽになっていたのだ。

ジャンヌはベッドから出るだけで、長距離を走ったあとのように息を切らし、ぐったりとしていた。中庭に停められた馬車には、衣装箱や家具の残りが積み込まれていた。その後ろにもう一台、二輪馬車が用意されており、ジャンヌとロザリはこちらに乗ることになっていた。

シモン爺さんとリュディヴィーヌだけは、新しい持ち主が来るまで屋敷に残ることになっていた。そのあとは血縁者のもとに身を寄せ、隠居生活に入るという。ジャンヌはちょっとした退職金を出してやった。もっとも彼らだって充分貯金はもっていたのである。二人とも今では年を取り、口ばかり達者で仕事のうえでは役に立たなくなっていた。マリウスはずいぶん前に結婚し、屋敷を離れていた。

朝八時ごろ雨が降り出した。海から吹く軽やかなそよ風に乗って、冷たく細かい雨がやってきた。馬車に幌をつけなくてはならない。すでに落ちはじめた木の葉が風に舞っていた。

テーブルの上では、カフェオレが湯気を立てていた。ジャンヌは自分の席に座り、カフェオレを少しずつ飲んだ。やがて「さあ、行きましょう」と言って立ち上がる。

ジャンヌは帽子をかぶり、ショールを羽織った。ロザリが雨用の靴を履かせていると、ジャンヌが声をつまらせながら言った。「ねえ、ロザリ、覚えている？ ルーアンを発ってここに来たのも、雨の日だったわね」

次の瞬間、発作でも起こしたのかジャンヌは両手を胸にやり、そのまま意識を失って後ろに倒れてしまった。

ジャンヌはそのまま一時間以上、死んだように動かなかった。ようやく目を開いたかと思うと、痙攣に身を震わせ、目から涙がとめどなくあふれてきた。

なんとか落ち着きを取り戻したものの、ジャンヌはすっかり衰弱し、自分では立てないほどだった。だが、これ以上発作が起きたら出発できなくなると思ったロザリは、息子を呼んできた。ロザリは息子に手伝わせてジャンヌを抱え上げ、外へ運び出すと、二輪馬車のなめし革装の座席に座らせた。そのまま自分も隣に乗り込み、ジャンヌの足に毛布をかけ、肩に大きなマントをかける。そしてまだ幌をつけていない馬車の上で傘を広げると、「さぁ、ドゥニ、早く！」と声をあげた。

二輪馬車の座席は二人分しかなかったので、ドゥニはロザリの横に尻を半分乗せただけで馬を操り、並足で急がせる。馬は足取りを乱し、ロザリとジャンヌの身体も座席から浮き上がりそうになった。

馬車が村の角を曲がろうとしたところで、街道沿いを歩く人影が目に入った。トルビアック神父だ。どうやら、ジャンヌたちの出発を見届けに来たらしい。

神父は立ち止まり、馬車のために道を空けた。神父は道の泥が跳ねることを恐れ、片手で僧衣の裾をもちあげていた。黒い靴下をはいた細い足、泥だらけの大きな靴が裾から突き出ている。

ジャンヌは目を合わすまいとうつむいた。だが、事情を知っているロザリは怒り出した。「あいつめ、あいつめ」とつぶやいたかと思うと、息子の手を握り、「ひと鞭くれて、急がせな」と命じる。

ところが、馬を急がせるあまり、まさに神父を追い抜こうとするそのときに、馬車の車輪がぬかるんだ轍にはまり込んでしまった。跳ね上がった泥が、神父の全身に降りかかる。

ロザリは嬉しそうに振り返り、ハンカチを取り出し泥を拭く神父に向かって拳を突き出して見せた。

五分ほど走ったところで、ジャンヌがとつぜん声をあげた。「マサックルのことを忘れていたわ！」

馬車を停めなければならなくなった。ドゥニが馬車を降り、ロザリに手綱を預けて、犬を連れに行く。

やがてドゥニは、毛が抜けて不恰好に太った犬を両手で抱えて戻ってきた。犬は、ロザリとジャンヌのあいだ、その足元におさまった。

13

二時間後、馬車は、街道沿いに建つレンガ造りの小さな家の前に停まった。まわりには紡錘形《ぼうすいけい》に剪定された梨の木々が広がる。

庭の四隅には東屋《あずまや》があり、格子組みの屋根にスイカズラやボタンカズラが絡まっている。庭は果樹の植えられた小道で区切られ、菜園になっていた。

背の高い生垣が敷地をぐるりと囲んでいる。野原を挟んだ向こうには隣の農場があった。街道沿い、百歩ばかり手前には鍛冶屋がある。一キロほど離れたところにまで行かなくては、ほかに隣人はいない。

家からは、コー地方によくある野原が遠くまで見渡せる。野原には農家が点々と散らばっている。どの農家も二列に並んだ大きな木々に囲まれており、その奥にはリンゴの樹が植えられた中庭がある。

ジャンヌは着くなり休みたがった。だが、またあれこれ悩みはじめるといけないと思い、ロザリはそれを許さなかった。

新居に家具を配置するため、ゴデルヴィルの指物師《さしものし》が来ていた。まず、先に運んであった家具から片付けはじめる。あとからもう一台、家具を載せた馬車が来ることになっていた。

家具の配置を決めるのはなかなか大変なことであり、よく考え、順序だてて進める必要があった。

一時間後、残りの家具を載せた荷馬車が到着し、雨のなかでの荷下ろしが始まった。日が暮れるころ、家のなかは適当に積み重ねられた細々としたものであふれかえり、雑然とした状態になっていた。疲れ果てたジャンヌはベッドに入るなり眠ってしまった。

それから数日間は、なすべきことがありすぎて感傷に浸る暇もなかった。ジャンヌは、今もずっと息子の帰りを待っており、ポールのためと思えば、新居を整え、きれいにすることも、少しは楽しめるようになってきた。レ・プープルの自室に飾ってあったタピスリーを食堂兼用のサロンに吊るす。二階にあるふたつの寝室の片方には、特に注意を払った。彼女にとってここは、いつか帰ってくる「息子のための部屋」なのだ。

もう片方の寝室がジャンヌの部屋になった。ロザリは、屋根裏にある物置の隣の小部屋で寝ることにした。

心を尽くして整えた家は、感じの良い住処となった。しばらくはジャンヌもこの家が気に入っていた。だが、何かが足りないような気がする。自分でも何が足りないのかはよくわからないのだが。

ある朝、フェカンの公証人から使いが来て、ジャンヌは三千六百フランを手にした。レ・プープルに置いてきた家具を専門家が鑑定し、その代金が届けられたのだ。金を受け取るなり、ジャンヌは喜びに震えた。男が帰ると、ジャンヌはすぐに帽子をかぶり、ゴデルヴィルの町に行こうとした。思いがけず手にした大金を一刻も早く、ポールに送ってやろうとしたのだ。

だが、街道を急いで歩いていると、市場から帰ってきたロザリに出くわした。ロザリは詳しい状況こそわからないものの、何かを感じたようだ。隠し事のできないジャンヌがことを打ち明け、すべてがわかるとロザリは買い物籠を道に置き、全身で怒りはじめた。

腰に拳をあてて大声をあげ、ロザリは右手でジャンヌの腕をつかみ、左手で買い物籠をもつと、怒り冷めやらぬまま、家に向かって歩きはじめた。

家に着くなり、ロザリはジャンヌに金を出させた。ジャンヌは、ロザリに金を渡したが、六百フランだけ手元に残しておいた。だが、それも疑い深いロザリに見破られてしまい、結局はロザリに全額を渡すことになった。

するとロザリは、その六百フランだけならポールに送ることを許した。

数日後、感謝の手紙が来た。「お母様、本当に助かりました。まったくお金がなくて困っていたのです」

ジャンヌはバットヴィルに慣れることができなかった。昔のように自然に呼吸することができない。ますます孤独を感じ、見捨てられたという思い、途方に暮れる思いは以前よりも強くなっていた。いつもそうした思いが消えないのだ。ちょっとひとまわりしようと外に出ると、ヴェルヌゥーユの村まで行き、トロワ・マールをまわって帰ってきた。家に戻るとすぐに、また出かけたくなって立ち上がる。まるで行くべきところ、歩きたいと思っていたところに行くのを忘れていたかのような気がしてくるのだ。

なぜ、こうまで出かけたくなるのか、自分でもわからないまま、毎日これが繰り返される。だが、ある晩、ふと無意識のうちに口にした言葉で、この落ち着かない気分の原因が明らかになった。夕食のため、テーブルに着こうとしてジャンヌはこう言ったのだ。「ああ、海が見たいわ！」

ジャンヌが足りないと感じていたもの、それは海だったのだ。二十五年間そばで眺め続けてきた海、潮風の吹く海、怒る海、うなり声のような波音、激しい風の吹く海。毎朝、レ・プープルの屋敷の窓から見ていた海。あのころは、夜も昼も海風のなかで呼吸していた。いつも身近に感じ、気づかぬうちに相手が人間であるかのように愛していたあの海。

マサックルも壮絶な日々を生きていた。あの晩、新居に着くなり、マサックルは台所の食器棚の前に座り込み、そのまま動けなくなった。犬は昼のあいだ、ずっとそこに寝そべったままで、ときおり、かすかなうなり声とともに寝返りを打つ以外はまったく動かない。

だが、夜になると立ち上がり、壁に身体をぶつけながらよたよたと庭に出ていく。そして数分もすると、外で用を足し終えて家に戻り、まだ温かい暖炉の前にべったりと座り込むのだ。その後、ジャンヌとロザリがそれぞれの寝室に行き、サロンからいなくなると、マサックルは吠えはじめる。

痛ましく悲しげな吠え声は、一晩じゅう続く。ふと一時間ほど声が止んだかと思うと、さらに身を引き裂くような声で再び吠えはじめる。仕方なく家の前の空き樽に犬をつなぐことにした。すると、マサックルは窓の下で吠え続けた。そこで、もう身体も弱っているし、余命もそう長くはないだろうと、また台所に入れることになったのだ。

一晩じゅう、老犬がうめき、もがいているのが聞こえ、ジャンヌは眠れなくなってしまった。ここが自分の本当の家ではないことが、犬にもわかっているのだ。だから居場所を求め、いつまでもうろついているのだ。

どうやっても、マサックルを静かにさせることはできなかった。多くの生き物が命を謳歌し、動きまわっている昼間の時間は、うとうとと眠ってばかりいる。目が見えなくなり、身体が衰弱していることが自分でもわかっており、動けなくなってしまったかのようだ。そして夜になったとたん、休むことなくうろうろとさまよい歩く。誰にとっても真っ暗で、何も見えない闇の世界こそ、自分が生き、動くことができる唯一の場所だと思っているのだろうか。

ある朝、気がつくとマサックルは冷たくなっていた。ジャンヌたちは心から安堵した。

冬が深まりつつあった。ジャンヌはどうにもしがたい絶望感に苛まれていた。心がきりきりと締め上げられるような鋭い痛みではない。もっと陰鬱なじわじわとした悲愴感が消えないのだ。

どんな気晴らしも効果がなかった。誰もジャンヌを相手にしてくれない。門の前の街道は右と左にまっすぐのびるばかりで、ほとんど人通りがない。ときおり、青い風船のようにシャツの袖を風にふくらませ、赤ら顔の御者が軽二輪馬車を速足で走らせていくぐらいだ。たまには、荷車がゆっくりと過ぎていくこともある。遠く地平線に連れ立って歩く農民の男女が小さく見え、近づくにつれて人影が大きくなったかと思うと家の前を過ぎ、また徐々に小さくなり、二匹の虫のようになる。白い線のようにのび続ける道がもう見えなくなるあたり、ふたつの影は、土地の起伏にあわせて上下しながら遠ざかっていく。

草が生えるころになると、短いスカートをはいた若い娘が毎朝、痩せた二頭の牛を連れて、柵の前を通り過ぎるようになった。牛たちは、道の側溝に沿って草を食《は》みながらゆっくり歩いていく。夕方になると、今度は牛を連れて戻るのだが、その足取りは朝と同じようにゆっくりと眠たげだ。若い女は、一歩進むだけで十分かかるような足取りで、牛の後ろを歩いていくのだった。

ジャンヌは毎晩、レ・プープルの家にいる夢を見た。

昔のように、父や母とレ・プープルで暮らしている夢。ときにはリゾン叔母が出てくることもあった。夢のなかでジャンヌは、もう忘れてしまったこと、今はもうやらなくなってしまったことを、昔と同じようにこなしていた。並木道を散歩する母に付き添っていることもあった。そして、いつも目が覚めたとたん、涙が出てくる。

ジャンヌはいつもポールのことを考えていた。「今、何をしているのかしら。どうしているのかしら。ときどきは私のことを思い出してくれているかしら」農場と農場のあいだの窪んだ道をゆっくりと歩きながらも、頭のなかはポールのことばかりを考え、心を痛めていた。特に彼女を苦しめていたのは、息子を奪った女への抑えがたい嫉妬の気持ちだった。この嫉妬心があるからこそ、ジャンヌはここに留《とど》まっているのだ。それさえなければ、息子を迎えに行き、息子の家に乗り込み、行動を起こしていただろう。扉の前に立ちはだかり、「あら、奥様、何をしに来たんですか」と問いかける女の姿が目に浮かぶ。そんな形で女と会うのは、母の誇りが許さないのだ。女として常に清廉で過失も汚点もなく生きてきたという尊大なまでのプライドから、ジャンヌは肉欲の愛に振りまわされる男たちの弱さに怒りをつのらせていた。肉欲の愛は、心まで卑しいものにしてしまうのだ。官能のいかがわしい秘密、人を堕落させる愛撫、離れがたくなる接合をほのめかすさまざまな神秘について考えると、ジャンヌには、人間が卑しい生き物に思えてならなかった。

また春が過ぎ、夏が過ぎた。

だが、長雨が続き、空は灰色に変わり、暗い雲がたちこめ、秋の訪れを告げるころになると、ジャンヌはこのままの暮らしを続けるのが嫌になり、ポールを取り戻すためにもういちど頑張ってみようと思い立った。

いいかげんポールの熱愛も冷めたことだろう。

ジャンヌは涙ながらに息子に手紙を書いた。

「愛しいポールへ

どうか、私のもとへ戻ってきてください。私はもう年寄りで病人で、いつも一人ぼっち。女中が一人いるだけです。今は街道沿いの小さな家に住んでいます。とても寂しいです。でも、おまえさえいてくれれば、何もかも変わるはず。もう私にはおまえしかいないのです。それなのに、七年も会っていないのですよ。私がどれだけつらいか、どれだけおまえを頼りにしているか、おまえにはわからないでしょうね。おまえは私の命であり、夢であり、唯一の希望、ただ一人の愛する相手なのです。おまえに会いたいです。おまえは私を見捨てたのね。

プーレや。戻ってきてちょうだい。戻ってきてお母さんにキスをしておくれ。年老いた母が、絶望的な思いで腕を広げて待っているのだから、戻ってきてくださいね。

ジャンヌより」

数日後、返事が届いた。

「愛しいお母様、お母様に会いたい気持ちは山々ですが、お金がないので帰れません。送金してくだされば、すぐにも参ります。そうでなくても、お母様に話したい計画があって、会いたいと思っていたところなのです。この計画がうまくいけば、僕もお母様に親孝行ができそうです。

不遇な日々を共にしてくれた彼女は、私利私欲を捨てて僕に尽くし、僕を愛してくれています。そろそろ、これだけの愛情、そしていつも変わらぬ献身に対して感謝の気持ちを形にしなくてはならない、と思うようになりました。礼儀作法も心得た女で、お母様も認めてくださることと思います。教養もあり、本もたくさん読んでいます。彼女が僕にとって、昔も今もどれだけ大切な存在なのか、お母様には想像もつかないことでしょう。彼女の愛に報いずにいるなんて、人間として許されざることです。だから、どうぞ彼女を妻として迎えることを認めてください。これまで放浪し続けてきた僕をお許しください。今は、三人仲良く、お母様の新しい家で暮らしたいと思っています。

お母様も彼女に会えば、すぐに結婚をお許しくださることと思います。彼女は非の打ち所がない人です。素晴らしい女性です。きっとお母様も彼女を気に入ることでしょう。実際、僕はもう彼女なしには生きていけないのです。

お母様、首を長くしてお返事お待ちしています。僕と彼女から心をこめてキスを送ります。

あなたの息子。ポール・ド・ラマール子爵」

ジャンヌは愕然とした。膝の上に手紙を広げたまま動けない。息子の後ろにはあの狡猾な女がいるのだ。息子をずっと引きとめ、一度として母のもとを訪れることを許そうとしないばかりか、絶望した老母が息子会いたさのあまり心身ともに衰弱し、ついにはすべてを許してくれるときがくるのを、今か今かと待っているのに違いない。彼女にとっては、それが自分の存在を認めさせる勝利の瞬間なのだ。

ポールはこの女に惚れこんでいるのだ。そう思うとひどく苦しく、胸が張り裂けそうだった。ジャンヌは「ポールは私を愛していない。私を愛してないんだわ」と繰り返し、つぶやいた。

そこへロザリが帰ってきた。ジャンヌは言った。「ポールがね、今度は結婚するって言い出したの」

ロザリは飛び上がらんばかりに驚いた。「ああ、ジャンヌ様、そんなの許しちゃだめですよ。ポール様がそんなどこの馬の骨ともわからぬ女と結婚だなんて」

ジャンヌは深く傷つきながらも怒っていた。

「ええ、絶対に許すものですか。向こうが会いに来ないなら、こっちから行ってやります。私とその女とどっちを選ぶのか、ポールにはっきり決めさせましょう」

ジャンヌはすぐにポールに手紙を書き、これから自分が会いに行くこと、そして、その女がいる家ではなく、どこか外で会って話がしたいと伝えた。

ポールの返事が来たらすぐに出かけられるよう、旅支度に取りかかる。ロザリが古い旅行鞄を出してきて、ジャンヌの服や下着を詰めはじめた。だが、ジャンヌのドレス、古い田舎風のドレスを畳もうとして大声をあげた。「ああ、もう着るものがないじゃありませんか。こんな格好でお出かけになっちゃいけません。皆さんの前で恥ずかしい思いをしますよ。パリの奥様方から女中に間違われてしまいます」

ジャンヌはロザリの言うとおりにした。二人でゴデルヴィルに行って緑色のチェック柄の生地を買い、村の仕立屋に縫わせる。それから公証人のルーセルを訪ねた。毎年二週間程度、パリで過ごしている彼から、パリの情報を聞き出すためである。なにしろ、ジャンヌがパリに行くのは二十八年ぶりだった。

公証人は、馬車を避ける方法や、お金を服の裏地に縫い付けておくとか、ポケットには必要最小限の小銭しか入れないなどのスリ対策まで、ジャンヌに細々と助言した。さらに、パリの手ごろな価格帯のレストランのことを長々と話し、ご婦人方に人気の店を二、三軒教えてくれた。彼が常宿にしているノルマンディ・ホテルなら駅からも近いからと薦め、フロントで彼の名を出せばいいと話した。

六年前からパリとル・アーヴルのあいだを鉄道が走るようになり、地元でも話題になっていた。だが、日々悲しみに暮れていたジャンヌは、まだこの蒸気で走る乗り物、人々を大騒ぎさせている汽車というものを見たことがなかった。

しかし、ポールから返事はこなかった。

一週間が過ぎ、二週間が過ぎ、ジャンヌは毎朝、前の道まで出てゆき、通りかかった配達人に震える声で尋ねた。「マランダンさん、私に郵便は来ていませんか」。だが配達人は、この季節特有の悪天候のため、しわがれてしまった声で同じ答えを繰り返す。「今日も何もないですね。奥様」

きっと、あの女がポールに返事を書かせないのだ。

そこで、ジャンヌはすぐに出発することにした。ジャンヌはロザリも一緒に連れていきたがったが、ロザリは旅費がかかりすぎると言って一緒に行こうとはしなかった。

そもそも、ロザリがジャンヌにもたせたお金も三百フランだけだった。「これで足りないときには、手紙で知らせてください。私が公証人のところに行って、送金させます。これ以上お金をもっていくと、ぜんぶポール様のものになってしまいますからね」

こうして十二月のある朝、ジャンヌとロザリは馬車に乗り込んだ。ロザリの息子、ドゥニが御者を務め、二人を駅へ送り届けた。ロザリは駅でジャンヌを見送ることになっていた。

二人はまず切符の値段を尋ねる。準備が整い、荷物を預け終えると、二人は線路の前で汽車を待った。二人とも、線路を見ても何がどうなっているのか不思議でならない。そんな鉄道の不思議に気をとられていたので、二人はしばし、パリに行く理由が決して楽しいものではないことを忘れた。

やがて、頭がくらくらするような汽笛が遠くから聞こえてきたかと思うと、黒い車体がぐんぐんと近づいてくる。汽車は、轟音とともに二人の前を過ぎて停まった。後ろには、小屋に車輪をつけたような客車が連なっており、鉄道員が客車の扉を開ける。ジャンヌは、泣きながらロザリを抱きしめ、そのひとつに乗り込んだ。

感極《きわ》まったロザリが叫ぶ。

「ジャンヌ様、いってらっしゃいませ！　どうか、お気をつけて！」

「じゃあね、ロザリ、いってきますね」

汽笛も鳴り止まぬうちに、連なった車体がゆっくりと線路の上を進みはじめ、やがてスピードを増し、ついには恐ろしいほどの速さとなった。

ジャンヌの乗ったコンパートメントでは、二人の紳士がそれぞれ隅に陣取り、眠り込んでいた。

車窓に流れる風景の速さに驚きながらも、野原や木々、農場、いくつもの村を眺めているうちに、ジャンヌは、これまでの穏やかな少女の日々とも、大人になってからの単調な生活とも違う新しい環境に身をおくことで、自分が新しい人生に踏み出したような気がしてきた。

汽車がパリに着くと、もう日が暮れかかっていた。

ポーターが出迎え、ジャンヌの鞄を手にする。驚いたジャンヌは、男のあとについていく。人ごみに慣れていないため、周囲の人にぶつかりながらも、ここではぐれては大変とばかりにほとんど走るようにして男を追いかける。

ホテルのフロントに着くと、ジャンヌはあわてて言った。

「ルーセルさんのご紹介なんです」

ホテルのフロントには大柄でしかめ面の女主人が座っており、「ルーセルさん？どなたのことですか」と聞き返してきた。

ジャンヌは、一瞬呆気にとられたものの、すぐに答えた。「ゴデルヴィルで公証人をしているルーセルさんです。毎年、ここにお泊りだと聞いています」

「ああ、そうですか。ちょっと思い出せませんね。で、マダム、お泊りですか」

「ええ、お願いします」

ボーイが彼女の鞄を手に取り、先に立って階段を上がっていく。

ジャンヌは悲しくなってきた。小さなテーブルを前に腰を下ろし、若鶏の手羽とスープを部屋まで運ぶよう頼んだ。明け方から何も食べていなかったのだ。

蠟燭のもと、さびしく食事をとる。さまざまなことが心をよぎり、新婚旅行の帰りにこの同じパリに立ち寄ったことを思い出していた。思えば、ジュリアンの本性が最初に垣間見えたのも、パリにいたときだった。でもあのころ、彼女はまだ若く、人を疑うことを知らず、元気にあふれていた。ところが今や年老い、おどおどと不安でたまらず、体力も衰え、ちょっとしたことにも心が乱れてならない。食事を終えると、ジャンヌは窓に寄り、人々であふれる道を眺めた。外を歩いてみようかとも思いはしたが、迷子になるのが怖くて、やはり出ないことにした。ジャンヌはベッドに入り、蠟燭の灯りを吹き消した。

だが、物音や見知らぬ都会の緊張、旅の興奮もあって、なかなか寝つけない。時間ばかりが過ぎる。外から聞こえる話し声は徐々に静かになっていった。それでも、中途半端な都会の静寂はジャンヌを落ち着かない気持ちにさせ、眠りを妨げていた。ジャンヌは、田舎ならではの静かで深い眠りに慣れていた。人も動物も植物もすべてのみ込まれてしまう眠りだ。それに比べ今、ジャンヌは不思議なざわめきに取り囲まれていた。ホテルの壁のなかを伝ってくるのだろうか、はっきりとは聞き取れないけれど、声がする。床のきしむ音、扉の閉まる音、呼び鈴の音などがときおり聞こえてくる。

ジャンヌがようやくうとうとしはじめた午前二時ごろ、とつぜん隣の部屋から女の叫び声がした。ジャンヌは飛び起き、ベッドの上で座りなおした。あとには男の笑い声が聞こえたような気がする。

夜明けが近づいてくると、今度はポールのことばかり考えるようになった。日の出とともにジャンヌは服を着て、ホテルを出た。

ポールの住所は、シテ島、ソヴァージュ通りとなっていた。ロザリに倹約を言い渡されていたので、馬車には乗らず、歩いていくことにした。空は晴れていた。冷たい風が身体に突き刺さる。人々は急ぎ足で歩道を走るように過ぎていく。ジャンヌは教えられた道をできる限り急いで歩き出した。道をまっすぐ進み、突き当たりを右に折れ、次を左折、すると広場に出るから、そこでまた誰かに聞いてみろと言われていた。だが、その広場が見つからない。そこで、パン屋で道を聞くと、まったく別のことを言う。ジャンヌは再び歩き出し、道に迷い、さんざん歩き回った挙句に、また別の人に道を尋ね、いつしか完全に迷子になってしまった。

気が動転したジャンヌは、ほとんど当てずっぽうで歩いていた。もういっそ馬車を呼ぼうかと思ったところでセーヌ河が見えた。ジャンヌは河岸沿いに歩き出した。一時間ほどでソヴァージュ通りの入り口に着いた。暗く細い小路だ。ジャンヌは門の前で足を止めた。やっとたどり着いた感激で足が踏み出せない。

ここだ。ポールはこの家にいるのだ。

膝ががくがくし、手が震える。意を決して門をくぐり、通路を抜けると管理人の小屋があった。ジャンヌは管理人にチップを握らせ、頼んだ。「ポール・ド・ラマール子爵を呼んでください。母親の友人だという老女が来て、下で待っていると言えばわかります」

管理人は答えた。「あの人なら、もういませんよ」

ジャンヌの全身を戦慄が駆け抜けた。やっとのことで尋ねる。

「あの、では、どこに、どこに引越したのでしょう」

「さあねえ」

ジャンヌは呆然とし、その場に倒れそうになっていた。しばらくは言葉が出てこなかった。

それでも必死の思いで理性を呼び起こし、小さな声で言う。

「いつ、出て行ったのでしょう」

男は詳しく教えてくれた。

「二週間前かな。ある晩、ふっといなくなって、そのまま戻らないんだ。まあ、ここらではあちこちに借りをつくっていたから、そういうわけで、行き先も残さなかったんだろう」

まるで目の前で銃の引き金を引かれたかのように、目のなかに閃光が走り、火花が散ったような気がした。それでも、息子に会いたい、息子を見つけ出したいという強い思いが彼女を支えていた。だからこそ、冷静なふりをし、取り乱さずに立っていることができたのだ。

「それでは、何も言わずに立ち去ったのですね」

「ああ、そうですよ。支払いを踏み倒して逃げたんだから」

「でも、誰かに郵便物を取りに来させることぐらいあるでしょう」

「そんなのこっちだって渡しやしませんよ。そもそも手紙なんて、年に十通も来ないしさ。そういや、あの人たちがいなくなる二日ほど前に一通渡してやったな」

きっと自分が書いた手紙に違いない。ジャンヌは思わず早口になっていた。

「実は私、母親なんです。ポールの母です。息子を迎えに来たんです。十フラン、少ないですけど、受け取ってください。もし、息子について何かわかったら、何か知らせがあったら、ノルマンディ・ホテルまで連絡してください。ル・アーヴル通りのホテルです。お礼をさしあげますので、どうかよろしくお願いします」

そして彼女はその場を立ち去った。

歩きはじめたものの、どこに行くかは何も考えていなかった。それでも何か重要な案件があるかのように急いでいた。ジャンヌは壁に沿って歩き続け、大きな包みを抱えた人にぶつかってしまった。馬車が来ているのに気づかず、道を渡ろうとして、御者に罵声を浴びせられたりもした。よく足元を見ずに進み、歩道の段差に躓いたことも一度ではすまない。ジャンヌは我を忘れ、ただひたすら早足で歩き続けた。

ふと見ると目の前に公園があった。急に疲れを覚え、ジャンヌはベンチに座り込んだ。自分でも気がつかぬうちに泣いていた。しかも、ずいぶん長いあいだそうしていたようだ。通行人が彼女をいぶかしげに眺めている。ふと、身体が冷え切っていることに気がついた。歩こうとして再び立ち上がったものの、心痛と衰弱で立っているのもやっとという状態だった。

レストランに入って温かい肉汁でもとろうかと思ったが、きっと落ち込んでひどい顔をしているのだろうと思うと、恥ずかしさや不安、遠慮もあって、店に入っていけなかった。一瞬だけ店の入り口で立ち止まり、なかを覗き込んだが、テーブルに着き食事している人たちの姿を見たら気後れしてしまい、「別の店にしましょう」とつぶやきながら立ち去ったのだった。そして二軒目の店でも、入ることができなかった。

結局、パン屋でクロワッサンを買い、歩きながらかじった。喉が渇いたが、どこで水が飲めるのかも思いつかず、そのまま歩き続けた。

アーチ形の入り口を抜けると、回廊に囲まれた庭園があった。これがパレ・ロワイヤルの庭園だ、とジャンヌは思った。

太陽の下を歩いたことで、さきほどよりは身体が温まってきた。ジャンヌはここで一、二時間休むことにした。

庭園に人々が入ってきた。いかにもエレガントな一団で、互いにお喋りしたり、微笑みあったり、挨拶を交わしたりしている。美しい女たち、裕福そうな男たち。着飾り、楽しむためだけに生きているような、いかにも幸せそうな人たちだ。

ジャンヌは、そんなきらびやかな人々のなかにいるのがつらくなり、立ち上がってその場を去ろうとした。だが、ふと、ここにいればポールに会えるかもしれないという考えが浮かんだ。ジャンヌはすれちがう人々の顔に視線をやりながら、ふらふらと歩きはじめた。庭園の端から端まで、ちょこちょこと早足で何度も往復してみた。

人々のなかには彼女を振り返り、笑ったり、指差したりする者もいた。ジャンヌもそれに気づき、庭園をあとにした。きっと皆、自分のふるまいや、着ている服を笑っているのだろう。緑色のチェック柄の服は、ロザリが生地を選び、ゴデルヴィルの仕立屋に指示して縫わせたものだった。

もう、通行人に道を聞く気にさえなれなかった。それでも勇気をふりしぼって道を尋ね、やっとの思いでホテルにたどり着いた。

ホテルに着くと、ベッドの足元にある椅子に腰を下ろし、そのまま動かなかった。夕食は昨日と同様、ポタージュと肉を少々食べた。あとは、いつもの習慣を機械的にこなし、眠りについた。

翌朝、彼女は警察署に行った。息子を捜してもらおうと思ったのだ。警官は、見つかる確証は何もないと前置きしたうえで、捜してみましょうとは言ってくれた。

警察を出ると、ジャンヌは再びポール会いたさに街をさまよい歩いた。雑踏のなかにいると、誰もいない野原にいるよりも、ずっと孤独で心細く、惨めな気分になった。

夕方、ホテルに戻ると、留守中にポールのことで誰かがやってきて、また明日出直すと言って帰っていったという。心臓に血がどっと一度に流れ込んだかのように、胸が熱くなった。ジャンヌはその晩、眠れなかった。ポールかしら。ええ、きっとそうだわ。ホテルの人が話してくれた人相は、ポールのものではなかったが、それでもジャンヌはポールが会いに来てくれたのだと信じて疑わなかった。

翌朝九時ごろ、誰かが彼女の部屋のドアをノックした。ジャンヌは、叫ぶように応えた。「どうぞ、入って！」ジャンヌは息子を胸に抱きしめようと待ち構えた。だが、入ってきたのは見知らぬ男だった。男は、お邪魔してすみませんと謝り、ポールに金を貸しており、返済を求めに来たのだと説明した。男の話を聞くうちに、ジャンヌは泣きそうになってきた。それでも、目の端にたまりはじめた涙をそっと指先でぬぐい、泣いていることを悟られまいとする。

男はソヴァージュ通りの管理人にジャンヌのことを聞き、ポールが見つからない以上、母親に泣きつくしかないと考えたのだ。男が書類を差し出したので、ジャンヌは何も考えずにそれを受け取った。九十フラン。金額を確認すると、ジャンヌは財布を出し金を払った。

その日、ジャンヌは外に出なかった。

翌日も、別の債権者が何人かやってきた。もっていた金のほとんどがポールの借金返済に消え、手元には二十フラン程度しか残らなかった。ジャンヌはロザリに手紙を書き、ことの次第を説明した。

ロザリから返事が来るまで、ジャンヌは何日もぼんやりと歩き回って過ごした。何をしていいのかわからず、永遠に続くかのようなつらい時間をどうつぶしたらいいのかもわからない。やさしい言葉を交わす相手もなければ、自分の惨めな気持ちをわかってくれる人もいない。ジャンヌは、ただ偶然にまかせて歩くばかりだった。もはや、パリを去りたい、あの物寂しい街道沿いの小さな家に帰りたいという気持ちで苦しいほどだった。

数日前までは悲しみに暮れ、もう、あそこでは生きていけないとさえ思った。それが今では、自分はあの家でなければ生きられない。何の気晴らしもない日々がすっかり定着してしまったあの家こそが、自分の居場所なのだ。

そして、ある晩、ロザリから手紙と二百フランが届いた。

「ジャンヌ様、これ以上はお金を送れないので、どうか、さっさと帰ってきてください。ポール様については、居所がわかり次第、私がお迎えに行きましょう。
奥様の忠実なしもべ、ロザリより」

雪が降り、ひどく冷え込んだ朝、ジャンヌはパリを発ち、バットヴィルに戻った。

14

家に戻ると、ジャンヌはもう外出しようとせず、動かなくなってしまった。毎朝、同じ時刻に起きて、窓から天気を確かめる。それから一階の部屋に降りてきて、暖炉の前に座る。

そして一日じゅう、そこから動かない。それが日課だった。暖炉の火を見つめ、嘆きに身をまかせ、惨めな思いの連続だった悲しい人生を振り返る。いつしか部屋に夕闇が広がりはじめるまで、暖炉に薪をくべる以外、椅子から立ち上がることもない。

やがて、ロザリがランプをもってきて、大きな声をあげる。「ほらほら、ジャンヌ様、少しは動かなくちゃだめですよ。そんなことでは、今夜もおなかがすかないでしょう」

ジャンヌは、しばしば執拗な強迫観念に捉われ、些細なことが気になっては苦しんでいた。病んだ心には、ちょっとしたことが妙に重要に思えてならないのだ。

ジャンヌは過去のことをあれこれ思い出していた。しかもずっと昔のこと、特に修道院を出たばかりのころや、コルシカ島の新婚旅行のことが何度も思い出されるのだ。長いこと忘れていたコルシカ島の風景が、暖炉で燃える薪のなかにすっと浮かび上がってくる。どんな細かいことも、小さなことも思い出せる。島で出会った人たちのことも、みんな思い出した。ガイドを務めたジャン・ラヴォリの顔が迫ってくる。その声まで聞こえるような気がしてきた。

それから、ポールが小さかったころのこと。ポールに葉ものの野菜の植え替えを頼まれ、リゾン叔母と二人、肥料をまいた地面に這いつくばって作業をしたものだ。リゾンもジャンヌも、ポールを喜ばせようと張り合い、どちらが上手く苗を根付かせるか、どちらが上手く苗を育て上げるかを競ったこともあった。

ジャンヌは小さな声で息子に話しかけるようにつぶやく。「プーレ、プーレちゃん」そして、息子の名が唇からもれたところで、我に返る。ときには何時間も、空《くう》に指を伸ばし、息子の名を一字一字書いて過ごす。暖炉の前で、まるで指の軌跡が見えているかのように、ゆっくりとポールの名を書く。ときに書き損じたと思い、疲れた腕を震わせながら、Pの文字からやり直し、ちゃんと最後まできれいに書こうとする。無事に書き終えると、もういちど最初から書きはじめる。

ついには、それも続けられなくなる。すべてがごちゃまぜになり、頭に血が上って、別の言葉を書きはじめてしまう。

孤独な生活を送る人にはありがちなことだが、ジャンヌは神経質になっていった。ちょっと物の位置が変わっただけでも、気に障るのだ。

ロザリはなんとかジャンヌを歩かせようとし、街道へと連れ出す。だが、二十分もするとジャンヌは「もう無理よ、これ以上歩けないわ」と言い出し、側溝の端に座り込んでしまうのだ。

まもなく、ちょっとした動作すら億劫になり、床《とこ》で過ごす時間が増えていった。

それまでは、子どものころからひとつだけ、まったく変わらずに残っている習慣があった。朝、ベッドでカフェオレを飲み、そのあとさっと起き出すという習慣だ。ジャンヌは、このカフェオレにひどく執着しており、この習慣を失うことは、ほかの何を失うよりも耐え難いことであるはずだった。毎朝、ジャンヌはロザリが部屋にカフェオレを運んでくるのを、今か今かと待つ。どこか陶然とした気持ちになりながら待つのだ。そして、ナイト・テーブルにカフェオレがたっぷり入ったカップが置かれると、さっそくベッドの上に座りなおし、喉を鳴らして美味しそうに飲み干す。それから、掛けぶとんをはねのけ、着替えはじめるのだ。

だが、カップを受け皿に置いたところで、しばらくぼんやりすることが徐々に増えていった。やがて、飲み終えても、また寝てしまうようになってきた。日を重ねるごとに、ジャンヌは動きたがらなくなり、ついには、ロザリが怒った顔で部屋にやってきて、無理やり服を着せてやらねばならなくなった。

そもそも、ジャンヌは見るからに生きる意欲を失っていた。ロザリが指示を仰いだり、何かを尋ねたり、意見を聞いても、ジャンヌの答えはいつも同じだった。「おまえに任せるわ」

これだけ次々と自分にばかり不幸が続くということは、何か悪い運命を背負っているに違いないと、ジャンヌは東洋の人たちのように宿命論者になっていた。夢がしぼみ、希望が崩れ去るのを何度も経験するうちに、もう先の計画など考えられなくなってしまった。本当にこれでいいのだろうか、また何かひどい目にあうのではないかと思うあまり、ちょっとしたことをするのにも、何日間もずっと迷い続ける。何かといえば「私はつくづく運がない」とつぶやき、そのたびにロザリに大声で叱られる。

「食べるものに困って働かなければならないわけでも、毎朝六時に起きて一日じゅう働くわけでもないのに、何をおっしゃいますか。そうでもしないと生きていけない人はたくさんいるんですよ。そういう人たちは一生働いた挙句に、年をとって働けなくなったら、惨めに死んでいくしかないんですからね」

ジャンヌは言う。

「でも、私、息子に捨てられて一人ぼっちなのよ」

「それぐらい何ですか！　子どもが兵隊にとられたり、アメリカに行ってしまった人だっているんですよ！」

ロザリはアメリカに漠然としたイメージしかもっておらず、ただ新天地でひと儲けしようと人々が目指す国、そしてそのまま帰ってこない国だと思っているのだ。ロザリはさらに続ける。「親子だっていつまでも一緒にいられるもんじゃないんですよ。年寄りと若者にはそれぞれ別の世界があるんですから」それから、怖い口調になって言った。「お坊ちゃまが生きているだけでもましでしょう！」

さすがにジャンヌもそれ以上は言葉がなかった。

春が来て気候がやわらぐと、ジャンヌにも少しは体力が戻ってきた。だが、その体力すら、彼女は悪いほうへ悪いほうへと物ごとを考えることにしか使おうとしないのだ。

ある朝、屋根裏部屋に物を取りに来たジャンヌは、箱を見つけ、何気なく開けてみた。そこには、古いカレンダーがたくさん詰まっていた。田舎の習慣で、捨てずに取っておいたものだ。

ジャンヌはそこに、自分の過去の年月が詰まっているような気がした。四角い厚紙がぎっしり入った箱を前にして、ジャンヌは途方に暮れ、不思議な気分になった。

ジャンヌは古いカレンダーを手に取り、下の部屋にもっていった。大きいものから小さなものまでさまざまだ。ジャンヌはそれを年代順にテーブルの上に並べていった。

思いがけず、レ・プープルにやってきた最初の年のカレンダーが出てきた。

ジャンヌはカレンダーをじっと見つめた。修道院を出た翌日、ルーアンからレ・プープルに出発する日の朝に、自分が線を引いて消した日付。ジャンヌは涙した。ゆっくりと流れ落ちる悲しい涙。テーブルに広げられた、自分の惨めな人生の日々を前にして流す、老女の哀れな涙だった。

ふと思いついたことがあった。そうなると、激しく執拗な思いにどうしても抵抗できない。ジャンヌは、自分が何をしてきたか一日ごとにたどりなおしたくなったのだ。黄ばんだ古いカレンダーを一枚ずつ、壁やタピスリーに鋲で貼っていく。そして、カレンダーを前に「この月には何があったかしら」と考えるうちに数時間がたっていた。

大事なことがあった忘れられない日には印がつけてあった。一日ずつ記憶をつなぎ合わせ、大きな出来事の前だったか後だったかを判断し、たどりなおしたりしているうちに、ほぼすべての出来事が思い出せる月もあった。

熱心に考え、記憶を必死にたどり、ジャンヌは集中力と強い意志によって、レ・プープルで過ごした最初の二年間のことをほぼ完璧に思い出すことができた。あれだけ遠い昔のことなのに、不思議と容易に、しかもはっきりと思い出すことができた。だが、その後のことは霧のなかのようにぼんやりしている。記憶が混ざり合い、前後関係も怪しい。ジャンヌは、一枚のカレンダーの前でうつむき、過去へと気持ちを集中させたまま、じっと動かないことがあった。それでも、その記憶が本当にこの年のことだったかすら確信できないこともあるのだ。

ジャンヌは壁に張り巡らせたカレンダーを見ながら歩き回った。まるでキリスト受難の図が貼られた回廊を歩いているかのようであり、自分の過去を描いた絵画を見てまわっているかのような気もしてきた。急に思い立って、ある年のカレンダーの前に椅子を置き、その年のことを思い出そうと、じっと見つめ、夜までずっとそこから動かないこともあった。

やがて、陽光を浴びた樹液がいっせいに目覚め、畑に作物が芽を出し、木々が新緑に染まり、中庭のリンゴの樹で薄桃色の丸い花があたりに甘い香りを放つ季節になると、とつぜんジャンヌはいても立ってもいられなくなった。

これ以上、じっとしていられない。時を惜しむ気持ちに掻き立てられるように、日に二十回も行ったり来たり、出たり入ったりを繰り返し、ときには農場に沿って延々と歩き回る。

草の茂みに小さく咲いているマーガレットの花や、一筋の木漏れ日の光、青空を映す轍の水溜り。そんなものを見ては感動し、胸をときめかせたり、どぎまぎしたりする。野を歩いては空想にふけっていた少女時代の思いがよみがえったかのように、遠い日の感情が戻ってきた。

希望あふれる未来を思い描いていたあのころも、このように感動に胸を震わせ、春の日の甘美さ、悩ましいまでの陶酔感を味わったものだ。未来に希望などない今もまた、彼女は同じ感動を味わっている。だが、心に春の歓びを感じていても、苦しみがすっかり払拭されたわけではない。目覚めたばかりの世界は永久《とわ》の歓びを謳歌しており、ジャンヌの乾いた肌や、冷たくなってしまった血、傷ついた心にも歓びが染みてくる。だが、それすらも、もはや弱々しく痛ましいほどの力しかもたないのだ。

自分だけではなく、まわりのものもすべて、何かが少しだけ変わってしまった。太陽の光さえ、昔ほど暖かく感じない。空の青さも昔ほどではない。草の緑も昔のほうが濃かったような気がするし、花も以前はもっと色鮮やかで香りも強かったような気がするのだ。そんなふうに思いはじめると、うっとりしていた気持ちもさめてしまう。

それでも、生きる歓びを感じる日もある。そんな日は、夢想にふけり、望みを抱いたり、期待したりもする。運命がどんなに過酷なものであろうが、晴れた空を見ていると、つい希望を抱いてしまうのが人間というものだろう。

ジャンヌは、荒ぶる魂に追い立てられるように、何時間もただ前へと歩き続けた。ときに、とつぜん立ち止まったかと思うと、道端に腰を下ろし、悲しい物思いにふける。どうして、自分はほかの者たちのように愛されることができなかったのだろう。どうして、穏やかに暮らすというささやかな望みさえかなわないのだろう。

ふと、自分が年寄りであることを忘れる瞬間がある。もう自分に残っているのは孤独で悲しい数年の余生だけだということ、もう人生の終わりが近いことも忘れてしまうのだ。まるで十六歳のころのように、心楽しく将来の予想図を思い描き、あれこれ浮かぶ夢をつなぎ合わせてみることもある。だが、やがて厳しい現実が彼女にふりかかる。ジャンヌは、重いものが落ちてきて下敷きになり、腰を痛めてしまったかのように、ふらふらの身体をなんとか立て直した。そして、「年寄りのくせに、何を考えているんでしょう。馬鹿みたいね」とつぶやきながら、さらにゆっくりとした足取りで家への道をたどるのだった。

今度は「ジャンヌ様、じっとしてらしてください。どうしてまあ、そんなふうに動き回るんですか!」とロザリに繰り返し言われるようになっていた。

そのたびに、ジャンヌは悲しそうにこう返す。「そんなこと言ったってどうしようもないのよ。マサックルだって、死ぬ直前はこうだったたじゃないの」

ある朝、ロザリはいつもよりも早い時間にジャンヌの寝室に来て、テーブルの上にカフェオレのカップを置いた。「さあ、さっさと飲んでください。ドゥニが玄関で待っているんです。ちょっと用事があるんで、これからレ・プープルに行くんですよ」

ジャンヌは感激のあまり、気を失いそうになった。身支度をしているあいだも、興奮で震えが止まらない。あの懐かしい家をもういちど見ることができると思うと、どうしていいかわからず、ただおろおろするばかりだった。

明るい空が広がっていた。若馬も陽気にはしゃぎ、ときに駆け出しそうな勢いだった。馬車がエトゥヴァンの村に入ると、ジャンヌは胸が高鳴り、呼吸が苦しくなるほどだった。柵に続くレンガ造りの門柱が目に入ると、ジャンヌは心を揺り動かすものを前にしたとき誰もがそうするように、我知らず小さな声で「ああ、ああ」と二、三度声をあげていた。

馬車はクイヤール家に停めさせてもらった。ロザリが息子とともに用事をすませているあいだ、クイヤール家の人たちは、ジャンヌが屋敷のなかを見られるようにしてくれた。新しい屋敷の主は出かけていて留守だった。そこで、クイヤール家が預かっていた鍵をジャンヌに渡してくれたのだ。

ジャンヌは一人で屋敷に向かった。古い館の海側の入り口に着くと、ジャンヌは立ち止まり、屋敷を眺めた。外見は何も変わっていない。灰色がかった大きな建物の色あせた外壁には、その日も微笑むような太陽の光が降り注いでいた。よろい戸はすべて閉じられている。

小さな枯枝が裾に落ち、ジャンヌは上を見た。枝はプラタナスから落ちてきたのだ。ジャンヌはプラタナスの大木に歩み寄り、動物にふれるように、すべらかな白い幹をなでた。草むらのなかに朽ち果てた木片が落ちていて、躓きそうになる。よく見れば、それは家族とともによく腰掛けていたあのベンチ、ジュリアンが初めてこの家にやってきた日に設置したあのベンチの残骸だった。

それから、玄関の二重扉に向かう。錆ついた重い鍵がなかなか回らず、扉を開けるのにはかなり手間どった。ようやく、耳障りな音をたてばねが軋んだかと思うと、鍵が開いた。扉も固くなってはいたが、思い切り押すと一度で開いた。

ジャンヌはすぐに走るような勢いで二階の自室に上がった。明るい色の壁紙に貼り替えられ、部屋の内装はすっかり変わっていた。だが窓を開けた瞬間、全身から思いがあふれ、動けなくなってしまった。目の前に広がる大好きな風景。森、楡の林、野原、海。海には、ところどころに白い帆が散らばり、遠くから見ると停まっているかのように見える。

ジャンヌは誰もいない広い屋敷のなかを歩き出した。なつかしい壁の染みをじっと見つめる。別の壁にある小さな窪みの前でも足を止めた。これは、男爵がここを通るたびに若いころの剣術の練習を思い出し、ふざけて杖で一撃をくわせていた跡だ。

母が使っていた部屋では、ベッドのすぐそばの片隅、扉の裏側に、金色の玉がついた細いピンが刺してあるのを見つけた。そうだ、思い出した。いたずら心を起こしてここに刺したまま、すっかり忘れてしまい、その後何年も探していたのだった。誰もここにピンがあることに気づかなかった。ジャンヌはかけがえのない形見の品を見つけたかのように、ピンを手に取り、口づけをした。

家じゅうあちこち歩き回った。張り替えていない壁紙の前で、目に見えないほどの染みを探しては、「ああ、ここだ」と見つけ出す。子どものころ、布や大理石の模様、時を経て汚れが浮き出た天井の染みを見ては、不思議な形をいろんなものに見立てて遊んだものだが、今も同じ形をそこに見つけることができた。

ジャンヌは足音もたてず、静まり返った広い屋敷のなかを一人で歩いていった。まるで墓地のなかを歩いているようだ。彼女の人生のすべてがここにあった。

サロンに降りてみる。よろい戸が閉まっているので部屋は薄暗い。しばらくは何も見えない。やがて闇に目が慣れ、鳥が舞うタピスリーの模様が徐々に見えてきた。暖炉の前には、ついさっきまで誰かがいたかのように肘掛け椅子がふたつ。部屋の匂いがジャンヌのなかに染みわたり、彼女を思い出で包み込む。そして彼女を追憶の深みへと誘うのだ。人がそれぞれの匂いをもつように、ジャンヌはこの部屋の匂いを忘れていなかった。はっきりと言葉にはできないが、それでも嗅げばすぐにわかる匂い、古い家屋に特有のやさしいおぼろげな匂い。ジャンヌは過去の匂いを吸い込みながら、ふたつの椅子をじっと見つめ、息をはずませていた。思いつめるあまり、一瞬、幻想を見たのだろうか、あのころよく見たように、父と母がそこに座り暖炉で足を温めている姿が見えたような気がした。いや、彼女には本当に見えたのだ。

驚いたジャンヌは思わず後ずさりした。背中が扉の縁にあたり、なんとか転ばずにもちこたえた。それでも、目はまだふたつの椅子を見つめたままだ。

父母の姿はもうなかった。

ジャンヌは、そのまましばらく呆然としていた。やがて、少しずつ自分のおかれた状況を思い出す。自分はついに正気を失ってしまったのだろうか。ジャンヌはその場を逃げ出したくなった。ふと、もたれていた扉の枠に目がいく。そこには、《プーレの身長計》があった。

塗料を削り不揃いな間隔でつけられた薄い印が上のほうへ伸びていっている。ナイフで彫りこまれた数字は、息子の年齢と身長を計った月、その成長ぶりを示している。数字の筆跡もさまざまだ。太い文字は男爵が彫ったもの。小さな文字はジャンヌ自身が記したもの。震えがちな文字はリゾン叔母のものだ。子どものときのポールの姿が目の前に浮かんでくる。ブロンドの髪。身長を計るあいだ、額を壁につけじっと立っていた姿。

男爵が声をあげる。「ジャンヌ、六週間で一センチも伸びているぞ」

ジャンヌは、狂おしいばかりの愛情をこめて板きれに何度もキスをしはじめた。だが、このとき外で誰かが彼女を呼んだ。ロザリだ。「ジャンヌ様、ジャンヌ様、もうお昼です。皆さんがお待ちですよ」ジャンヌは、あわてて屋敷を出た。誰に何を話しかけられても、わけがわからない。ただ出されたものを食べ、何のことかわからぬまま他人の話を聞き、農民たちに健康状態を尋ねられても適当に答え、されるがままに抱擁を受け、頬を差し出されれば挨拶のキスをする。やがて、ジャンヌたちは馬車に乗り込んだ。

木々の向こうに見えていた屋根の先端がついに視界から消えた。その瞬間、ジャンヌは心に引き裂かれるような痛みを感じた。もう二度とあの屋敷を見ることはない、これが最後の別れだと悟ったのだ。

ジャンヌたちはバットヴィルに戻った。

家に入ろうとしたそのとき、扉の下に白いものがあるのに気づいた。留守中にやってきた配達人が、扉の下に手紙をすべり込ませていったのだ。次の瞬間、ポールからの手紙であることに気づき、ジャンヌは不安に震えながら封を切った。

「愛しいお母様へ。

お母様にパリまで無駄足を運ばせては申し訳ないと思い、今まで手紙を書かずにいました。すぐにも僕のほうからお母様に会いに行くつもりだったんです。今、僕はとてつもない不幸に見舞われ、非常に困っています。実は内縁の妻が死にそうなのです。妻は三日前に、女の子を出産したばかりです。僕は一文無しです。今のところ、管理人さんが哺乳瓶でなんとか娘に乳をやっていますが、僕一人ではこの子を育てられそうにありません。このままではこの子が死んでしまうのではないかと心配しています。お母様、面倒見てやってくれませんか。僕はすっかり途方に暮れています。乳母を雇うお金もありません。至急お返事ください。

母を愛する息子、ポールより」

ジャンヌは、ロザリを呼ぶのが精一杯で、すぐに椅子に倒れこんだ。ロザリがやってくると、二人でもういちど手紙を読み直した。そのまま二人は顔を見合わせ、長いあいだ黙り込んだ。

ようやくロザリが言った。「私が赤ん坊を引き取りに行ってきます。このままにはしておけません」

「ええ、お願いするわ」とジャンヌは答えた。

二人は再び黙り込んだ。ロザリがまた口を開く。「ジャンヌ様、身支度なさってください。一緒にゴデルヴィルの公証人のところへ行きましょう。女がこのまま死ぬようなら、その前にポール坊ちゃんと正式に結婚させておかなくちゃなりません。赤ん坊が大きくなったときのためにもね」

ジャンヌは無言のまま、帽子をかぶり身支度をした。ジャンヌの心に、言葉にしがたい深い喜びが広がっていた。どんなことがあっても表には出せない不謹慎な喜び、いけないと思っていても心の奥底では狂喜乱舞しそうな恥知らずな喜び。息子の愛人が死のうとしているのだ。

公証人はロザリに細々と指示を与えた。ロザリは念のためにと何度も繰り返し説明してもらい、やがて、これなら大丈夫と思ったところで、「ご心配なく。あとは私に任せてください」と宣言した。

ロザリは、その日のうちにパリに向かった。

その後二日間、ジャンヌは不安でたまらず、何も考えられないまま過ごした。三日目の朝、ロザリからほんのひと言しか書いていない手紙が届いた。今夜の汽車で帰るという。それだけだ。

三時ごろになると、ジャンヌは、ロザリを迎えに行くため近所の人に馬車を用意してもらい、ブーズヴィルの駅まで連れていってもらった。

地平線に向かって幅を狭めながら、まっすぐ続く線路。ジャンヌは駅のホームに立ち、線路の先に目をこらした。ときおり、線路から時計へと視線を移す。あと十分、あと五分、あと二分。さあ、到着時刻だ。だが、線路の先には何も見えない。やがて、とつぜん白いものが見えた。煙だ。その下に黒い点が現れたかと思うと、全速力でこちらへと迫ってくる。そして鉄の巨体は減速し、轟音をあげながらジャンヌの前を通り過ぎて停止した。ジャンヌはただひたすら客車の扉を見つめていた。客車の扉が開き、人々が降りてくる。作業着姿の農夫や、籠をもった農家の女たち、ソフト帽をかぶったブルジョワ風の人たち。ようやくロザリの姿が見えた。布包みのようなものを腕に抱いている。

ジャンヌはロザリに駆け寄ろうとしたが、足がおぼつかず、転んでしまいそうな気がした。ロザリのほうもジャンヌに気がつき、いつもどおりの落ち着いた足取りで近づいてきた。「ああ、ジャンヌ様、ただいま戻りました。いやはや、大変だったんですよ」

ジャンヌは声をつまらせながら尋ねた。「それで？」

ロザリは答える。「ええ、女はだめでした。昨日の晩に亡くなりましてね。その前に結婚はすませました。ほら、この子ですよ」ロザリは赤ん坊を差し出した。といっても布でぐるぐる巻きになっていて顔はほとんど見えない。

ジャンヌは、思わず差し出された赤ん坊を抱き取った。そのまま二人は駅を出て、馬車に乗る。

ロザリが話しはじめる。「葬式が終わり次第、ポール様もこちらにおいでになります。明日、私が乗ってきたのと同じ時刻の汽車で着きますよ。嘘じゃありません」

「ポールが……」ジャンヌは思わずつぶやき、それ以上言葉が出てこなかった。

金色の菜種の花、血のように赤いコクリコの花が点在する緑の草原を照らしながら、太陽は地平線に沈もうとしていた。あふれるばかりの精気を湛《たた》えつつも、静まりかえった大地はどこまでも穏やかだ。御者を務める農夫が、舌を鳴らして馬を煽った。馬車はかなりの速度で走っていく。

ジャンヌは、ただまっすぐ目の前の空を見ていた。その空を、飛び散る火花のように、ツバメが弧を描いて横切る。ジャンヌはふと、服を通して柔らかな温かみ、命のぬくもりを感じた。ぬくもりは、やがて足元へ、身体の芯へとじんわり広がっていく。膝にのせた赤ん坊が温かいのだ。

ジャンヌは、果てしない思いに満たされるのを感じた。とつぜん思い立ち、まだ見ていなかった赤ん坊の顔を見てみる。この子が、ポールの血を引く娘なのだ。急にまぶしい光を浴びて驚いたのだろう、小さくかよわい赤子は青い目を見開き、口を動かした。ジャンヌは思わず赤ん坊を抱え上げ、口づけを浴びせながら、感情のままに抱きしめた。

だが、人心地ついたロザリが、無愛想な調子でジャンヌをたしなめる。「ほらほら、ジャンヌ様、いいかげんになさいまし。赤ん坊が泣き出しますよ」

そして、ロザリは、自身の思いに応えるようにつけ足した。「ねえ、ジャンヌ様、人生ってのは、皆が思うほど良いものでも、悪いものでもないんですね」

解説

永田千奈

「ボヴァリー夫人は私だ」と師のフローベールは言った。だが、弟子モーパッサンは絶対に「ジャンヌは私だ」と言わないだろう。自分の故郷を舞台とし、父母の冷めた結婚生活や弟の放蕩ぶりをモデルとしながらも、モーパッサンは「私」を作品に持ち込むことを拒否している。彼はなぜ、自分を殺し、リアリズムに徹しようとしたのだろうか。

〈モーパッサンの生涯〉

ギィ・ド・モーパッサンは、一八五〇年八月、フランス、ノルマンディ地方の裕福な家庭に生まれた。女性関係が派手な父ギュスターヴと知的な文学少女だった母ロールの折り合いは悪く、母はギィと弟エルヴェを連れ、エトルタの別荘に引きこもった。十三歳で寄宿学校に入れられるが、自由奔放に育ったギィ少年は、ここでの宗教的な生活にはなじめなかったようだ。その後十八歳でルーアンの学校に入りなおし、この頃から、母の友人ルイ・ブイエのもと本格的に詩作を始める。だが、やがて普仏戦争が始まり、召集される。戦争が終わってエトルタに戻っても、モーパッサンは、戦場で見た残酷な光景、人間のずるさを忘れなかった。彼の悲観主義や人間不信はここから始まったといわれている。

一八七二年、パリに出たモーパッサンは官職につく。母の知り合いだったギュスターヴ・フローベールに作品を見てもらうようになり、同じくフローベールの紹介でエミール・ゾラとも親交をもつようになった。一八八〇年、当時の作家仲間と普仏戦争を題材とした短編集を出すことになり、モーパッサンはこれに短編小説「脂肪の塊」を発表、師のフローベールをはじめ、文壇で高い評価を得る。だが、本当の意味で作家として認められるには長編小説の執筆が必要だった。かくして、一八八三年、三十三歳のモーパッサンが、実に六年もかけてこの世に送り出したのが本書『女の一生』なのだ。短編の名手と言われた彼にとって、長編小説の執筆は決して楽なものではなかったことは想像に難くない。だが、それ以降、モーパッサンは『ベラミ』など、ぜんぶで六編の長編小説を発表、さらに短編小説の数は三百を超えるといわれている。

彼はこれらをわずか十年ほどのあいだに執筆したのである。

モーパッサンは一八七八年頃から神経系の病を抱えていた。彼が生涯、独身で通したのも、この病が原因のひとつといわれている。もっとも、正式な結婚こそしなかったものの、愛人は複数いたようで、少なくとも三人の私生児が認められている。弟エルヴェも、放蕩生活の挙句、精神を病んで夭折《ようせつ》しており、彼は早くから「自分が自分でなくなってしまう恐怖」を抱えていた。現代の医学に照らし合わせて、その正確な病名を断定するのは難しいが、モーパッサンは、神経衰弱や頭痛、不眠、さらには自らの二面性に苦しんでいたとされる。また、その苦しみから逃れようと麻薬に手を出し、症状を悪化させた。二面性というのは、すなわち、喜怒哀楽を感じる自分を、外から冷ややかな目で見ているもう一人の自分がいる、ということである。『女の一生』においても、作者モーパッサンは、主人公ジャンヌに憐憫の目を向ける一方、感情移入を極力排し、あくまでも客観的描写に徹しようとしている。モーパッサンは、身も心も主人公ジャンヌになりきるのではなく、物語の「外」からジャンヌを描いているのだ。

モーパッサンの病状は、その後徐々に悪化し、執筆活動を続けながらも、精神病院への入退院を繰り返すようになる。さらには自殺未遂までするようになり、デビューからわずか十余年、四十二歳の若さでこの世を去ったのである。『女の一生』を読むと、三十三歳の作品にしては妙に達観し、老成している印象がある。現代のような長寿社会ではないにしろ、主人公ジャンヌは四十代半ばにして「老女」扱いなのだ。しかし、モーパッサン本人の短い生涯を思うと、彼は三十代ですでに成熟を迎え、その後の凋落《ちょうらく》を予見していたのかもしれない、とさえ思えるのである。

〈風土と時代背景〉

物語の舞台となったノルマンディは、フランス北西部の海岸沿いにある。平野にはりんご畑と牧草地が広がり、海沿いには漁港が点在する。夏は緑あふれる美しい光景が広がり、ドーヴィルをはじめとした有名な避暑地もある。そのいっぽう、同じくノルマンディを舞台にしたフローベールの『ボヴァリー夫人』にも描かれたとおり、冬場は雪に閉ざされ、なんとも閉塞感の漂う風土である。主人公ジャンヌが、コルシカや地中海に憧れるのは、北国生まれならではの思いだったのだろう。著者モーパッサンは、ノルマンディで生まれ、主に、パリ、ルーアンで暮らしている。漁村、農場、貴族たちの暮らし、すべては、彼が幼いときから見てきたものなのだ。レ・プープルの屋敷も彼が幼少期を過ごしたグランヴィル・イモーヴィルの館がモデルだといわれている。

レ・プープルの屋敷は、本書の隠れた主人公でもある。物語は、ジャンヌがこの屋敷にやってくるところから始まり、後年いったんは屋敷を離れた後、この屋敷を再訪し、永遠の別れを告げて新しい家に戻ってきたところで終わる。十九世紀の貴族にとって、「家屋敷」は、単なる住居にとどまらない。先祖の歴史であり、伝統であり、地位の象徴であり、建造物というより「魂」をもった存在なのである。だが、その伝統も地位も次第にあやうくなっていく。

フランス革命によって、王政は崩壊し、十九世紀の貴族に昔のような栄華はない。だが、それでも、「子爵」であるジュリアンは、「男爵家」のジャンヌと結婚することで地位の向上を狙い、さらには「伯爵夫人」と不倫関係をもつ。侯爵家の気取った態度を揶揄しつつも、農民達と肩を並べることは自尊心が許さない。

教会もまた然りである。本書には、清濁併せのむ俗物神父と、厳格な青年神父、そして、汎神論的な哲学をもつ男爵が登場する。もはや教会の力は絶対ではない。だが、そのいっぽうで、人々はやはり聖職者に一目を置き、子どもたちを教理問答に通わせる。修道院で少女時代を過ごしたジャンヌは確固たる宗教心をもたぬまま、「神頼み」をしてみたり、神を恨んでみたり、常に揺れ動いている。

かくして、名誉や宗教といった旧来の価値観が揺らぐなか、ブルジョワという新しい階級が誕生し、「お金」という新しい価値観がすべてを支配しはじめる。ジュリアンの吝嗇《りんしょく》ぶりも、ポールの放蕩ぶりも、「お金にふりまわされている」点では同じことなのだ。

モーパッサンの作品では、「お金」の話が何度もでてくる。物の値段、土地、家屋の値段、登場人物の年収まで具体的な数字があげられている。通貨単位や物価の変化により、現代の読者にはぴんとこないこれらの数字も、同時代の読者にとっては、登場人物の暮らしぶりを具体的に提示するものだったにちがいない。物には値段があり、人間には肉体がある。形、色、大きさ、あらゆるものを具体的に描写し、存在感を与えることが、モーパッサンのめざす自然主義であり、写実主義だったのである。

〈**自然主義**〉

主人公の名はジャンヌ。多くのフランス人にとって、ジャンヌの名は、ジャンヌ・ダルクを思わせる。神の啓示を受け、祖国を救い、火刑台で死を迎えたジャンヌが英雄的な少女であったのに比べ、本書のジャンヌは、あまりに受け身である。

唐突であるが、村上春樹『海辺のカフカ』（新潮文庫）にこんな一節がある。

「彼は目の前にでてくるものをただだらだらと眺め、そのまま受け入れているだけです。もちろんそのときどきの感想みたいなのはあるけど、とくに真剣なものじゃない。それよりはむしろ自分の起こした恋愛事件のことばかりくよくよと振りかえっている。そして少なくともみかけは、穴に入ったときとほとんど変わらない状態で外に出てきます。つまり彼にとって、自分で判断したとか選択したとか、そういうことってほとんどなにもないんです。なんていうのかな、すごく受け身です。でも僕は思うんだけど、人間というのはじっさいには、そんなに簡単に自分の力でものごとを選択したりできないものなんじゃないかな」

主人公の少年が夏目漱石の『坑夫』の読後感を語る場面なのだが、この言葉は、そのままジャンヌにもあてはまりそうだ。ジャンヌ・ダルクとは対極にある真実、退屈で凡庸な人々の存在をモーパッサンは描こうとした。
さらにジャンヌの分身とでもいうべき存在がロザリである。乳姉妹《ちきょうだい》として育ち、同じ男の息子を産み、ジャンヌと同様、自分では「何の判断も選択もないまま」生きたロザリは、最後に「人生ってのは、皆が思うほど良いものでも、悪いものでもないんですね」と結論する。二人を分けたのは、単なる運、不運の偶然でしかない。モーパッサンは、因果関係を示して、教訓を導くわけでもなければ、細やかな心理描写で涙を誘うこともない。現実を美化することなく、露悪趣味に陥ることもなく、ありのままの自然な状態を見たままに描くことが、自然主義文学の真髄なのだ。そこには、現代のノンフィクション文学、さらには、ドキュメンタリーやジャーナリズムの姿勢に通じる部分がある。

〈モーパッサンの文体〉

例えば、ナレーションもテロップもほとんどないドキュメンタリー映画。観客の目はやがて、カメラと同化し、被写体をただひたすら「見ている」印象をもつ。描写に徹するとは、すなわち、そんなことではないか。まだカメラや映像の普及していなかった時代、描写は、今とは異なる価値観を秘めていた。そのまま伝える、そのまま捉えるということは簡単なようで、実に難しいのだ。だが、モーパッサンは、感情移入を最小限に抑え、ただ「見る」ことと「伝える」ことに徹しようとした。だからこそ、彼は、屋敷の間取り、家具の模様、登場人物の服装にいたるまで、「まるで目の前に見えているかのように」細密に描写するのだ。

フランス人に聞くと、多くの人が「モーパッサンは学生時代に教材で読んだ」「モーパッサンは分かりやすい」と言う。だが、翻訳しようとすると実に難しくなってしまう理由は、動詞が多いこと、そして比喩が多用されていることにある。登場人物の動作を逐一書き綴り、登場人物の目に見える光景を比喩によって表現する。芝居のト書きではないが、登場人物の心理状態はその「行動」によって語られる。風景の描写もまた、「見えたまま」の写生である。ジャンヌはしばしば窓を開け、外を眺める。季節や時間帯によって移り変わる空の色、海の色。どしゃぶりの雨に始まるファーストシーンから、夕映えのなかで終わるラストシーンまで、その時々の季節、気候がこと細かく描写されている。

だが、その文体は流麗とは言いがたい。そもそも、モーパッサンには繰り返しが多いのだが、特に頻出するのが、「いきなり」「とつぜん」といった言葉だ。思えば、これも、ドキュメンタリー映画で画面が切り替わるような効果を求めてのことだったのだろうか。そもそも、モーパッサンは短編の名手であった。「いきなり」「とつぜん」の急展開は、短編作品において重要な効果をあげるものだった。それが初めての長編小説にも持ち込まれているのである。ジャンヌはいくたびも裏切られる。読者もまた、予想を裏切られる。どんでん返しを用意し、あっと思わせる結末は、相手のひと言によってこれまでの努力が泡と消える「首飾り」、娼婦と貴族の上下関係が数回にわたって逆転する「脂肪の塊」など、短編作品においてモーパッサンが多用した手法だ。

彼の文体は、滔々《とうとう》とした大河の流れではなく、岩にぶつかり、滝を転げ落ちながら進む奔流なのだ。いわば、「書きなぐり」のようなスピード感が彼の文体の特徴なのである。三十代で作家になり、四十代でその生を終えたモーパッサンは、生き急ぎ、書き急いだ感が否めない。彼にとっての写実主義はクロッキーやスケッチのようなものだったのだろうか。もし、彼が老境を迎えることができたら、重厚な油絵のような文体に行き着いていたのだろうか。それとも、さらに冷徹な描写を極めていったのだろうか。

〈訳題〉

最後に、言い訳になることを承知で、訳題について述べておきたい。本書は長年、『女の一生』の邦題で親しまれてきた。字面、響き、どれをとっても上手いタイトルだと思う。だが、初めて原題を知ったときの驚き、そして拍子抜けしたような気持ちにも正直でありたいと思った。

原題は“Une vie”。どこにも、「女の」とは書いていない。フランス語文法についてここで長々と述べるつもりはないが、uneは不定冠詞、すなわち「あの人の人生」「この人の人生」のような限定的な意味ではなく、「ある誰かの人生」「不特定多数のなかから、無作為に抽出されたひとつの人生」といった意味合いをもつ。乱暴な言い方をすれば、男の一生だろうと、ジャンヌではなく、ロザリの一生であろうとかまわないということになる。

さらにvieがくせものだ。人生、生涯だけではなく、生活、生き方、さらには生命も、フランス語ではvieなのである。つまり、このタイトルは物語の最後、ジャンヌがその胸に抱く赤ん坊のぬくもりをさすと考え、『(ある)いのち』という訳題もまた、不可能ではないのである。

もちろん、本書の主題は、ジャンヌの人生、生き方である、というこれまでの解釈は妥当なものであり、訳者としても異論はない。だが、それにしても、「一生」というと誕生から死までというイメージがある。しかし、本書の内容は、ジャンヌの死まで書いているわけではない。描かれなかった部分も、およその想像はつくものではあるが、ジャンヌはこの先、孫娘を溺愛し、同じ失敗を繰り返すのか、それとも堅実なロザリに支えられ、こんどこそは孫娘を育て上げ、安らかな死を迎えるのか、想像の余地は残されている。つまり、モーパッサンが描きたかったのは、死をもって終了する「一生」ではない。彼が描きたかったのは、夢破れ、失望のままに生きるジャンヌの生き方、人生そのものだったのではないか。だからこそ、彼は、夢を見ることさえなく、ゆえに夢破れることもないロザリを登場させたのではないか。裕福な家に生まれ、知性にめぐまれながらも、その幸運を謳歌することなく、ペシミストでありつづけた彼自身の生き方もここに重ねられているのではないか。それならいっそ、『ある人生』という訳題のほうがふさわしいのではないか、と考えたこともあった。

「ひとつの人生」(Une vie) に徹底的に迫ることで「人生とはこういうものだ」とい

う普遍性（la vie）にたどりつく。本書のテーマとタイトルは深く結びついており、それを端的に表す訳題を見つけるのは、なかなか難しい。

最終的には、先達の残した訳題をなぞることになったのだが、そもそもこの『女の一生』という訳題はどこからきたのか。実は、英訳のタイトルが原題を直訳した“A life”ではなく、“A woman's life”となっているのだ。一九一三年に広津和郎がこの英訳を日本語に翻訳し、『女の一生』とした（なお、訳文については、丸山順太郎によって、仏語版との照合も行われたようだ）。その後、英訳からの重訳ではなく、原語、つまりフランス語からの翻訳がなされるようになったが、新庄嘉章訳（新潮文庫）、杉捷夫訳（岩波文庫）など、その後もこの訳題が受け継がれてきた。そのいっぽう、日本文学の側でも、山本有三の小説『女の一生』、森本薫の戯曲『女の一生』（杉村春子主演の舞台で名高い）、遠藤周作の小説『女の一生』（余談になるが、遠藤周作には『男の一生』という作品もある）などが登場する。さらに、これらの日本文学をもとにした映画やテレビドラマも制作されている。この『女の一生』というタイトルがそれだけよくできている、ということであろう。

モーパッサン年譜

一八五〇年
八月五日、ノルマンディに生まれる。正確な出生地については、トゥルヴィル・シュール・アルクとする説とフェカンとする説に分かれる。父ギュスターヴは貴族の出。母ロールの家はブルジョワで、若い頃より兄を通して作家ギュスターヴ・フローベールと親交があった。

一八六二年　一二歳
両親が離婚。母ロールは、長男ギィと次男エルヴェを連れてエトルタの別荘に蟄居。

一八六三年　一三歳
イヴトーの神学校の寄宿舎に入る。この頃より詩作を始める。

一八六八年　一八歳
神学校からルーアンの高校に入り直す。

一八七〇年　二〇歳
ルーアンの高校を卒業し、パリ大学法学部に入学するも、普仏戦争勃発。遊撃隊員として従軍。翌年、兵役解除。

一八七三年　二三歳
前年は臨時雇いだったが、この年より

一八八〇年までパリで海軍省などの官職につく。母の紹介でフローベールに作品を見せるようになる。やがて、フローベールのもとでゾラ、ドーデ、ゴンクールなど同時代の作家と知り合う。

一八七五年　二五歳
「ポン・タ・ムッソン年鑑」に短編小説を発表。

一八七七年　二七歳
『女の一生』執筆開始。その後、完成までに六年をかける。

一八八〇年　三〇歳
作家仲間と六人で刊行した短編集『メダン夜話』に「脂肪の塊」を発表、フローベールらの絶賛を受ける。以降、新聞に短編作品を次々と発表。役所から長期休暇をとり、作家活動に専念。事実上の退職となる。
同年、フローベール死去。

一八八一年　三一歳
アルジェリアへ旅行。短編集『テリエ館』刊行。

一八八三年　三三歳
二月から四月にかけて「ジル・ブラス」紙に『女の一生』を連載。その後書籍として刊行、三万部という驚くべき売上げ部数を記録。

一八八五年　三五歳
『ベラミ』を「ジル・ブラス」紙に連載、その後書籍として刊行。翌年、これにちなんでヨット、ベラミ号を購入する。

一八八七年　三七歳
長編小説『モントリオル』刊行。一〇年ほど前から疾患を抱えていたが、この頃より体調悪化、幻覚や神経系の発作に苦しむ。短編集『オルラ』刊行。

一八八八年　三八歳
長編小説『ピエールとジャン』刊行。

一八八九年　三九歳
長編小説『死のごとく強し』刊行。苦痛から逃れようとコカインなどの薬物を頻繁に使用。さらに転居、旅行を繰り返す。
弟エルヴェが精神病院で死去。

一八九〇年　四〇歳
最後の長編小説『我らの心』、短編集『あだ花』刊行。

一八九二年　四二歳
自殺未遂事件を起こし、パリの精神病院に入院。

一八九三年
七月六日、入院先の病院で死去。パリのモンパルナス墓地に埋葬される。

訳者あとがき

どうも、「女の何とか」というのは苦手なのである。「女の涙」とか「女の一人旅」とか、何となく演歌調というか、湿っぽい感じがどうも好きになれない。モーパッサンの『女の一生』だって、原題はもっとシンプルでドライなのだ……。

そんな話を編集部の方と話したのが数年前のことになる。訳題については、「解説」でも述べたので、ここで再びふれるのはやめておくが、新訳に挑戦するきっかけは、このときの会話にさかのぼる。今にして思えば、お酒も入っていたし、ずいぶんだいそれたことを言ったものである。

かくして、悪戦苦闘の日々が始まった。最初は、なんと古臭い物語かと思った。何の知識もないまま、出会って三カ月の男と結婚し、幻滅する。情報社会に生きる現代の女性なら、ここまで無知ではいられないし、相手に幻滅すれば、離婚だってできる。今の時代にこの小説を読み直す意味はどこにあるのかと、自問する日々が続いた。

折しも、リーマンショックから金融危機が始まり、世界は不況に陥った。会社をリストラされた人、住宅ローンが払えなくなった人が世界じゅうにあふれている。そのとき、ふと思ったのである。これだけ情報があふれ、女性の地位向上が（ある程度は）実現した現代にあっても、男女を問わず、人は自由ではないのだ。今の人生に満足できず、子どもを溺愛することで空白を埋めようとし、心が弱くなると宗教に頼る。そんなジャンヌは今の世にもいる。そもそも、思うがままの人生を生きられる人など、いったいどれほどいるだろう。ジャンヌの感じた幻滅を、私たちもまた、多かれ少なかれ胸に抱き、「こんなはずではなかったのに」とつぶやきながら、生きているのではないか。「どこでまちがったのか」を散々自問した挙句、「運が悪かった」という結論に達する。そんなことは誰にでもあるのではないだろうか。

文学には、人に夢を与える力がある。だが、その一方で、夢破れた人間の姿に寄り添うことができるのも、また文学の力ではないだろうか。そんな思いが生まれ、ようやく、本書と向き合うことができたのだ。男を見る目がない。行動しようとしない。そんなジャンヌの惰性的な生き方を苛立たしく思うこともあった。だが、美化することなく描かれた彼女の人生には真実がある。二十一世紀になってもモーパッサンが古びない理由、それは彼が人間の真実を描いたからである。たとえそれがどんなに「ささやかな真実」だとしても。

夢を見ることはいけないことではない。だが、すべての夢がかなうわけでもない。それでも、はかない希望を抱いてしまう。それが人間だとモーパッサンは見せたかったのだ。モーパッサンはペシミストだが、人間嫌いではない。そこに気がついただけでも、この本を訳せたことを幸福に思う。

なお、底本として使用したのは、現在フランスで最も普及している Le Livre de Poche 版である。原書には、今日の観点から見ると差別的表現ととられかねない箇所がいくつか存在する。原文のニュアンスを損なわない程度に別の言葉で置き換えるよう心がけたが、本書の時代性、当時の風潮を伝えるために一部はそのまま残すことになった。ところで、ロザリをさす「女中」という言葉は、原文では「bonne」であり、この言葉は「女中」という名詞であると同時に、「良い」という意味の形容詞 bon の女性形と同じスペルであることも書き添えておく。「女中」ロザリが、「善良なる女性」であることは、ただの偶然だろうか。

光文社翻訳編集部の皆様に心より感謝申し上げます。そして、訳稿の仕上がる前に編集部を去られた方々にもこの場を借りてお礼申し上げます。

kobunsha classics
光文社古典新訳文庫

女《おんな》の一生《いっしょう》

著者　モーパッサン
訳者　永田《ながた》千奈《ちな》

2011年3月20日　初版第1刷発行

発行者　駒井 稔
印刷　慶昌堂印刷
製本　ナショナル製本

発行所　株式会社光文社
〒112-8011東京都文京区音羽1-16-6
電話　03（5395）8162（編集部）
03（5395）8113（書籍販売部）
03（5395）8125（業務部）
www.kobunsha.com

ISBN978-4-334-75226-2 Printed in Japan

いま、息をしている言葉で、もういちど古典を

長い年月をかけて世界中で読み継がれてきたのが古典です。奥の深い味わいある作品ばかりがそろっており、この「古典の森」に分け入ることは人生のもっとも大きな喜びであることに異論のある人はいないはずです。しかしながら、こんなに豊饒で魅力に満ちた古典を、なぜわたしたちはこれほどまで疎んじてきたのでしょうか。

ひとつには古臭い教養主義からの逃走だったのかもしれません。真面目に文学や思想を論じることは、ある種の権威化であるという思いから、その呪縛から逃れるために、教養そのものを否定しすぎてしまったのではないでしょうか。

いま、時代は大きな転換期を迎えています。まれに見るスピードで歴史が動いていくのを多くの人々が実感していると思います。

こんな時わたしたちを支え、導いてくれるものが古典なのです。「いま、息をしている言葉で」――光文社の古典新訳文庫は、さまよえる現代人の心の奥底まで届くような言葉で、古典を現代に蘇らせることを意図して創刊されました。気取らず、自由に、心の赴くままに、気軽に手に取って楽しめる古典作品を、新訳という光のもとに読者に届けていくこと。それがこの文庫の使命だとわたしたちは考えています。

このシリーズについてのご意見、ご感想、ご要望をハガキ、手紙、メール等で翻訳編集部までお寄せください。今後の企画の参考にさせていただきます。
メール　info@kotensinyaku.jp

光文社古典新訳文庫　好評既刊

花のノートルダム
ジュネ
中条省平　訳
都市の最底辺をさまよう犯罪者、同性愛者たちを神話的に描き、〈悪〉を〈聖なるもの〉に変えたジュネのデビュー作。超絶技巧の比喩を駆使した最高傑作が明解な訳文で甦る！

海に住む少女
シュペルヴィエル
永田千奈　訳
大海原に浮かんでは消える、不思議な町の少女の秘密を描く表題作。ほかに「ノアの箱舟」、イエス誕生に立ち合った牛を描く「飼葉桶を囲む牛とロバ」など、ユニークな短編集。

オンディーヌ
ジロドゥ
二木麻里　訳
湖畔近くで暮らす漁師の養女オンディーヌは騎士ハンスと恋に落ちる。だが、彼女は人間ではなく、水の精だった—。「究極の愛」を描いたジロドゥ演劇の最高傑作。

赤と黒（上・下）
スタンダール
野崎歓　訳
ナポレオン失脚後のフランス。貧しい家に育った青年ジュリヤン・ソレルは、金持ちへの反発と野心から、その美貌を武器に貴族のレナール夫人を誘惑するが…。

椿姫
デュマ・フィス
西永良成　訳
青年アルマンと出会い、初めて誠実な愛に触れた娼婦マルグリット。華やかな生活の陰で彼女は人間の哀しみを知った！　著者の実体験に基づく十九世紀フランス恋愛小説の傑作。

光文社古典新訳文庫　好評既刊

アガタ／声
デュラス
コクトー
渡辺　守章　訳
記憶から紡いだ言葉で兄妹が〝近親相姦〟を語る『アガタ』。不在の男を相手に、電話越しに女が別れ話を語る『声』。「語り」の濃密さが鮮烈な印象を与える対話劇と独白劇。

マダム・エドワルダ／目玉の話
バタイユ
中条　省平　訳
私が出会った娼婦との戦慄に満ちた一夜の体験「マダム・エドワルダ」。球体への異様な嗜好を持つ少年と少女「目玉の話」。三島由紀夫が絶賛したエロチックな作品集。

グランド・ブルテーシュ奇譚
バルザック
宮下　志朗　訳
妻の不貞に気づいた貴族の起こす猟奇的な事件を描いた表題作、黄金に取り憑かれた男の生涯を追う自伝的作品「ファチーノ・カーネ」など、バルザックの人間観察眼が光る短編集。

消え去ったアルベルチーヌ
プルースト
高遠　弘美　訳
二十世紀最高の文学と評される『失われた時を求めて』の第六篇。著者が死の直前に大幅改編し、その遺志がもっとも生かされている〝最終版〟を本邦初訳！

失われた時を求めて1
第一篇「スワン家のほうへⅠ」
プルースト
高遠　弘美　訳
深い思索と感覚的表現のみごとさで二十世紀文学の最高峰と評される大作がついに登場！豊潤な訳文で、プルーストのみずみずしい世界が甦る、個人全訳の決定版！〈全14巻〉

光文社古典新訳文庫　好評既刊

狂気の愛
ブルトン
海老坂　武　訳

難解で詩的な表現をとりながら、美とエロス、美的感動と愛の感動を結びつけていく思考実験。シュールレアリスムの中心的存在、ブルトンの伝説の傑作が甦った！

愚者《あほ》が出てくる、城寨《おしろ》が見える
マンシェット
中条　省平　訳

大金持ちの企業家アルトグの甥であるペテールの世話係となったジュリー。ペテールとともにギャングに誘拐されるが、殺人と破壊の限りを尽くして逃亡する。暗黒小説の最高傑作！

肉体の悪魔
ラディゲ
中条　省平　訳

パリの学校に通う十五歳の「僕」と十九歳の美しい人妻マルト。二人は年齢の差を超えて愛し合うが、マルトの妊娠が判明したことから、二人の愛は破滅の道を…。

シラノ・ド・ベルジュラック
ロスタン
渡辺　守章　訳

ガスコンの青年隊シラノは詩人にして心優しい剣士だが、生まれついての大鼻の持ち主。従妹のロクサーヌに密かに想いをよせるが…。最も人気の高いフランスの傑作戯曲！

ドリアン・グレイの肖像
ワイルド
仁木めぐみ　訳

美貌の青年ドリアンに魅了される画家バジル。ドリアンを快楽に導くヘンリー卿。堕落するドリアンの肖像だけが醜く変貌し、なぜか本人は美しいままだった…。（解説・日高真帆）

世界を震撼させたスパイ・テロリスト事件７

軍用機が爆破された！――アエロフロート航空機事件

美貌の女スパイが殺された！――カトリーヌ・ルロワ事件

〈アメリカの謀略のにおいがプンプンする〉ロシアで起こった謎の自爆事故か？　それともテロか？

スパイ道具あれこれ／毒／盗聴のテクニック

軍事機密を盗む手段として最も効果的なのはハニー・トラップ。『週刊文春』で〝中国のハニー・トラップ〟が話題となったが、国を問わず使われる手段である。ハニートラップや盗聴の秘密道具の数々を紹介する。

独裁者暗殺／スパイ　今日のテーマ

ユーゴスラビアのチトー大統領を暗殺しようと、アメリカのCIAが執拗に仕掛けた罠⋯⋯しかしチトーは生涯健在であった。